FISCHER LOGO

für den Spielraum im Kopf

Ein Kaleidoskop logischer Unterhaltung,
rätselhafter Spiele
und verständlich verfaßter Wissenschaft

Über dieses Buch Eine kurzweilig, spannend und temporeich erzählte Geschichte, die von »höheren Dimensionen und Sex« berichtet.
Sex und Liebe werden aus der Sicht der Frau wie auch des Mannes präsentiert. Damit versucht der Autor, sozusagen mit eingebauter Garantie gegen Sexismus, surreale wie komische Wirkungen zu erzielen. Und das gelingt! – Dem verrückten Wissenschaftler Lafcadio Caron gelingt ebenfalls etwas, nämlich, ein Teilchen »degenerierter Hypermaterie« mit einem Zipfel an unsere dritte Dimension zu knüpfen. Der Protagonist der »Sexkugel« hat allerlei zu bestehen, bis er mit Babs – eben diesem Kügelchen degenerierter Hypermaterie – in folgenschweren Kontakt gerät...

Über den Autor Rudy Rucker liebt Rockmusik, moderne Physik und Bewußtseinserweiterung in (fast) jeder Form. Als Sachbuch- wie als (Science-) Fiction-Autor beschreibt er die Grenzgänge des Verstandes durch die Möglichkeiten der Naturwissenschaften.
Als Fischer Taschenbuch lieferbar: ›Mixmischmasch. Geschichten aus der Hypersphäre‹ (Bd. 8705), ›Lichtfänger‹ (Bd. 7586).
Im Wolfgang Krüger Verlag lieferbar: ›Der Ozean der Wahrheit oder die fünf Arten zu denken. Mathematische Meditationen‹

Rudy Rucker

Lafcadio und die Sexkugel

Ein physikalischer Roman

Aus dem Amerikanischen
von Udo Breger

Fischer
Taschenbuch
Verlag

Deutsche Erstausgabe
Veröffentlicht im Fischer Taschenbuch Verlag GmbH,
Frankfurt am Main, Januar 1989

Die Originalausgabe ›The Sex Sphere‹
erschien im Verlag Age Science Fiction Books, New York

Umschlaggestaltung: Manfred Walch, Frankfurt am Main
unter Verwendung einer Computergrafik aus:
›Computer Graphics in Japan‹, Tokyo 1985
Gesamtherstellung: Clausen & Bosse, Leck
Printed in Germany
ISBN 3-596-28704-9

Inhalt

Einführung 9

Unter dem Hügel 15

Alwin 21

Sybil 35

Orali und Rectelli 47

Drei Lebensläufe und ein Film auf der inneren Leinwand 57

Der Archimedes der Anarchie 68

Sex und Tod 77

Der gigantische Arsch geht zum Angriff über 90

Babs die Böse 99

Der Film brennt durch 111

Das Triebwerk der Welt 120

Kugel, Kugel, Kugel, Kugel 130

Gedankenland 142

Was wollen Frauen? 151

Fischen mit Huba 160

Der Garten irdischer Lüste 171

Ein glückliches Ende 180

»Wenn wir weiterreisen wollen, immer weiter, bis Ausdehnung und Dimensionen verschwinden, ist uns das nicht bereits abgenommen? Jene Realität, wo keine Ausdehnungen und Dimensionen sind, ist simpel und um uns herum. Denn wenn wir derart weiterreisen, immer weiter, verlieren wir uns selbst, finden den Zugang aber im Erfassen des einfachsten Akts menschlicher Güte, im rudimentärsten Erkennen einer anderen menschlichen Seele wieder, in der weder Ausdehnung noch Dimensionen sind und dennoch alles real ist.«

Charles H. Hinton

»Tatsächlich gab ich zunächst vor, daß ich die imaginären Erfahrungen einer fiktiven Gestalt beschrieb; allerdings zwang meine Begeisterung mich bald, jede Verkleidung abzulegen, und schließlich mahnte ich alle meine Zuhörer in glühender Abschlußrede, jegliches Vorurteil aufzugeben und sich dem Glauben an die Dritte Dimension anzuschließen. Muß ich noch erwähnen, daß ich sofort verhaftet und vor den Rat gebracht wurde?«

Edwin A. Abbott

Einführung

Dies ist ein Roman über höhere Dimensionen und über geschlechtliche Liebe. Über Sex muß ich wohl nicht groß reden – das einzige, was manch einem ungewöhnlich vorkommen mag, ist, daß ich versucht habe, Sex und Liebe sowohl aus der Sicht der Frau als auch aus der Sicht des Mannes darzustellen. Auf Grund dieser eingebauten Garantie gegen Sexismus habe ich meiner Phantasie, was das sexuelle Verhalten meines Helden angeht, freien Lauf gelassen. Mir schwebte vor, auf diese Weise gleichermaßen surreale wie auch komische Wirkungen zu erzielen.

Höhere Dimensionen dagegen verlangen ein wenig mehr Erklärung, und deshalb will ich an dieser Stelle einige der grundlegenden gedanklichen Zusammenhänge vorstellen. Man muß diese Einführung nicht sofort lesen – man kann später darauf zurückkommen oder auch gar nicht. Diese Zeilen sind als Zugabe gedacht.

Die vierte Dimension ist eine Richtung, die zu allen Richtungen, in die wir zeigen können, lotrecht steht. Manchmal heißt es, die Zeit sei die vierte Dimension, und irgendwie stimmt das auch.

Doch zunächst einmal wollen wir uns eine Vorstellung von unbekannten und höheren Existenzformen machen.

Die beste Methode, Betrachtungen über höhere Dimensionen anzustellen, ist die, sich zweidimensionale Wesen vorzunehmen, die von einer *dritten* Dimension nicht die geringste Ahnung haben. Diese Wesen wurden von Edwin A. Abbott in seinem 1884 erschienenen Klassiker FLÄCHENLAND ins Leben gerufen. Sein bekanntester Flächenländer ist Das Quadrat. Indem wir uns Des Quadrats Schwierigkeiten vor Augen führen, sich eine dritte Dimension vorzustellen, werden wir in die Lage versetzt, mit unseren eigenen Schwierigkeiten, die vierte Dimension zu verstehen, besser umzugehen.

Die Flächenländer leben auf der Oberfläche einer unendlich scheinenden Ebene. Sie können sich in Richtung Ost-West oder Nord-Süd oder jeder möglichen Kombination dieser beiden Richtungen bewegen. Es ist ihnen jedoch unmöglich, aus ihrer Welt hinaus und in die dritte Dimension hineinzuspringen.

Und weiter: Wenn nun Das Quadrat zwei seiner Mitbewohner anschaut, sagen wir Das Dreieck und Den Kreis, gibt Des Quadrats Netzhautbild lediglich zwei Liniensegmente wieder – genau das, was man sieht, wenn man sich so weit bückt, daß man mit den Augen auf gleicher Höhe mit

Abbildung 1: Das Quadrat

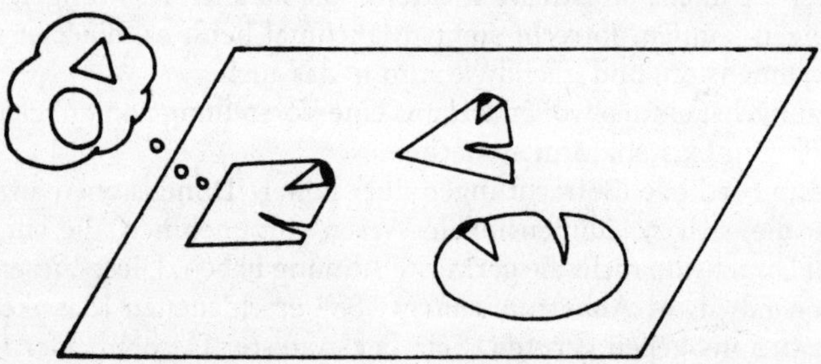

Abbildung 2: Das Quadrat betrachtet Das Dreieick und Den Kreis

einer Tischplatte ist, auf der aus Pappe ausgeschnittene geometrische Figuren liegen. Da das Flächenland aber von einem feinen Nebel durchdrungen wird, scheinen die Kanten des Dreiecks schneller darin aufzugehen als die des Kreises. Somit ist unser Quadrat in der Lage, die Formen seiner Kollegen zu unterscheiden und sich ein hinreichendes geistiges Bild von ihnen zu machen. Genauer betrachtet ist das sicher nicht überraschender als die Tatsache, daß wir in der Lage sind, unsere zweidimensionalen Netzhautbilder zu benutzen, um uns dreidimensionale Bilder der Gegenstände zu machen, die uns umgeben.
Nun gut. Wie kommt aber nun Das Quadrat auf die dritte Dimension?

Zum Beispiel dadurch, daß die aus einem höherdimensionalen Raum stammende Die Kugel sich für Das Quadrat interessiert und beschließt, sich ihm zu zeigen. Sie tut das, indem sie sich durch die Ebene von Flächenland hindurch bewegt. Und was *sieht* Das Quadrat dabei? Einen Kreis sich verändernder Größe.

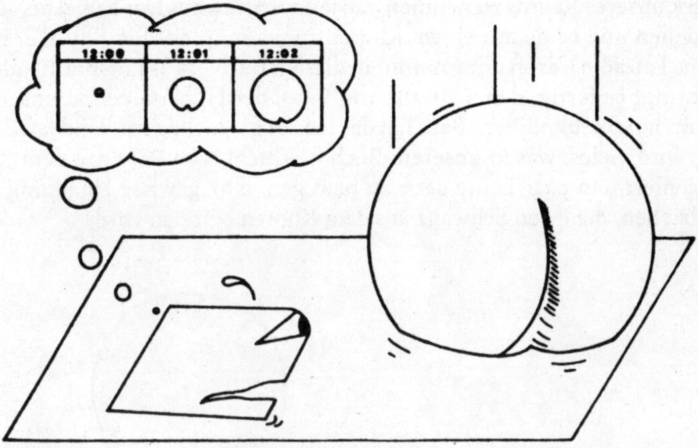

Abbildung 3: Das Quadrat begegnet Der Kugel

Eine der wichtigsten Personen in diesem Roman ist eine Hyperkugel namens Babs. Wenn sie sich durch unseren Raum bewegt, was sieht dann unser Held Alwin? Nun, eine Hyperkugel ist die vierdimensionale Entsprechung einer Kugel. Wenn also Das Quadrat eine Kugel als einen *Kreis* von sich verändernder Größe sieht, können wir uns vorstellen, daß Alwin Babs als eine *Kugel* von sich verändernder Größe sieht.
So wie Die Kugel Das Quadrat aus seiner Ebene herausnehmen könnte, so kann auch Babs Alwin aus unserem Raum herausheben. Alwin könnte in diesem höheren Raum jetzt entweder umherpurzeln, oder er könnte auf Babs' Oberfläche »herumrutschen«, so wie man sich Das Quadrat vorstellen könnte, wie es Der Kugel schwellende Flanke hinaufgleitet.
Es ist interessant, sich klarzumachen, daß Hyperkugeln gar keine fiktiven Ideengebilde sind. Bereits 1920 wies Albert Einstein darauf hin, daß der dreidimensionale Raum unseres Universums auf sich selbst zurückgekrümmt ist, um eine große Hyperkugel zu bilden. Das Elementare an einem hypersphärischen Raum ist dabei, daß er zwar in seiner Größe endlich ist, dennoch wird niemand jemals an seine Kanten gelangen. Dies

entspricht natürlich der Tatsache, daß die kugelförmige Oberfläche unserer Erde endlich ist, jedoch keine Kanten besitzt.
Angenommen, Des Quadrats Interesse an Der Kugel würde so groß, daß es sie davon abhalten wollte, seine Ebene wieder zu verlassen. Was könnte er tun? Wenn wir uns das Flächenlanduniversum als eine Art Seifenfilm vorstellen, dann wäre es unter Umständen möglich, ein langes Stück unseres Raums zu nehmen, ein langes Stück aus Der Kugel herauszuziehen und beide mit einem Knoten zu verknüpfen! Ein Physiker namens Lafcadio Caron unternimmt in diesem Buch etwas Entsprechendes. Er bringt es fertig, den Schwanz von Babs, der Hyperkugel, in unseren Raum hineinzuknüpfen. Babs hat das jedoch gar nicht gern. Und tatsächlich wird vieles, was in unserem Buch geschieht, von Babs mit dem Ziel inszeniert, ein paar Leute dazu zu bewegen, eine gewisse Handlung zu vollziehen, die ihren Schwanz aus dem Knoten befreien wird.

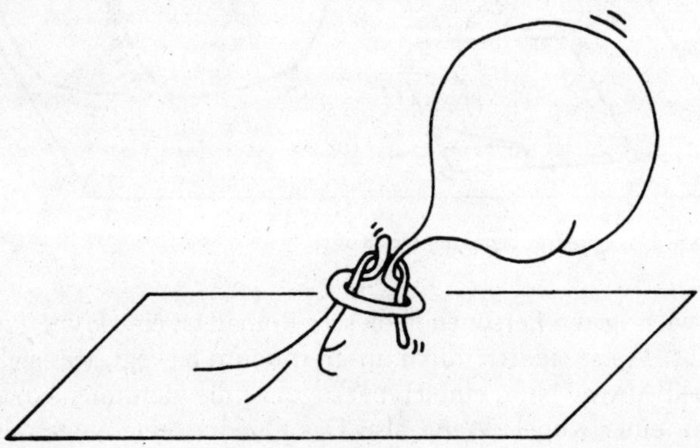

Abbildung 4: Ein Knoten im Schwanz der Kugel

Gegen Ende des Buches entwickelt die Geschichte sich dahingehend, daß Babs mehr ist als nur eine vierdimensionale Hyperkugel. Tatsächlich ist sie ein Muster im unendlichdimensionalen Hilbert-Raum. Doch weshalb sollte mir so viel daran gelegen sein, derart viele Dimensionen einzubeziehen?
Einsteins allgemeine Relativitätstheorie hat gezeigt, uns Gravitationskraft als das Ergebnis der *Raumkrümmung* vorzustellen. Das deutet immerhin auf eine höhere Dimension. Dennoch lehrt uns Einsteins spezielle Relativitätstheorie, daß die grundlegende Realität nicht der Raum, sondern die *Raumzeit* ist. Damit finden wir eine weitere höhere Dimen-

sion vor. Drei Raumdimensionen, eine Zeitdimension, eine Dimension, um die Raumzeit hineinzukrümmen – das sind schon mal fünf. Aber jeder SF-Liebhaber weiß, daß es viele parallele gekrümmte Raumzeiten gibt – alternierende Universen –, also werden wir eine sechste Dimension benötigen, um diese Raumzeiten darin aufeinanderzustapeln.

Bevor wir zum Hilbert-Raum übergehen, legen wir doch mal eine kleine Pause ein und vergegenwärtigen uns, wie raffiniert die Sache mit der Raumzeit ist. Wenn wir uns zu eigen machen, daß »in die Höhe« dasselbe ist wie »Zukunft«, dann wird die Raumzeit von Flächenland zu einer Art Block, einem Stapel von »Jetzts«. Ein Elementarteilchen kann man sich als etwas vorstellen, daß in der Raumzeit eine Linie zieht, eine Weltlinie, etwas wie das Nachleuchten der Funkenspur einer Wunderkerze. Insoweit ich aus Elementarteilchen zusammengesetzt bin, bin ich eine Art *Zopf* in der Raumzeit, ein Macramée-Muster in der universalen Tapisserie. An dieser Stelle ist von besonderem Interesse, sich klarzumachen, daß der Vorgang des Ein- und Ausatmens von Partikeln dazu dient, uns alle miteinander zu verknüpfen; und – was für die Geschichte wichtiger ist – der Begriff des »Familienstammbaums« hat in der Raumzeit eine wirkliche Bedeutung. Als Alwin anfängt, in Richtung »Zukunft« davonzutaumeln, zieht er seine Kinder hinter sich her. Und wenn nun jemand in der Lage wäre, diese vergangenen Selbsts aus der Raumzeit herauszuziehen, dann würde sich niemand ihrer auch nur erinnern!

In der modernen Physik stellt man sich die fundamentale Realität als unendlichdimensional vor. Diese Tatsache ist kaum bekannt, denn die meisten Menschen wissen einfach nichts damit anzufangen. Deshalb gilt es, die Unendlichdimensionalität unserer Welt richtig einzuschätzen und sich klarzumachen, daß unsere gewöhnlichen Auffassungen von Raum und Zeit geistige Konstrukte sind. Was uns tatsächlich unmittelbar gegeben ist, ist nichts als ein Meer von Gedanken und Wahrnehmungen. Wir versuchen, Ordnung zu schaffen, indem wir einen vierdimensionalen Raumzeitrahmen verwenden. Aber sehen Sie sich Ihre Gedanken nur einmal ehrlich an, und Sie werden erkennen, daß die Situation um vieles komplizierter ist. Nehmen Sie irgendeinen Gegenstand – wie viele Fragen kann ich über ihn stellen? Doch unendlich viele: welches ist seine Länge, seine Breite, seine Höhe über dem Meeresspiegel, wie schmeckt er, wie schwer ist er, wem gehört er, erinnert er mich irgendwie an meinen Schulball, was würde William Burroughs dazu sagen? Und so weiter, und so weiter. Wir alle kennen das Spiel mit den zwanzig Fragen – unsere Welt ist ein Spiel mit unendich vielen Fragen.

Babs bekommt ihren Schwanz zwar irgendwann aus dem Knoten, aber irgendwie bringt sie es nicht übes Herz, unser Universum alleinzulassen.

Sie bringt es fertig, an vielen Orten gleichzeitig zu erscheinen. Wir können eine einfache Flächenland-Analogie verwenden, um zu sehen, wie *viele* unterschiedliche Objekte einer höheren Ebene tatsächlich als *eines* erscheinen können: Man stelle sich nur eine Hand vor, deren Finger nach unten in Des Quadrats Ebene ragen!

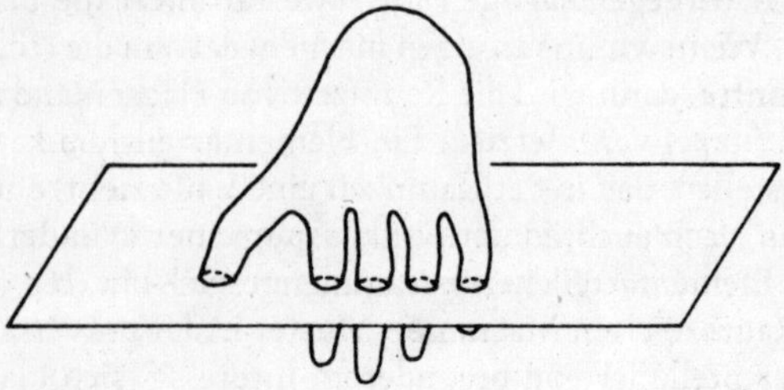

Abbildung 5: Viele sind eins

Nun, da sind die hauptsächlichen Werkzeuge, die man benötigen wird, um den Text auseinanderzunehmen; weitere detaillierte Hilfestellung wird man in meinem populärwissenschaftlichen Buch DIE WUNDERWELT DER VIERTEN DIMENSION finden.
Doch sollten wir jetzt den unheimlichen Geschehnissen freien Lauf lassen!

Rudy Rucker
Lynchburg, Virginia, 1983

Unter dem Hügel

Lafcadio Caron haßte das physikalische Universum. Als ein Platonischer Idealist verachtete er jegliche Behauptungen, die grobe Welt der Materie besäße Unsterblichkeit, von ganzem Herzen. Also stellte er eine Theorie auf, derzufolge jedes beliebige Materieteilchen schließlich zu Licht zerfällt, und eine zweite, derzufolge Licht schließlich müde wird und in den Falten der Raumzeit versickert, und eine dritte Theorie, derzufolge Raum und Zeit dann einmal wegen Nichtbenutzung sterben, wenn alle Masse und Energie einmal verbraucht sein werden. »Hier und heute, in 10^{40} Jahren vergangen«, pflegte er zu sagen und verzog sein Gesicht zu verzweifeltem Lachen. Der Mann hatte Probleme.

Aber ja, er war ein Genie. Einen Großteil seiner Zeit verbrachte er, in einen Ledersessel geflezt, in der Physikalischen Bibliothek der Universität Rom. Hochschulabsolventen und ausländische Forschungsstipendiaten pflegten sich um ihn zu scharen, wie er, die langen dünnen Beine von sich gestreckt, da hing. Die Beine waren wie Grashüpferbeine; und wie ein Grashüpfer pflegte Lafcadio seine Beine aneinanderzureiben, wenn er sprach und über die letzte Realität zirpte und summte.

Seine ständige Gefährtin war eine mollige Ungarin namens Zsuzsi Szabo... ein exotischer Name, der sich prosaisch mit Susanne Schneider übersetzen läßt. Sie hatte kurzes blondes Haar, hohe tatarische Backenknochen, enorme kissenähnliche Brüste und die Arme einer Waschfrau. Der ungarische Staat hatte Zsuzsi ursprünglich nach Rom geschickt, um sich über den neuesten Stand des Atomreaktorbaus zu informieren. Statt dessen hatte sie aber Lafcadios Vorlesungen beigewohnt, hatte sich verliebt und sich ungeachtet des Schicksals ihrer Familie in Budapest in den Westen abgesetzt.

Zsuzsi war eine wahre Zauberin, was experimentelles Design anging, und Lafcadio schenkte ihr sein volles Vertrauen. Sie gaben ein eindrucksvolles Paar ab: die Dicke und der Dünne, Sancho Pansa und Don Quijote, Erde und Feuer. Die Hochschulabsolventen stellten eifrigst Spekulationen über das Liebesleben dieses Pärchens an. Und dies war allerdings intensiv.

»Du bist mein wildes exotisches Teilchen«, mochte Lafcadio schon mal sagen, wenn er sie bestieg. »Laß mich dich zu Quarks aufsplitten, Darling.«

»Halt dich fest, mein Szüzser«, antwortete sie dann, indem sie voller

Feuer die Position wechselte. »Ich bin der Absorber für deine titanischen Energien.«
Biologisch gesehen war die Vereinigung unfruchtbar. Aber Lafcadio schwängerte Zsuzsi mit dem Konstruktionsmuster für ein wunderschönes Protonenzerfallsexperiment der zweiten Generation. Es war dieses Experiment, das im Mont-Blanc-Laboratorium zur Erbeutung eines Körnchens degenerierter Hypermaterie führte. Und als das stolze Paar die Nachricht empfing, tauften sie das Teilchen Babsi (»kleine Bohne« auf Ungarisch) und eilten, es zu sehen.

Aosta, Italien. 8. Februar
Nasser Schnee von grauem Himmel, und es sieht so aus, als schiene nie wieder Sonne. Von irgendeinem Felsvorsprung beobachten wir das langsame Krabbeln von Lichtern das Tal hinauf... Pkws und Lkws, die sich die Spaghettiwindungen zum Mont-Blanc-Tunnel hinaufkämpfen. Dort in der Ferne ist die Tunnelöffnung, ein kleines, auf den Kopf gestelltes U, traurig und überrascht zugleich.
Wir gehen etwas näher heran und sehen den Betonbau der Zollstation und ihrer Anlagen. Noch ein wenig näher. Ein Fiat hält an, der Fahrer zeigt Ausweispapiere. Das Auto ist farblos vor lauter Dreck, der Fahrer weiß vor Kälte. Lafcadio.
Zsuzsi für ihren Teil ist rosig vor Frühstück, laut vor Vergnügen. »Zso, endlich haben wir ein klein Babsi!«
»Dies würde vermutlich der Fall sein. Wenn man Signor Hu Glauben schenken darf.« Lafcadio reckt einen vorsichtigen knochigen Finger in die Höhe.
Sie fahren in den Tunnel ein. *10 km* steht auf einem Schild über ihnen und gibt die Entfernung zum französischen Ende des Tunnels an. Der Mont-Blanc-Tunnel ist von ewigem Gebrüll erfüllt, von gellendem Lärm wie von Hephaistos' Amboß. Riesige Sattelschlepper mühen sich vorbei und schütteln Lafcadios kleines Auto. Das Licht ist gelb und verschmiert. Alles ist von nassem Grus überzogen. Sogar die Luft scheint dick zu werden. *9 km.*
Zsuzsi wirft einen Blick an die Wagendecke. »Ich hasse es hier drin. Der ganze Berg über uns. Kilometer um Kilometer.«
Lafcadio lacht sein ersticktes Lachen. »Alles ist in langsamem Zerfall begriffen, Zsuzsi, kehrt allmählich zum Einen zurück.« *8 km.*
»Ich wünschte, wir wären schon da«, erwidert Zsuzsi gereizt. »Ich vertraue dem Chimmy Hu nicht; ich glaube nicht, daß er die Babsi stabil halten kann. Wirklich verstehen tut er deine Theorie nicht.«
Lafcadio schnaubt verächtlich. »*Glauben* tut er's nicht. Niemand außer

dir, liebe Zsuzsi, hat wirklich an mein vakuumloses Vakuum geglaubt, an meinen Würfel absoluten Nichts. Aber nur in einem solchen Inkubator kann unsere kleine Babsi leben.« *7 km.*
»Wieviel, sagte Hu, wiegt sie?«
»Unterschiedlich. Bis zu vollen drei Gramm«, frohlockt Lafcadio. »Kannst du dir das vorstellen? Offensichtlich stammt sie von einer Kaskade des energiereichsten Protonenzerfalls, der bis dahin beobachtet wurde. Und unser Monofeld hat sie erwischt, Zsuzsi, hat sie in unser vakuumloses Vakuum gefegt. Das werden wir mit einer Reise nach Venedig feiern, du und ich.« *6 km.*
»Mein Zsüzser! Und nun brems ab. Wir sind da.«
Sie biegen ab in eine Art unterirdische Garage. Sie müssen scharf abbiegen, und der mit einer Plane abgedeckte Sattelschlepper hinter Lafcadios Fiat kommt bedrohlich nahe heran.
Sobald der Wagen steht, sind sie ausgestiegen und hasten durch die kalte, feuchte Garage und auf eine Tür am anderen Ende zu. Lafcadio hat einen Schlüssel. Weißes Licht strömt heraus und wirft ein kurzes Trapezoid auf den rauhen Zementboden.
Drinnen ist es hell und warm. Ein alter Wärter winkt sie durch. Im Eilschritt durchqueren sie die Eingangshalle. Am Ende befindet sich ein großer Raum, vollgepackt mit unüberschaubarem Gerät. Ein lächelnder Chinese in hellbraunen Cordhosen und dunkelblauem Pullover begrüßt sie.
»Lafcadio«, ruft er erfreut, »Zsuzsi! Es ist immer noch stabil!«
»Das ist ja wundervoll, Jimmy«, Zsuzsi wirft ihren Mantel auf einen Stuhl. »Zeig es mal.« Sie trägt einen engen roten Pullover, einen weiten Rock und hohe Stiefel. Sie schiebt Jimmy Hu zur Seite und lehnt sich besitzergreifend über ihre Maschine. Lafcadio drängt sich hinter sie und blickt ihr über die Schulter.
Die Maschine sieht fast so aus wie ein Video-Spielautomat, sein tiefschwarzer Bildschirm steckt in einer oben drüber angebrachten Konsole. Wie tropische Lianen ringeln sich Röhren und Kabel aus ihm heraus, leuchtend farbige Wurzelstränge führen zu den angeschlossenen Apparaten: Vakuumpumpe, Ionen-Antrieb, Gas-Chromatograph, Differential-Analysator, Makroprozessor, Monopolbeschleuniger, Quantenfluxer, Quarkscanner, Relativitätskondensator, Gravitomagnet, Stark/Schwach-Kraftkupplung, supergekühlter Bluhktank, hyperonischer Wibbeltwieter, doppelreihiger Furgelsnatscher, schwarze Kästen, Kästen, Kästen, Kästen. Lämpchen blinken, Nadeln tanzen, Lautsprecher summen hier, tief unten im Berg, weit weg von Gottes Auge.
Und hinter dem Ganzen ist etwas, das aussieht wie eine riesenhafte

Skulptur von Beuys, ein vier Meter hoher Stapel von Eisenplatten, zwischen die graue Filzscheiben gelegt sind. Röhren und Drähte, die schlangengleich aus dem Filz ragen, füttern die Maschinerie.
»Babsi«, schmachtet Zsuzsi und starrt auf den Bildschirm. Wenn wir mit ihr hinsehen, sehen wir einen pulsierenden Punkt aus Licht... weder weit entfernt, noch nahe, einfach nur da.
»Es werbelt in einem Vier-Millisekunden-Zyklus vor sich hin«, flüstert Jimmy. »Sollen wir den Resonanzantrieb zuschalten?«
»Frag mich nicht«, lacht Lafcadio in sich hinein. »Alles was ich weiß, ist, daß ich recht habe. Ein Teilchen ist der Hyperschnitt eines Vierraumkonstrukts.«
Zsuzsi stöhnt feucht auf und läßt ihre Hände auf eine Reihe Bedienungsknöpfe fallen. Nahaufnahme ihrer Finger, die an den Skalen spielen. Ihre Fingernägel sind kurz und abgeknabbert und pinkfarben lackiert.
Schweres Winseln der Versuchsanlage, die bis an die Grenzen ihrer Belastbarkeit aufgedreht wird.
»Seht ihr«, ruft Lafcadio aus. »Es wächst immer noch! Eine Obergrenze für die Größe eines Partikels gibt es praktisch nicht.«
Wanh-wanh-wanh-wanh-wanh-wanh-wanh: eine Alarmsirene. Zsuzsi und Lafcadio starren gebannt auf das golfballgroße Babsi-Partikel, aber Jimmy ist jetzt besorgt. Er tritt einen Schritt zurück, wirft einen Blick auf die Alarmsirene, dann geht er wieder an die Bildschirmkonsole.
»Versuch nicht, das zu manipulieren«, warnt er. »Nicht bei dieser Energiedichte!«
»Unsinn!« schreit Lafcadio. »Hör zu, Zsuzsi! Wir müssen Babsi in unseren Raum festknoten, um Metastabilität zu erlangen. Wende die Hintonsche Doppelrotation an.«
Ihre feinfühligen kurzen und dicken Finger tanzen über die Tasten. Der Gegenstand hinter oder vor dem Bildschirm beginnt sich zu drehen. Ein weiterer Knopf wird gedrückt. Babsi wird ein wenig flacher und bekommt an ihren Polen Grübchen. Der Sound der Sirene kommt schwach und melodisch, synchron mit Babsis zunehmendem Summen. Jimmy Hu schreit irgend etwas, aber das Geräusch verzerrt seine Stimme zu einem Schnattern.
»Z-Achse«, zischt Lafcadio. »Fettkringel.«
Zsuzsi spielt an der Konsole wie die diesjährige Flipperkönigin. Babsis polare Grübchen graben sich ein und treffen sich. Die gefleckte Materie fließt in einen Pol hinein und aus dem anderen heraus. Jetzt ist es eine Ringfläche, ein rotierender Wirbelring.
Aber dann... während wir auf Babsi starren, hört das ... Rotieren auf und... geht auf den Raum über.

Babsi, Lafcadio und Zsuzsi: die drei verharren bewegungslos, während der verwischte Raum um sie herum rotiert. Maschine, Impresario und Bedienungsmann: im Mittelpunkt eines durchgedrehten Karussells im Gleichgewicht.
»Knüpf den Knoten«, drängt Lafcadio. Er ist hager, grau, mit wirrem Blick. »Jetzt XZ-Eingriff und einen W-Achsen-Hyperflip.«
Man hat das Gefühl, als wolle Babsi entkommen, denn die fließende kleine Ringfläche schreckt vor der Berührung mit Zsuzsis rubinrotem Laserstrahl zurück. Sie legt einen Hebel um, und ein glühendes blaues Netz aus Feldmaschen hält Babsi fest. Der chirurgische rote Strahl tritt in Aktion.
Die weit entfernte Sirene ist ein einziger betäubender Schrei: *Aeng-aeng-aeng-aeng-aeng*. Ein Blick auf Zsuzsis Finger, sie glänzen vor Schweiß.
Jetzt faltet Babsi sich ineinander, und zwei Kreise verbinden sich. Der fließende Umriß einer Klein'schen Flasche ist zu erkennen, ein fleischiger Sack, dessen Hals sich herausreckt und sich hineindrückt, um sein eigenes Hinterteil zu verzehren: ein gequälter federloser Vogel, der seinen Kopf im Nabel stecken und aus seinem Hintern herausragen hat. Die Weltschlange. Die Klein'sche-Flaschen-Babsi-Bohne gleitet hinein und durch sich selbst hindurch und beschreibt unmögliche Kurven. Langsam kommt sie zur Ruhe, glättet sich und schrumpft ein wenig.
Der Raum hat aufgehört zu rotieren. Zsuzsi bedient einen Relaisschalter, und die Maschinen laufen aus.
Lafcadio lacht und drückt sie an sich. »Alles bereit, unser Baby nach Venedig mitzunehmen?« Zsuzsi schaut zu, wie er einen kleinen goldenen Schlüssel hervorzieht und ihn in ein kleines Schloß zwängt, das gleich neben dem Bildschirm angebracht ist. Das Geräusch zischend entweichender Luft, und der Bildschirm senkt sich nach vorn wie eine Backofentür. Lafcadio langt hinein.
Der Raum da drinnen ist komisch. Obwohl Lafcadio seinen Arm *vorn* hineinsteckt, sehen wir seine Hand, wie sie sich von der *Seite* hineinwindet. Unverzagt ergreift er die kleine Bohne und nimmt sie heraus.
Nahaufnahme von Lafcadios Handteller. Darauf ein winziges, hell schimmerndes Kügelchen. Schwache Schattenlinien ziehen sich über es hinweg wie auf einem geschälten Orangenkern.
»*Babsi*«, schmachtet Zsuzsi mit mütterlich wogendem Busen. »*Edes kicsikem.*« Du süßes Kleines. Mit zitterndem Finger stubst sie es an. Es schreckt zurück und vermeidet ihre Berührung.
Als die kleine Kugel schrumpft, wird der umgebende Raum verzerrt... Es ist, als sähe man Lafcadios Handfläche plötzlich durch ein verkehrt

gehaltenes Fernglas. Aber dann prallt Babsi zurück und ist größer als zuvor. Sie versucht noch einmal wegzuschrumpfen, und wieder prallt sie zurück. Der Raumknoten hält.

»Komm gucken, Jimmy«, ruft Zsuzsi. »Wir haben wirklich ein Hyperobjekt in der Falle.«

Jimmy weicht langsam zurück. Er lacht und schüttelt den Kopf...

PPPPFFFFFWWWAAAAAAAPP!

Ein riesiger Ball aus Zellgewebe schwappt über Zsuzsi hinweg... und *frißt sie auf!* Mit einem Mal ist nur noch eine Hand zu sehen. Während die Finger sich verkrampfen, entkrampfen, schlaff werden, tropft Blut von ihnen herab. Knochen krachen.

Lafcadio ist gegen einen Werktisch geschleudert worden. Sein Gesicht ist starr vor Entsetzen. Röhren und Kabel brechen, Gase entweichen als pfeifende Nebelfahnen, Funken sprühen, und mit einem Mal fegt ein Feuervorhang durch den Raum.

Lafcadio fällt auf die Knie, er ist übergeschnappt; er stöhnt, verdreht die Augen, läßt die Zunge aus dem Mund hängen. Das blutbefleckte Superpartikel bewegt sich auf ihn zu. Jimmy Hu ergreift Lafcadio am Fuß und zieht ihn weg. Die gigantische Babsi beult sich nach vorn, zögert, dann *BLAMM!* schrumpft sie, so schnell sie kann, auf Punktgröße zusammen. Der Boden unter ihr wölbt sich mit Raumdruck nach oben... aber das Hyperklümpchen kann sich nicht befreien.

Lafcadios verkrampfte Finger harken den Boden, während Jimmy ihn aus dem Raum zieht. Die Tür fällt krachend ins Schloß. Die kleine Bohne liegt auf dem Zementfußboden und summt, in einer Blutlache liegend, wütend vor sich hin.

Alwin

Sybil und ich trieben es miteinander. 69 ist in Rom LXIX. Sie stöhnte. Es war *so* gut. Ich stöhnte zurück.

Aber leise. Zwei unserer Kinder, die kleinen, teilten sich das Zimmer mit uns. Sie schliefen auf einem Campingbett, jedes an einem Ende.

Nach einer Weile kamen wir gemeinsam. Ungewöhnlich für 69. Vor unserem Fenster gab es, überraschenderweise, einen Magnolienbaum. Die Lichter der Stadt funkelten auf seinen nassen Blättern. Wir küßten uns und murmelten ein paar Dinge. Liebe. Sybil schlief ein.

Es währte nicht lange, und ich beschloß, wieder aufzustehen. Rom lag vor der Tür, und es war gerade erst Mitternacht.

Meine Kleider lagen vorm Bett auf dem Boden. Ich schlüpfte hinein, nahm den Schlüssel und ging die zwei Treppen nach unten.

Die Hotelflure waren seltsam geformt, eng und wie die Stücke eines dreidimensionalen Puzzlespiels. Hotel Caprice. Nur einen Häuserblock von der Via Veneto entfernt. Es war heruntergekommen und locker, das umgemodelte Haus irgendeines vergessenen Zahlungsunfähigen. Der pferdegesichtige Hotelangestellte ignorierte mich beim Hinausgehen. Aus Höflichkeit.

Ein feiner Nieselregen ging nieder. Es war eine kühle Frühlingsnacht, wenige Tage vor Ostern. Bei den vielen Pilgern in der Stadt hatten wir Glück gehabt, ein Zimmer zu finden.

Auf der Via Veneto ließ ich mich unter der Markise eines Cafés nieder, bestellte ein Heineken und wünschte dann, ich hätte es nicht getan. Es war kaum noch jemand unterwegs, und es gab praktisch nichts, was man sich ansehen konnte. In meinem feuchten Mantel fing ich an zu frieren. Erst die heilige Woche, und dann das Dolce Vita.

Ein Verrückter näherte sich. Das sah man schon aus zwanzig Metern Entfernung. Er trug einen großen Spielzeugroboter bei sich, eines jener sonderbaren japanischen Spielzeuge, die aussehen wie die Mitglieder von KISS. Die Augen des Verrückten waren überall gleichzeitig, und er ertappte mich, wie ich ihn anstarrte.

»*Ecco!*« kreischte er auf, hielt den Roboter in meine Richtung und hob einen seiner Arme. Dann machte er ein summendes Geräusch, als ob der Roboter meine Augen-Attacke mit einem Todesstrahl abwehren sollte.

»*Dzen-dzen-dzen-dzen-dzen-zen-zen-ning-ning-ning!*«

Ich wandte mich ab und hoffte, er würde weitergehen. Denkste. Ich

konnte hören, wie er stehenblieb, näherkam, wieder stehenblieb. Noch einen Schritt, und ich würde seinen Atem spüren.
Mit einem Aufschrei peitschte ich meine Arme in die Luft und richtete sie auf ihn. Ich streckte meine Zeigefinger aus und hielt den Daumen gespannt, als wollte ich Dr.-Seltsam-Energie aus meinen Fäusten schießen.
Ein lächerlicher Zug... es war auch nicht mein erstes Bier an diesem Tag... aber es funktionierte. Indem er sogleich in die Marvel-Comics-Sprache verfiel, legte der Verrückte einen schützenden Arm vor sein Gesicht und zog sich mit feurigem Blick zurück.
Ich blickte auf der Terrasse des Cafés umher, um zu sehen, ob irgendwer meinen kleinen Sieg beobachtet hatte. Aber alles war leer und... nein, dort drüben saß eine Frau und lächelte mir zu; hübsches dunkles Haar, ein saftiger praller Mund, *Hi, Baby*, aber, hmmm, da ist ein Mann dabei, der mich ebenfalls angafft... soll ich weggucken? Nein, Augenattacken sendet er keine aus; nein, nein, der... der ist Zuhälter, ein kurzer Blickaustausch mit der Frau, ein unauffälliger Wink mit seinem kleinen Finger auf mich... seltsam und furchterregend. Ich rief den Kellner, um zu zahlen.
Außerhalb der Markise war es immer noch naß... nicht so sehr Regen als vielmehr dichter Nebel, der in lichten Mustern wirbelte und geradewegs bis hoch zum Himmel rollte. All das machte mich nur naß. Ich beschloß, bis zu Harry's Bar zu gehen, einen Whisky zu trinken und ins Hotel zurückzukehren. Zielbewußt ging ich schneller.
Vor mir ein Mann. Ein großer stämmiger Bursche, der unter einem riesengroßen seidenen Regenschirm dahinlatschte. Ich sah, daß ich ihn überholen mußte, und das machte mich ein wenig nervös... Der brachte ohne weiteres dreißig Kilo mehr auf die Waage als ich. Aber schließlich war die Straße, wenn auch leer, so doch gut beleuchtet, und der Mann war, wie ich feststellte, viel zu gut gekleidet, um ein Straßendieb zu sein. Er trug Schuhe von Gucci und einen grauen dreiteiligen Anzug. Gott sei Dank. Ein Schwuler?
Ich winkelte meine Schritte leicht gegen den Bordstein hin und erhöhte, in der Hoffnung, an ihm vorbeizuwischen, die Geschwindigkeit. Aber, wie ich vorhin schon sagte: denkste!
»Psst!«
Ich warf ihm einen raschen Blick zu. Mit dem Anzug sah er aus wie der Junior-Partner einer Rechtsanwaltsfirma aus Newark. Spielt Rugby am Rutgers College. Brustschweres, wespentailliertes Weib und ein Neugeborenes namens Nino. Diesem Römer mußte man einfach vertrauen.
»Was?«

»Komm her.« Er trat einen Schritt näher und nahm mich mit unter seinem Schirm. »Sie Amerikaner?«
Ich unterdrückte die Antwort, die ich für derlei Situationen auf Lager hatte – *Kackt der Papst im Wald?* – und nickte nur.
»Sie wohnen hier?«
Es schmeichelte mir, daß er mich als einen freiwillig im Exil Lebenden erkannte. Die Staaten hatte ich vor nunmehr zwei Jahren verlassen, allerdings lebte ich nicht in Italien. Ich beschloß, ihn zu der Annahme zu bewegen, er vergeude mit mir keine Zeit.
»Sicher. Ich arbeite in der Botschaft.«
Er nickte, zufrieden mit seinem Fang. Und Zeit genug, mich einzuholen.
»Sie wollen zu mir nach Hause kommen? Es gleich sein dort unten.«
Er zeigte auf eine dunkle Seitenstraße. Sicher. Klar. Ich mit diesem Typ in irgendeine beliebige Gasse. Für was für einen Idioten hielt der mich eigentlich? Ich schüttelte den Kopf.
»Ich gehe zu Harry's, um was zu trinken.« Mit Bestimmtheit blickte ich auf meine Uhr. Schon zwanzig nach eins. »Ich werd mich lieber mal auf den Weg machen.«
Er sah verletzt aus, überrascht über meine Ablehnung. »Was iss los? Nun, komm schon! Hab ne schöne Wohnung. Italienische Girls sehr romantisch.«
Ein Zuhälter. Natürlich! Ein mit Seidentapeten ausgeschlagenes Zimmer voller sinnlicher italienischer Kurtisanen... hochstehende Wangenknochen, dunkelfleischige Lippen und Brustwarzen, Hüften ausladend, duftende Schrittfalten und die taubenetzten pechschwarzen Deltas...
»Nein«, hörte ich mich sagen. »Nein, danke. Ich hab so was gerade hinter mir. Noch so 'n Bissen kriegte ich gar nicht runter.«
Der Zuhälter schien sich zunehmend aufzuregen. Es sah so aus, als wäre ich den ganzen Abend über der einzige Kunde gewesen, der zufällig vorüberkam. Es hätte nicht viel gefehlt, und er hätte mich am Arm ergriffen.
»Kommen Sie, nur mal gucken. Kostet nix. Kommen zurück an einem anderen Abend.«
Ich wollte. Ich wollte gucken. Aber ich hegte den nagenden Verdacht, daß drüben in der dunklen Gasse überhaupt keine Mädchen waren, daß dieser große starke Kerl mich nach Strich und Faden verprügeln und mir meine Uhr und meine Brieftasche abnehmen würde. Insgesamt betrachtet sah er zu gut gekleidet aus für eine derart grobe Annäherung. Aber, Teufel noch mal, was wußte ich schon über Rom?
Hartnäckig schüttelte ich den Kopf und fing an weiterzugehen. Der stäm-

mige Zuhälter schritt neben mir her und hielt seinen Schirm über mich.
»Wie kannst du das antun mir? Alte Freunde, und du wollen nicht einmal angucken meine beautiful girls!« Irgend etwas an seiner Stimme gefiel mir nicht.
»Ich habe Sie niemals zuvor in meinem Leben gesehen«, sagte ich und lachte kurz auf. »Wie kommen Sie auf dieses ›Alte Freunde‹? Alles, was ich weiß, ist, daß Sie mich umbringen werden, wenn ich mit Ihnen in eine Seitenstraße gehe.«
Sein Gesichtsausdruck verhärtete sich. »Du beleidigen.«
»Es tut mir leid«, sagte ich schnell. Nur noch ein halber Häuserblock bis zu Harry's, warm und hell, lieber Gott, laß mich lebendig dort hingelangen. »Ja, ich betrachte Sie als meinen Freund.«
Eine dunkle Gestalt auf einem Fahrrad kam vor uns um die Ecke geschossen. Das Fahrrad hatte an jedem Lenkerende eine Lampe, eine rote und eine grüne, wie ein Flugzeug. Der spindeldürre Fahrer stand auf den Pedalen, seine zerrissene Kleidung flatterte im Wind, und mit einer Hand wedelte er in der Luft.
»Guai a voi, anime prave! Non isperate mai veder lo cielo: i'vegno per menarvi al l'altra riva ne le tenebre etterne, in caldo e 'n gelo«, deklamierte er mit hoher, fanatischer Stimme. Er fuhr mitten auf dem Gehsteig und radelte wie der Blitz auf uns zu.
Dann entdeckte ich den Spielzeugroboter in seiner freien Hand, und mir fiel wie Schuppen von den Augen, daß es der Verrückte von vorhin war. Ich hätte soviel Verstand haben sollen, nicht mehr auf der Straße zu sein, wo er mich finden konnte.
Ich trat unter dem Regenschirm des stämmigen Zuhälters hervor und hoffte, dem Verrückten aus dem Weg gehen zu können. Der hatte aber seinen Blick auf mich geheftet und schien fest entschlossen, mich zu rammen. Die elektrisch leuchtenden Augen des Roboters strichen, im Takt mit den Schreien des Mannes und seinen wilden Gesten, hin und her.
»Zappappa ziezieno sfera globo peng peng peng.« Die Geräusche, die er von sich gab. Ohne mich umzusehen, trat ich rückwärts vom Gehsteig, um ihm aus dem Weg zu gehen. Quietschende Reifen hinter mir. Krampfartig spannte ich mich an.
Der Zuhälter im dreiteiligen Anzug hechtete auf mich zu, der Verrückte auf seinem Fahrrad schoß vorüber, und ein Auto stubste von hinten leicht gegen meine Oberschenkel. Mir war, als würde ich vor Erleichterung in Ohnmacht fallen. Aber der ganze Ärger fing gerade erst an.
Das Auto, das mich beinahe überfahren hätte, war ein schwarzer, viertüriger Fiat, der sich beim plötzlichen Bremsen seitwärts gedreht hatte.

Kochend vor Wut kam der Fahrer aus dem Fahrzeug gestürmt. Behaart und wie ein Wilder gestikulierend. Er brüllte mich an und zeigte wiederholt auf einen kleinen grünen Aufkleber an seiner Windschutzscheibe. Ich hatte nicht die geringste Ahnung, worum es ging.
Der stämmige Zuhälter mischte sich ins Gespräch. Er stellte sich selbst als Italiener vor, und ich bekam den Namen mit. Virgilio Bruno. Der häßliche kleine Fahrer mit seinem schwarzen Schnauzbart verdoppelte sein Geschrei. Virgilio stand ruhig und unbewegt da wie eine Klippe in stürmischer See. Die Wörter *Americano* und *Lire* tauchten immer wieder auf. Der Fahrer wühlte in seinem Handschuhfach und stieg mit einem kleinen Heftchen mit einem Pirelli-Aufdruck wieder aus. Die auf der Rückseite aufgedruckten Nummern schienen von Bedeutung zu sein. Er zog eine zusammengefaltete gelbe Quittung aus seiner Brieftasche und faltete sie drei-, sechs-, neunmal auseinander, bis sie so groß wie ein Kopfkissenbezug war. Er las mit lauter Stimme weitere Zahlen ab, wobei er häufig Pausen einlegte, um zu gestikulieren und die Wirkung seiner Worte zu erhöhen. Schließlich zeigte er ein letztes Mal auf den Aufkleber an der Windschutzscheibe und drückte mir das Pirelli-Heftchen und die gelbe Quittung in die Hand.
Virgilio nickte formvollendet mit dem Kopf, inzwischen ganz Rechtsanwalt, und zog mich einen Schritt zur Seite.
»Der da«, eine leicht verächtliche Neigung seines Hauptes begleitete seine Worte. »Der da meint, du seine Reifen beschädigt. Will zehntausend Lire.«
Das waren ungefähr zehn Dollar. Sollte ich ihm die zahlen? Das wäre die Sache beinahe wert; einfach, um von der verdammten Straße zu kommen. Ich blickte über meine Schulter, um zu sehen, ob der Verrückte mit dem Fahrrad noch in der Nähe war. Ich befühlte die losen Scheine in meiner Hosentasche. Das sollte reichen.
»Wir nicht zahlen«, informierte Virgilio mich fest entschlossen. »Ich erledigen.«
Bevor ich noch eingreifen konnte, drehte er sich um und entließ eine Maschinengewehrsalve Italienisch auf den Fahrer. Selbst mit dem Regenschirm in der Hand waren Virgilios Handbewegungen einzigartig. Man brauchte nur seine freie Hand zu beobachten, und man sah die ganze Geschichte: den vorsichtigen Fußgänger, den wie wahnsinnig rasenden (und möglicherweise benebelten) Fahrer, der beinahe tödlich verlaufende Unfall, die Wahrscheinlichkeit, daß ich ihn wegen Beschädigung meines unteren Rückenendes belangen würde.
Ich selbst war absolut überzeugt. Aber nicht die behaarte kleine Warze von einem Fahrer. Der fing an, einen Kompromiß auszuhandeln, und das

würde Stunden dauern! Ich warf einen verstohlenen Blick auf meine Uhr. Es war fast zwei Uhr morgens.
In diesem Augenblick verlosch die Leuchtreklame von Harry's Bar. Und, abermals wie ein Wirbelwind, kam der verrückte Herr der Roboter auf Rädern um die Ecke. Er mußte einmal um den Häuserblock gefahren sein. Wie auf ein Stichwort hin hörten Virgilio und der Fahrer auf zu streiten. Und bevor ich wußte, wie mir geschah, hatte Virgilio mich und sich selbst auf den Rücksitz des Autos gedrängt, und wir fuhren auf der Via Veneto davon. Irgendwie war ich froh.
»Wie dein Name?« fragte mich der stämmige Zuhälter.
»Alwin Bitter. Könnten sie mich bei meinem Hotel absetzen? Hotel Caprice.« Ich rief dem Fahrer den Namen zu, aber der saß mit entschlossen gekrümmtem Rücken über sein Lenkrad gebeugt.
»Virgilio Bruno.« Er schüttelte meine Hand und hielt sie länger, als mir angenehm war. »Du nicht wohnen in Hotel. Wir alle Whisky trinken in meinem Club.«
»Meine Frau wird sich fragen, wo ich bleibe.«
Virgilio lachte nur. »Mit dem Sex von dir, sie schlafen ganze Nacht.«
Rasch passierte der Fahrer die Straße, wo ich Virgilio begegnet war, das Café, wo ich mein Bier getrunken hatte, die Seitenstraße, wo meine liebe Sybil und die Kinder schlummerten. Würden sie als Witwe und Waisen aufwachen?
»Hör'n Sie mal!« Ich tippte dem Fahrer auf die Schulter. »Lassen Sie mich raus! Halt! Ich werde Ihnen Ihre *dice mille lire* geben!« Ich zog einen Geldschein aus der Tasche und wedelte damit vor seinem Gesicht.
Er nahm ein Rotlicht mit Vollgas und fuhr, mit einer wohlüberlegten kurzen Steuerbewegung, gerade noch an einem Mercedes vorbei. Wir passierten die Amerikanische Botschaft zu unserer Linken.
»Du da arbeiten«, sagte Virgilio und zeigte mit dem Daumen auf das Gebäude.
»Nein, nein«, rief ich außer mir. »Das war eine Lüge!«
Virgilio kniff die Lippen zusammen und schüttelte den Kopf. »Keine Lüge. Du beleidigen, aber nicht lügen. Du sehr wertvoll, Alvino. Tot oder lebendig.«
Noch eine rote Ampel. Wir waren jetzt nahe der Termini-Bahnstation. Der Verkehr war zu dicht, als daß die kleine Warze bei Rot hätte fahren können. Er mußte halten. Das war die Chance, meinen Kidnappern zu entkommen. Unbemerkt nahm ich den hinteren Türgriff in die Hand. Ein rascher Sprung und...
Ein mutiger Mann bin ich nicht. Das Bild, das ich von mir habe, ist eher

das einer sehr kleinen und schwachen Person. Dabei bin ich fast einsachtzig groß und kräftig gebaut. Aber ich war ein Spätentwickler. Ich brachte jene formgebenden frühen High-School-Jahre als ein schwammiger unbedeutender Wissenschaftsfreak zu. Vor starken Männern mit tiefen Stimmen habe ich heute noch Angst.

»*Calmo*«, sagte Virgilio und drückte das Türschloß auf meiner Seite nieder. »Ruhig bleiben. Ich schwer bewaffnet sein.« Ich sah das dunkle Schimmern einer Automatischen in seiner Hand. Die Ampel wechselte auf Grün, und der Wagen spurtete vorwärts.

Der Verkehr wurde, indem wir vom Termini fortfuhren, rasch immer dünner. Anonyme, von den Straßenlaternen beleuchtete Gebäude flikkerten vorbei. Was zu essen, was zu essen, was zu essen. Ich fragte mich, wie sie mich versorgen würden, meine Entführer. Ich nahm die Namen der Straßen, die wir passierten, wahr. Ich versuchte, mir die binäre Bezeichnung der Zahl 69 vorzustellen. Ich versuchte, an alles andere zu denken, nur nicht an das Photo, das in meiner Erinnerung immer noch lebendig war.

Das Photo: Aldo Moro, Italiens herausragendster Staatsmann, tot aufgefunden im Kofferraum eines gestohlenen Renaults: ein Pressefarbphoto in der TIME vom 22. März 1978: *Da ist er; sie haben ihn in seinen blauen Anzug gekleidet, nachdem sie ihn erschossen hatten; man kann durch die geöffnete hintere Klappe des Kombis hineinsehen; er liegt auf dem Rücken, die Beine angewinkelt, damit sie hineinpassen; toter massiger, unrasierter Unterkiefer und Hals, tote geschlossene Augen abgewandt, tote schlappe Hand lose gekrümmt; die Brigate Rosse hielten ihn zwei Monate lang gefangen, sogar nach seinen mitleiderregenden Briefen; sie schossen ihm achtmal in die Brust* und wuschen ihn und kleideten ihn an; ein blutloser blauer Leichnam im Kofferraum eines roten Renaults mit grünen Soldaten, die Wache standen; man versuche sich nur einmal die Farben vorzustellen, nicht den Winkel seiner Beine, das ausgelöschte, leere graue Gesicht ...

Wir bogen auf einen enorm großen leeren Parkplatz ein und hielten an. Irgend etwas Riesiges und Schwarzes ragte über uns auf.

»*Colosseo*«, bemerkte die kleine Warze von einem Fahrer. Fußschritte näherten sich. Virgilio entriegelte meine Tür und stieß mir seine Pistole in die Rippen.

»Was bist du wert, Alvino?«

Meine Tür flog auf, und ein Mann in einer Wärteruniform bedeutete mir auszusteigen. Virgilio und die Warze folgten mir auf dem Fuße.

Meine drei Kidnapper führten mich unter den äußeren Bogengang des Kolosseums. Der Wärter drückte Tore auf und schloß sie wieder. Eine

Menge Abfall lag am Boden herum: Obstschalen, Einwickelpapiere, Handzettel mit dem Abbild des Papstes. Der Regen hörte auf und der Vollmond kam zum Vorschein. Der Ostermond. Heute hatten wir Gründonnerstag gehabt. Ich erinnerte mich, daß der Papst in einer vom Fernsehen übertragenen religiösen Zeremonie Jesus nachgeahmt hatte, indem er heute abend die Füße mehrerer Geisteskranker gewaschen hatte. Einen Teil davon hatten wir im Fernseher in der Hotelhalle gesehen.

Der Wärter öffnete die Tür zu einer nach unten führenden Treppe. »*Scendere, signor.*« Das war's.

»Ich gehe nicht.« Ich zog meine Brieftasche hervor. »Dies ging jetzt weit genug. Ich gebe Ihnen mein ganzes Geld.« Ich zählte schnell. »Dreihunderttausend Lire. Meine Reiseschecks werde ich ebenfalls unterschreiben.«

Virgilio schüttelte den Kopf und nahm meine Brieftasche sowieso. Er legte eine Hand auf meine Schulter und schob mich sachte zur Treppe.

Irgend etwas in mir klickte. Da hinunter bedeutete Tod. Ich hatte nichts zu verlieren. Ich schwenkte herum und versetzte Virgilio einen Schlag gegen den Hals. Er gab ein heiser röchelndes Geräusch von sich und ließ seine Waffe fallen. Ich schnappte mir die Pistole und rannte los, den das Kolosseum umgebenden Bogengang entlang, und suchte einen Weg nach draußen.

Aber alle Ausgänge, an denen ich vorbeikam, waren fest verschlossen. Meine Schuhe verursachten auf den alten Steinen einen Heidenlärm. Dann vernahm ich plötzlich Stimmen vor mir... ich war beinahe einmal ganz herum gelaufen. Ich blieb stehen und lehnte mich an die Innenwand, um wieder zu Atem zu kommen. In der Stille konnte ich das Scharren sich nähernder Schritte hören. Ruhig kamen sie immer näher. Ich blickte auf meine Pistole hinab, um zu sehen, ob sie entsichert war. Aber bestimmt trugen die andern auch alle Waffen.

Mein Verfolger hatte mich jetzt fast eingeholt, und um die nächste Biegung konnte ich hören, wie der Wärter Virgilio wiederbelebte. Deshalb rannte ich wie ein geölter Blitz nun durch eine der kurzen Durchgänge, die ins eigentliche Kolosseum führten.

Das Kolosseum in Rom ist ein rundliches Stadion mit ungefähr hundert Metern im Durchmesser. Der Bodenbelag der inneren Arena ist seit langem nicht mehr vorhanden und enthüllt ein Gewirr von unterirdisch angelegten Hallen, Ställen und Zellen. Die Sitzplätze und Bänke des Stadions sind ebenfalls nicht mehr vorhanden, so daß die Stützmauern freiliegen. Diese Mauern führen vom Rand der Arena schräg hinauf bis zum oberen Rand der Außenwand des Kolosseums. Das Ganze sieht aus wie das Innere eines ausgetrockneten Seeigels: ein Irrgarten in der Mitte und krümelige Flossen rundherum.

In dem hellen Mondlicht mußte ich rasch handeln. Es war eine Wahl zwischen oben und unten. Die Kidnapper hatten mich nach unten bringen wollen, also wählte ich den Weg nach oben und zog vorher meine Schuhe aus.

Mit einem Sprung und einer Schlängelbewegung gelangte ich auf eine der schrägen Stützmauern. Ich hatte Glück, denn sie war nicht halb zusammengefallen wie die anderen. Meine Mauer stieg in stetem Winkel an bis oben hin. Leise huschte ich die in silbernes Mondlicht getauchte Schräge hinauf. An der Brüstung der Außenmauer gab es eine Schattennische. Dort kauerte ich nieder – im selben Augenblick, als die Warze ins Stadion trat. Er hatte eine Maschinenpistole mit Drahtbügelkolben im Arm.

Ich drückte mich noch tiefer in den Schatten und wagte kaum zu atmen. Er fand meine Schuhe, blickte nach oben, sah mich nicht, ging an den Rand der Arena und blickte nach unten. Virgilio rief ihm von außen irgend etwas zu, und die Warze rief irgendwas zurück. Eine Zeitlang passierte gar nichts, und dann erblickte ich den Wärter, der mit schußbereiter Maschinenpistole durch den im Boden der Arena versenkten Irrgarten strich. Die kleine Warze verfolgte die Bewegungen des Wärters wie ein Jäger, der einen Apportierhund beobachtet.

Irgendwas mußte ich unternehmen, bevor sie mich hier oben suchten. Meine Schuhe waren dort unten und zeigten ihnen an, wo sie suchen mußten.

Ich drückte mich an der Brüstung weiter nach oben und warf einen Blick an der Außenmauer entlang nach unten. Fiel ganz schön tief ab, mindestens fünfundzwanzig Meter. Aber die Mauer wies genug Ritzen und Sprünge auf, daß man hinunterklettern konnte. Ich beschloß, es zu versuchen.

Virgilio hatte sich inzwischen zur Warze gesellt und blickte ebenfalls in die Arena hinab, wo der Wärter mich zu erledigen hoffte. Keiner der drei sah, wie ich mich aus meinem Schattenloch herausschlängelte und über die Mauerkrone glitt.

Der tiefstehende Mond leuchtete jeden Riß und jede Spalte des Gemäuers aus. Ich bahnte mir meinen Weg über ein paar Ziersimse. Soweit so gut. Als nächstes kamen eine Reihe Bögen, die von Säulen getrennt wurden. Ich hielt mich mit beiden Händen an einem der Simse fest und schwenkte die Beine nach unten, wobei ich wie verrückt zappelte. Schließlich gelang es mir, sie um eine dicke Säule zu klammern. Ich lehnte den Kopf zurück,

ließ los und fing an, die Säule hinabzurutschen. Ich umgriff die Säule mit beiden Armen und bekam die nächsten Meter Abstieg umsonst.
Als ich auf die Säulenbasis knallte, verlor ich fast den Halt. Müdigkeit. Ich befand mich immer noch zu hoch über der Straße, um zu springen, und das folgende Mauerstück sah verdammt glatt aus. Ich hockte mich in den Schatten eines Bogens, um mich auszuruhen. Ich hatte mir den Rükken angeschlagen, einen Fingernagel abgerissen und mir die Wange aufgeschürft. Noch ein paar Simse und noch eine Säule hinab und ich wäre auf der Straße. Wenn ich nicht kopfüber nach unten stürzte. Ich saß da und steckte meinen geschundenen Finger in den Mund.
Ich sah nach, wie spät es war. 3 Uhr 30. Der Katzenjammer vom gestrigen Trinken setzte ein.
Virgilios glatte Stimme drang von irgendwo oben zu mir herab. Was wollten diese Kerle bloß? Waren das politisch engagierte Terroristen, oder waren sie nur auf Geld aus? Die waren im guten Glauben, ich wäre irgendein hohes Tier von der Amerikanischen Botschaft. Ich verfluchte mich für meine Lüge.
Mein Gott, war ich müde. Völlig abgeeiert. Vielleicht wäre es am besten, wenn ich mucksmäuschenstill hier verharrte. Würde ich auf der Straße davonrennen, würden sie mich entdecken und einkriegen. Ab und zu brummte ein mit Gemüse beladener Lieferwagen vorbei, aber darüber hinaus gab es niemanden, an den ich mich hätte wenden können.
Dort, wo ich saß, fühlte ich mich ziemlich sicher. Der mir Schutz gewährende Bogen öffnete sich gegen eine Arkade, die den zweiten Stock des Kolosseums umlief. Doch war sie, soviel ich erkennen konnte, nicht mit dem mittleren Teil verbunden, wo sie nach mir suchten. Ich war so erschöpft, daß der Stein, an den ich mich lehnte, sich wie Schaumgummi anfühlte. Ich beschloß, bis zum Morgen hier zu warten. Dann würden die Ratten sich wieder in ihre Löcher verkriechen, und ich würde ein Taxi zum Hotel zurück nehmen, und wir würden Italien den Rücken kehren. Setzt mich und Sybil und Tom und Ida in den Zug zurück nach Heidelberg und damit *Basta!*
Ich hätte auf der Stelle einschlafen können, nur mußte ich pinkeln. Das letzte Bier, das ich getrunken hatte. Ich mühte mich auf die Füße und schleppte mich zur anderen Seite des Bogens, lehnte mich aufrecht gegen den kühlen Stein und...
»*Ecco!*« brüllte es von unten. Der Verrückte mit dem Roboter!
Dieser verfluchte Scheißkerl. Stand da und wedelte mit seinem blinkenden Spielzeug in der Hand. Dem würde ich Todesstrahlen zeigen! Ich zielte rasch und feuerte einen Schuß auf ihn ab, der zehn Meter tiefer irgendwo ins Straßenpflaster schlug. Daneben. Für noch einen Schuß

war keine Zeit. Links von mir konnte ich jemanden eine Treppe hinunterlaufen hören. Ich spurtete in die andere Richtung den Bogengang entlang.
Und lief Virgilio geradewegs in die Arme. Er schoß aus einem Schatten auf mich los und hatte seine Pistole zurückerobert, bevor ich wußte, wie mir geschah.
»Du gut in Sport, Alvino.« Er drehte mir den Arm auf den Rücken und drückte mir den Lauf seiner Pistole gegen meine Wirbelsäule. »Rasch jetzt.«
Ich stöhnte auf und bewegte stumm die Füße. Die Treppe hinab zur ebenerdigen Arkade. Weitere Treppen hinab. Türen, und wieder Stufen. Türen. Ein würfelförmiger betonierter Raum mit einer einzelnen Glühbirne in einem Drahtkorb unter der Decke.
Der Wärter war da, der Verrückte war da und ein Businessman-Gangster. Der Businessman-Gangster schien das Kommando zu haben. Er war der Typ des gemütlich Übergewichtigen mit lustig blinkenden Augen. Die andern nannten ihn Minos.
Auf sein Zeichen hin legte Virgilio mir Fußeisen an und kettete die Eisen an eine schwere, in die Mauer eingelassene Krampe. Minos schaute von einem Sofa an der anderen Wand aus zu. Ich hatte einen Stapel Lumpen, auf dem ich sitzen konnte. Der Wärter ging, während der Verrückte mit einer Maschinenpistole Wache stand.
»Du bist von der Amerikanischen Botschaft«, fing Virgilio an.
»Das bin ich *nicht*. Ich bin nur ein armer Physiker, der mit einem Forschungsstipendium in Deutschland lebt.«
»Schöne Worte«, entgegnete Virgilio. »Bedeuten gar nichts.« Jetzt, wo er nicht mehr den Zuhälter spielen mußte, hatte sich sein Englisch beträchtlich verbessert.
»Mädchen haben Sie überhaupt keine, stimmt's?« fragte ich ihn. »Sie verdienen sich Ihr Geld einzig und allein damit, Leute von der Via Veneto weg zu entführen. Wie lange, meinen Sie, bleiben Sie damit noch ungeschoren?«
»Virgilio ist ein ausgezeichneter Fallensteller«, bemerkte Minos mit sanfter kultivierter Stimme. Sein Mund war geschwungen wie ein Amorbogen. Er sah sauber und gepflegt aus wie ein Neugeborenes. »Ich kaufe ihm ab und zu etwas ab. Aber wieviel sind Sie wert?«
»Er ist sehr wichtig«, insistierte Virgilio. »Die Botschaft wird Milliarden Lire zahlen. Ich lasse ihn Ihnen für eine Million.«
»Er sagt, er sei nur ein einfacher Physiker«, zweifelte Minos. »Vielleicht sollten Sie ihn einfach...« Er machte eine wegwerfende, todbringende Handbewegung. »Warum haben Sie mir keinen Spion beschafft?«

»*Krie, krie*«, machte der Verrückte und fuchtelte mit einer Maschinenpistole herum. »*Krie-krie-krie.*« Der Businessman-Gangster sagte irgend etwas zu ihm, und er setzte sich ebenfalls auf das Sofa, nahm seinen Roboter auf das eine und die Maschinenpistole auf das andere Knie. Eine Minute lang besprachen sie sich leise miteinander. Der Name des Verrückten schien Lafcadio zu sein.

Virgilio ging langsam auf und ab und strahlte Bedrohung aus. Mit einem Mal blieb er stehen und stand mit zusammengeballten Fäusten über mir.

»Sie gehören der Amerikanischen Botschaft an.«

»Fangen Sie nicht an, mich zu schlagen«, sagte ich voller Schrecken. »Wenn es Ihnen Freude macht, das zu denken, dann denken Sie's nur weiter. Rufen Sie die Botschaft an, sobald die aufmachen. Lange sollte es nicht mehr dauern.« Ich blickte auf meine Uhr. Fast war es fünf.

»Physiker? Auf welchem Gebiet?« verlangte Minos zu wissen. »Lafcadio war ebenfalls Physiker, bevor er verrückt wurde. Lafcadio Caron. Haben Sie von ihm gehört?«

Lafcadio Caron? Dieser Bekloppte? Sicher hatte ich von ihm gehört. Er war damals Leiter jenes Experiments mit dem Protonenzerfall im Mont-Blanc-Tunnel gewesen. Vor wenigen Monaten hatte es dort einen Zwischenfall gegeben. Aber wie...?

»Physiker auf welchem Gebiet?« wiederholte Minos. »Ich muß entscheiden, ob Sie was wert sind.«

»Atomphysik«, platzte es aus mir heraus. »Ich war in der Atomphysik und beim Reaktordesign.« Stimmen tat das nicht. Meine wirkliche Spezialität war die mathematische Analyse Hilbertscher Raumoperatoren. Aber jetzt war nicht der Augenblick, sich wie ein Elfenbeinturmidealist aufzuführen.

»Er kann eine Bombe bauen!« rief Virgilio wie aus dem Häuschen. »Man stelle sich nur vor, was die Regierung zahlen wird, um ihn davon abzuhalten!«

Sie hatten den Köder geschluckt. Von jetzt an war ich unentbehrlich. »Sicher könnte ich eine Atombombe bauen. Aber Sie müssen mir nuklearen Brennstoff zusammenstehlen.«

»*Bumbumwhumama peng peng peng.*«

»Vielleicht tun wir eine Quelle dafür auf. Oder die Botschaft wird möglicherweise *denken*, wir wüßten, wo eine wäre.« Minos und Virgilio tauschten einen vielsagenden Blick.

Mir kam zu Bewußtsein, daß dies niemals funktionieren würde. Ich unternahm einen weiteren Versuch, an die Vernunft zu appellieren. »Sehen Sie, ein Spion bin ich nicht. Ein Waffenexperte auch nicht. Ich bin ledig-

lich theoretischer Physiker, der sich in Heidelberg, in Germania, mit der Erforschung des unendlich-dimensionalen Raums befaßt. Nach Rom kam ich mit meiner Frau und zwei Kindern, um Urlaub zu machen. Meine Frau möchte Ostern gern den Papst auf dem Petersplatz sehen.«
»Heute ist Karfreitag«, sagte Minos gedankenverloren. »Ein Tag für Menschenopfer.« Der feinlinige kleine Mund im fetten Gesicht verzog sich zu einem kleinen Lächeln. »Bring ihn zu einem Manifest, Virgilio, für alle Fälle. Dann nimm Kontakt auf mit der Amerikanischen Botschaft.«
Minos und Virgilio sprachen noch eine Weile in atemberaubendem Italienisch und verabschiedeten sich per Handschlag. Minos warf mir ein Lächeln zu und verließ mit einem nachlässigen Wink seines kleinen Fingers den Raum.
»Okay«, sagte Virgilio zu mir. »Setzen Sie sich und schreiben Sie.« Er zog einen Stuhl und einen Klapptisch dorthin, wo ich angekettet war. Darauf lagen Papier und ein Kugelschreiber. Lafcadio hüpfte noch immer auf dem Sofa herum, machte Geräusche wie von Explosionen und hielt seine Maschinenpistole umfaßt.
»Was soll das Ganze eigentlich?« wollte ich wissen.
»Selbstanschuldigung. Revolutionäres Manifest. Schreiben Sie.«
Und dies ist, was ich schrieb:

ICH HABE MICH DER ARMEE DES VOLKES AUS FREIEN STÜCKEN ANGESCHLOSSEN. TOD DEN FASCHISTENSCHWEINEN. SCHNEIDET IHNEN IHRE SCHWARZEN PLASTIKHAXEN AB. GRILLT SIE MIT GAMMASTRAHLEN. NUTZT JEDES BISSCHEN VON IHNEN, AUSSER IHREM QUIEKEN. FUCK AMERIKKKA, FUCK KKKOMUNISMUS, FUCK KKKOTT. HOCHACHTUNGSVOLL, DR. ALWIN BITTER, DER ARCHIMEDES DER ANARCHIE.

Ich will nicht behaupten, daß ich die ganze Botschaft allein komponierte, aber hier und da hatte ich schon meine Hand im Spiel. Irgendwo meinte ich sogar, was ich da schrieb. Aber dort, wo etwas wirklich zählt, meinte ich kein Wort. Ehrlich! Ich wollte nur lebend hier heraus.
Virgilio war von unserer Zusammenarbeit begeistert und klebte den Zettel mit Klebstreifen an die Wand. »Hier, Alvino«, sagte er und reichte mir eine handliche Maschinenpistole. »Probier die mal aus.«
Es war eine Uzi israelischer Herkunft, todbringend wie der Giftzahn einer Kobra. Sie hatte einen einklappbaren Drahtbügelkolben. Ich drückte den Abzug. Natürlich leer. Mir wurde klar, daß Virgilio nichts

weiter wollte als meine Fingerabdrücke auf der Waffe. Ich schlug mit ihr nach ihm. Mühelos wich er aus, lachte und ging. Lafcadio saß immer noch auf dem Sofa und bewachte mich.
»Per altra via, per altri porti verrai a piaggia, non qui, per passare«, sagte er plötzlich und starrte mich mit glühenden Augen an.
Mir fiel auf, daß er vor das Gesicht des Roboters eine Photographie geklebt hatte, die Photographie einer molligen Blondine. Seine Mutter? Irgendeine vergangene Liebe? War dies wirklich der berühmte Lafcadio Caron? Es hatte keinen Sinn, ihn mit einer Frage zu irritieren.
Ich lächelte ihm höflich zu und legte mich auf den Lumpen schlafen. Bis ich aufwachte, war vielleicht alles vorbei. Virgilio würde die Botschaft anrufen, und dort würde man ihm sagen, daß man niemals von mir gehört hatte. Und dann mußte er mich laufenlassen.
Oder etwa nicht? Der Businessman-Gangster hatte es zwar nicht in aller Deutlichkeit gesagt, aber ich hatte den Eindruck, daß Virgilio, für den Fall, daß ich nicht einen Batzen Lösegeld einbrachte, mich umbringen würde. Tote reden nicht.
Ich schob den Gedanken beiseite. Virgilio würde seinen Fehler einsehen und mich einfach auf die Straße setzen. Einen Prozeß gegen ihn anstrengen würde ich nicht; dessen konnte er sicher sein. Alles, was ich wollte, war, mit dem nächsten Zug weg aus Rom. Dem nächsten Zug. Ich driftete ab in den Schlaf, in einen unruhigen Schlaf mit schlechten Träumen.

Sybil

Sybil wurde von den Kindern geweckt. Sie waren im Badezimmer und paddelten im Wasser. Ihre kleinen Stimmen hallten laut von den gekachelten Wänden.
»Alwin«, rief sie, »mach, daß sie aufhören.«
Das Lärmen ging weiter. Ida, die fünf war, kicherte für ihr Leben gern. Tom, der sieben war, brüllte für sein Leben gern. Das Brüllen hatte er kürzlich von Schulkameraden in Heidelberg gelernt.
»BAAAOOOOUUUUUU! BAAAOOOOUUUUU! UUUUUUUU-UUHHHHHHHOOOOOUUUU!« Tom.
»Higligligliglii, higligligligligliglii, higligligligligliiiiglieglie, higliglidigli-digliie.« Ida.
»Hört auf mit dem KRACH!« schrie Sybil. »Ihr werdet noch das ganze Hotel aufwecken!«
Ida kreischte vergnügt auf und kam aus dem Badezimmer gerannt. Sie wedelte mit einem Handtuch, das lose zu einer Röhre zusammengerollt war.
»Pudluwurm beißt Mama!« rief sie mit Gelächter und warf mit dem Handtuch nach Sybil. Ein Ende war plitschnaß. Es klatschte aufs Bett. Genau an der Stelle, wo Alwins schlafender, beruhigender Rumpf die Bettdecke hätte wölben sollen.
»Nimmt Daddy ein Bad?« fragte Sybil.
»Dada weg!«
»Tom«, rief sie ihren Sohn, der unsichtbar im Badezimmer war. »Wo ist Daddy hin?«
Keine Antwort. Sie wiederholte ihre Frage. Wieder keine Antwort.
Sonnenlicht drang durchs Fenster. Sybil blickte auf ihre Uhr. 7 Uhr 30. Schön früh und gutes Wetter. Heute könnten sie das Forum besichtigen. Vielleicht war Alwin hinuntergegangen, um Kaffee für sie zu bestellen. Aber weshalb hätte er nicht einfach den Zimmerservice rufen können?
Sie stieg aus dem Bett, eine hochaufgewachsene Frau mit sinnlichen Zügen und einer schönen, gertenschlanken Figur. Wenn sie still verharrte, wie sie das jetzt einen Augenblick lang tat, beschrieb ihr Körper die Kurven eines anmutig langgezogenen S'. Sie hatte eine Art und Weise an sich, still dazustehen und geradeaus zu schauen und dabei nur ihr Haupt und ihren lieblichen Hals zu bewegen. *Kranen* nannte Alwin das.
Sybil krante zur Badezimmertür und ging dann hinein. Tom war eifrig

damit beschäftigt, die verschiedensten Sachen in der teilweise gefüllten Badewanne umherschwimmen zu lassen. Eine Zahnbürstenschachtel, einen schmutzigen Aschenbecher aus Metall, zwei rot angehauchte Weingläser, die Lade einer Streichholzschachtel, ein Stück zusammengeknülltes Papier. Der Anblick seiner hervortretenden, aufmerksamen Stirn erfüllte sie wie immer mit Liebe für ihren Jungen.
»Tommy, wo ist Daddy?«
»Ich weiß nicht. Heute hab ich ihn noch nicht gesehen.«
Sybil verspürte einen ersten Anflug von Angst. Alwin mußte letzte Nacht ausgegangen und in Schwierigkeiten geraten sein. Sie hatten eine Flasche billigen Hotelweins getrunken, dann Liebe gemacht, und dann...? Nachdem sie miteinander geschlafen hatten, stand er häufig noch einmal auf; eine Angewohnheit, die sie störte, wie sie jetzt für sich bemerkte. Aber wo mochte er jetzt, um halb acht Uhr morgens, noch sein? Konnte man wirklich so gedankenlos sein?
»Ziehen wir uns an, und gehen wir nach unten.«
»Ist Daddy unten?« fragte Tom und blickte von seiner Plantscherei auf.
»Ja. Ich denke schon.« Plötzlich aufwallender Zorn machte ihre Stimme brüchig, als sie fortfuhr: »Muß ich denn immer alles alleine machen? Sucht jetzt eure Kleider zusammen und zieht euch an. Ihr könnt das noch mal anziehen, was ihr gestern anhattet. Neue Socken und Unterhosen gebe ich euch.«
»Is gut.« Tom sprang aus der Wanne und rannte, mit dem Geräusch eines Rennwagens in einer Kurve, um die Ecke ins Schlafzimmer. Ida gab einen hemmungslos quiekenden Freudenschrei von sich. Als Sybil ins Schlafzimmer zurückkehrte, sprangen beide Kinder auf dem Bett herum.
»Doppelting!«
»Dreifachting!«
»Vogel-Strauß-Ting!«
Das war einer der Gesänge der Kinder. Sie waren wie *Kleines Volk*, die Kinder, kleine Elfen mit ihrer eigenen elfenartigen Art und Weise, die Dinge zu sehen. Einen Augenblick lang wünschte Sybil, ihr ältester Sohn, Sorrel, der Rädelsführer, wäre ebenfalls hier. Um die Reise ein wenig zu vereinfachen, hatten sie Sorrel bei Sybils Eltern, Lotte und Cortland Burton, in Frankfurt geparkt. Cortland war ein großes Tier, Vizepräsident von Miltech, einem internationalen Konglomerat von Hightech-Firmen.
Tom warf mit einem Kissen und beförderte das Telefon vom Nachttisch.

»Jetzt REICHT'S!« schrie Sybil und trat voll in Aktion: »Ihr zieht euch an, und zwar *jetzt*, oder es gibt kein Frühstück!«
»Was gibt's zum Frühstück?« fragte Tom mit gespielter Besorgnis in der Stimme.
»Jaaa«, zwitscherte Ida und stieg ein in Toms Spiel. »Was werden wir zum Frühstück essen?«
»Spiegeleier mit Spinat?«
»Schnuckelige heiße Milch?«
»Pfannkuchen mit Schweineschmalz?«
»Zerbröselte Waggi-Waggis?«
»Blugerkuchen?«
»Pups und pie?«
»BAAAAOOOOUUUUU!«
»Gli-gli-gligligligli-gliihiii!«
Die Kinder waren immer noch auf dem Bett und schnauften und grunzten und kugelten umher. Sybil machte einen Satz vorwärts und schnappte sie sich. »MIR REICHT'S!«
Und während die Kinder anfingen, sich anzuziehen, hielt Sybil ihnen einen Vortrag. »Ich weiß überhaupt nicht, weshalb ihr zwei euch nicht *normal* aufführen könnt. Jetzt sind wir hier in Rom, um uns schöne Ferien zu machen, und ihr benehmt euch wie Tiere. Und jetzt gehen wir nach unten und suchen Daddy.«
Im Frühstückszimmer war Alwin nicht, in der Halle war er nicht, auf der Straße draußen war er nicht. Sybil ging sogar vor bis zur Via Veneto und krante. Blasses, leeres Sonnenlicht. Zum Teufel mit ihm.
Zurück im Hotel sprach sie den Mann an der Rezeption an, einen leichenblassen, pferdegesichtigen Kerl. Es war Beppo, der Nachtportier. Er war müde und wartete auf seine Ablösung.
»Haben Sie meinen Mann gesehen?«
Beppo schenkte ihr ein breites Lächeln. »*Si, si.* Ich ihn sehn gehen in die Nacht. Er nicht kommen zurück. Wo, Sie glauben, er sein hin?« Diese letzte Frage war eine Mischung aus Boshaftigkeit und eitler Neugier.
»Ich weiß es nicht!« rief Sybil mit sich steigernder Stimme. Mit einem Mal hatte sie Angst. »Es muß ihm etwas zugestoßen sein! Können Sie bitte die Polizei für mich rufen?« Ihre Hände zitterten.
Beppo zuckte Kopf und Schultern in einer vieldeutigen Geste. »Ich werden versuchen. Aber heute vielleicht niemand da. *Venerdi Santo.*«
»Karfreitag, ich weiß«, sagte Sybil. »O Gott, was für ein Durcheinander. Alles wird geschlossen sein. Versuchen sie es auch bei den Krankenhäusern.
Tom und Ida hüpften vorbei. Sie hielten die Unterarme zusammen und

die Hände unters Kinn. Sie spielten Osterhase. Arme kleine Waisenkinder. Sybils Augen füllten sich mit raschen Tränen.
Der Nachtportier wählte eine Nummer, lauschte einen Augenblick, dann legte er auf.
»*Impossibile, Signora Bitter.* Ich kann nichts für Sie tun.«
Sybil allerdings war viel zu gescheit, um sich mit einem Nein abspeisen zu lassen. Ich einem Büro hinter dem Nachtportier konnte sie Licht brennen sehen. Dort würde jemand sein, der ihr helfen würde. »Ich würde gern den Manager sprechen.«
Der Nachtportier warf einen sehnsuchtsvollen Blick zur Hoteltür. Wo war Guido bloß, der den Tagesdienst versehen sollte, dieser Faulpelz von einem Toskaner? Beppos Lippen verengten sich zu einem Ausdruck von Abscheu. Wenn er diese Frau einfach ignorierte, vielleicht würde sie ja von alleine gehen. Gehen, um ihren Mann zu suchen. »Der Manager nicht da sein, *Signora.* Vielleicht Sie selber gehen zu den *Carabinieri.*«
Damit beging er einen Fehler. Beppo hatte Sybils Entschlossenheit unterschätzt. Jetzt fing sie an zu zetern.
»WILL MIR DENN KEIN MENSCH HELFEN? MEIN MANN LIEGT VIELLEICHT IM STERBEN! WAS FÜR EIN HOTEL IST DAS ÜBERHAUPT?«
Als die Kinder ihre angsterfüllte, zornige Stimme vernahmen, eilten sie herbei und stellten sich mit angstgeweiteten Augen neben sie. Ein Hotelangestellter kam herüber und funkelte Beppo böse an. Und dann öffnete sich die Tür des Hotelmanagers.
»Natürlich«, sagte Beppo jetzt. »Natürlich, ich werden helfen.« Er machte sich am Telefon zu schaffen.
»WILL MIR DENN KEINER HELFEN, MEINEN MANN WIEDERZUFINDEN?« wiederholte Sybil.
Der Manager trat aus seinem Büro und wischte sich Frühstücksspuren aus seinem Schnurrbart. Er hatte dunkle, olivfarbene Haut und eine Reihe freundlich wirkender Furchen auf der Stirn.
»*Signora?*«
Sybil holte tief Luft und schenkte ihm ein Lächeln. »Mein Name ist Sybil Bitter. Wir haben Zimmer 201. Gestern, spätabends, ging mein Mann noch ein wenig spazieren, und bis jetzt ist er nicht zurückgekehrt. Ich fürchte, daß ihm etwas zugestoßen ist.« Sie bedachte den Nachtportier mit einem strengen Blick. »Und dieser Herr...«
Beppo lächelte ein breites, unaufrichtiges Lächeln und reichte dem Manager das Telefon.
Die folgenden Minuten sprach der Manager auf italienisch ins Telefon und stellte gleichzeitig Sybil und dem Nachtportier zahlreiche Fragen,

um wenigstens bruchstückartige Informationen zu erhalten: Um wieviel Uhr war Alwin ausgegangen? Wie lautete seine Paßnummer? Wie konnte man sein Äußeres beschreiben? Wie war er gekleidet gewesen?
»Wo ist Daddy?« flüsterte Tom Sybil zu. »Ist er weggelaufen?«
»Ich glaube nicht, daß er so etwas tun würde«, antwortete Sybil mit leiser Stimme. Weshalb sollte er? Sie hatten gut gegessen und sich vorzüglich im Bett vergnügt. Weshalb sollte er da weglaufen?
»Vielleicht hat er sich verlaufen«, schlug Ida vor.
Der Manager setzte bedächtig das Telefon ab; seine Stirn war vor Sorge gewellt. »Kommen Sie in mein Büro, äh – Frau Bitter.«
»Warum? Was ist los?«
Der Manager blickte sich in der Hotelhalle um und lehnte sich dann über den Tresen, um ihr eine vertrauliche Mitteilung zu machen. »Eine äh – Nachricht wurde vor der Amerikanischen Botschaft gefunden.« Aus dunklen, feuchten Augen blickte er Sybil vielsagend an.
»Was für eine Nachricht? Von meinem Mann?« War er wirklich weggelaufen... hatte er sich umgebracht? »Was versuchen Sie mir eigentlich zu sagen?« Die Kinder neben ihr überschütteten sie mit Fragen.
»Bitte, äh – Frau Bitter. Nicht aufregen. Beppo Sie jetzt zu USA-Botschaft bringen. Nur sind äh – zweihundert Meter.« Der Manager redete mit erheblichem Tempo auf den Nachtportier ein. Der hagere Mann erhob sich und schlüpfte mit einem Schulterzucken in einen fadenscheinigen schwarzen Mantel.
»Was stand in der Nachricht drin?« fragte Sybil mit verhaltener Stimme.
Der Manager seufzte. »Ist äh – sehr schlimm dies Jahr in Rom. Ihr Mann wurde äh –...« Er legte eine Pause ein und rang nach Worten. »Banditen ihn äh – zurückgeben für Geld. Geld oder anderes.«
»Er wurde *entführt?*«
Die Kinder brachen in Tränen aus. Über Entführungen wußten sie Bescheid, jahrelange Ermahnungen für den Schulweg hatten sie einiges gelehrt. Es brauchte mehrere Minuten, bis Sybil sie einigermaßen beruhigt hatte.
Beppo führte sie nach draußen. Eine Wolke schob sich vor die Sonne, und die Luft kühlte sich augenblicklich ab. Gutgekleidete Leute hasteten durch die Straßen, manche mochten Kaffeetrinken gehen, andere zur Kirche. Sybil fragte sich, ob sie noch einmal hätte hinaufgehen sollen, um die Mäntel der Kinder zu holen.
Ida blieb vor einem Schaufenster stehen, in dem Schokoladeneier ausgestellt waren. Es waren jene großen italienischen Schokoladeneier, die in

Silberfolie eingepackt waren und kleine Spielzeuge enthielten. Alwin hatte vorgehabt, den Kindern heute zwei zu kaufen.
Sybil bedeutete dem Nachtportier, einen Augenblick in seiner Hast innezuhalten und ging zurück, um Ida zu holen. Das Kind war gerade groß genug, um in das Schaufenster zu spähen. Sybil konnte von der Seite sehen, wie sich das kleine runde Gesicht in der Scheibe spiegelte, es war nicht größer als eines jener gigantischen Ostereier.
»Komm jetzt, Ida. Wir müssen Daddy finden.«
Der kleine Blondschopf war immer noch in den Anblick des Schaufensters versunken. Lief da eine Träne über ihre Wange?
»Ida? Nun weine nicht, mein Schatz.«
Bei diesen Worten verzog sich Idas Gesicht, und dicke Tränen quollen ihr aus den Augen. Im Nu war ihr ganzes Gesicht tränennaß. Alwin hatte diesen Vorgang stets mit dem Ausquetschen einer Grapefruithälfte verglichen. »Ich habe vor den Entführern Angst«, schluchzte Ida.
»Mach dir keine Sorgen, mein Engelchen«, sagte Sybil und nahm sie auf den Arm. Was für einen knuddeligen, herzigen Körper dieses Mäuschen hatte. *Gummipopo, du und keine andere.* »Alles wird gut. Alles wird gut werden.« Sybil trug Ida zu Beppo und Tom zurück und schöpfte aus ihren eigenen Worten Trost.
»Haben Sie einen Revolver?« fragte Tom den Nachtportier.
»*Subito, Signora*«, kreischte der hagere Mann an Sybil gewandt. »Ich Eile haben.«
Sie folgten ihm bis zur nächsten Ecke, von wo aus er ihnen die Amerikanische Botschaft zeigte, die einen halben Straßenblock weiter auf der anderen Seite der Via Veneto lag. Das Tageslicht drang durch die dünnen Strähnen von Beppos fettigem Haar und hob auf seinem schuppenbedeckten Skalp unangenehm blanke Stellen hervor. Sybil war froh, als er ging, dieser herzlose Halunke.
Die Ampel wechselte auf Grün, und sie hätten geradewegs über die Straße eilen können. Sybil aber zögerte. Bis sie sich aufmachte und mit irgendeinem untergeordneten amerikanischen Beamten sprach, war die ganze Sache noch unwirklich. Alwin entführt? Wozu? Alles, was sie auf dieser Welt besaßen, waren ein paar Möbel und das Geld, das sie für ein eigenes Haus sparten. Warum in aller Welt würde ein Entführer Alwin in seinem schäbigen alten Sportsakko auswählen?
Tom und Ida studierten die italienischen Comicbücher, die am Zeitungsstand an der Ecke aushingen. Paparino war Donald und Topolino war Micky. Weiter oben, wo die Kinder nicht mehr hinsehen konnten, war eine Reihe Exemplare jener entsetzlichen italienischen Pornocomics zur Schau gestellt. Sodomie war die Sache, auf die diese Männer am meisten

abfuhren... Sybil konnte das an ihren Blicken ablesen, an den Versuchen, sie zu kneifen. Abscheulich!
Als wäre er durch ihre Gedanken dazu aufgerufen worden, strich ihr ein vorübergehender Mann in Anzug und mit Bart mit der Hand über den Hintern. Eine knochige Hand wie ein mit Haut überzogener Fleischerhaken. Sybil drehte sich um, um ihn wütend anzublitzen, aber er war bereits zwei Schritte auf der Straße. Sie kaufte ein TOPOLINO und ein PAPARINO, um die Kinder auf andere Gedanken zu bringen.
Die Botschaft war in einem riesigen alten Gebäude untergebracht, fast einem Palast. Frisch mimeographierte Blätter wirbelten auf dem Gehsteig hin und her. Irgendeine Botschaft auf italienisch. Nachdem Sybil ihren amerikanischen Paß vorgezeigt hatte, ließen die Wachsoldaten sie passieren. Es waren schwarze Angehörige der Marines mit ländlichem Akzent.
»Mein Mann ist entführt worden«, erzählte sie ihnen.
»Wir werden tun, was wir können, Madam. Gehen Sie einfach mal hinein.«
Drinnen war eine gigantische Marmorhalle mit einer silberhaarigen Empfangsdame hinter einem Metallschreibtisch. DOT HOOK, hieß es auf dem Namensschildchen aus Plastik. DOT HOOK, REZEPTION. Wachsam blickte sie Sybil und die beiden Kinder an.
»Mein Mann ist entführt worden«, erklärte Sybil. »Was können wir unternehmen?«
»Oh, dann sind Sie die *Ehefrau?*« Dot Hook legte eine Pause ein, um die Information zu genießen. »Frau...«
»Bitter. Sybil Bitter. Haben Sie eine Nachricht empfangen?«
»So ist es, Sybil. Wir fanden eine Nachricht an unsere Eingangstür *genagelt*. Mit einem *Stiletto*. Möchten Sie sie sehen?«
Dies hörte sich so unwirklich, so gemein an. »Ja«, antwortete Sybil. »Natürlich. Was wollen sie?«
»Nun, ich denke, Sie sollten sich über diese ganze Angelegenheit ein wenig mit unserem Mr. *Membrane* unterhalten.« Sie drückte eine Taste ihrer speziellen Dot-Hook-Gegensprechanlage. Tzuuutz. Eine krächzende Stimme antwortete.
»Was gibt's?«
»Die Ehefrau ist da, Mr. Membrane. *Silbe* Bitter.«
»Schicken Sie sie... rauf.«
»*Roger*, Mark.« Dot Hook blickte Sybil provozierend an. »Finden wir unseren *Weg* alleine?«
»Wovon sprechen Sie?«
»Nach 36G.«

»Sie hat mit dem Kasten gesprochen?« stellte Ida in fragendem Tonfall fest.
»Das ist ein Walkie-Talkie«, erläuterte Tom.
»Bill-*liee!*« brüllte Dot Hook. »Bring Mrs. Bitter hoch auf 36G.«
Der größere der zwei Marines kam zackig herübermarschiert. Sybil und die Kinder stiegen eine Marmortreppe hinter ihm her.
»Sagen Sie nicht *danke* oder irgendwas«, rief Dot Hook ihnen nach.
»Was ist nur los mit dieser Frau?« fragte Sybil den Soldaten.
»Ich weiß es auch nicht so genau«, antwortete er mit einem sonnigen Lächeln auf dem Gesicht. »*Alle* Frau'n sind verrückt.«
Sybil lächelte. Das war hübsch melodisch gesagt, auch wenn die Worte fehl am Platz waren. »Haben Sie die Nachricht der Entführer gesehen?«
»Und ob. War mit einem Messer an die Tür geheftet. Wie im Kino. Dieses Rom ist eine teuflische Stadt.«
»Sind Entführungen an der Tagesordnung?«
»Nun... *ungewöhnlich* sind sie nicht. Dies Jahr hat es schon vier Amerikaner erwischt.«
Als Sybil dies hörte, fühlte sie sich gleich ein wenig wohler. Die Situation war ernst, aber nicht ungewöhnlich. In Wirklichkeit nicht schlimmer, als wenn man die Brieftasche verlor. Alwin, die Brieftasche. Zuweilen hatte er gesagt, daß er nichts anderes wäre als die Familienbrieftasche. *Nein,* pflegte Sybil dann zu sagen, *das ist nicht alles. Du bist auch mein kleiner dicker steifer...*
Sie schritten einen langen Flur entlang. Grüner Teppichboden und an den Fenstern angebrachte Klimaanlagen. Aber die mit Verzierungen überladenen Kehlungen über den Fenstern, die wulstigen Nachbildungen von Schriftrollen wie gefrorene Butterlocken... die Kehlungen sagten »Italien«. Italienische Architektur erinnerte Sybil an Nahrung. Vor allem jetzt. Sie waren ohne Frühstück aus dem Hotel gestürmt. Cappucino, Butterröllchen und frische italienische Brötchen, dazu ein weichgekochtes Ei. Die Kinder mußten ebenfalls Hunger haben.
Genau in diesem Augenblick blieb der Soldat vor einer der Türen stehen. 36G. M. MEMBRANE, VIZE=KONSUL. »Der Mann, den Sie sehn wollen, ist da drin.«
»Danke sehr.«
»Und sehen heißt glauben.«
»Auf Wiedersehen.«
»Ich mach mich aus dem Staube.«
»Die Pflicht ruft?«
»Sie sagen es!«

»Also dann...«

»... in die Hölle wie ein Mann. Geradewegs hier hinein, Ma'am. Sollten Sie Hilfe brauchen, rütteln Sie einfach an meinem Käfig. Bill Buttwhumper. Erfreut und erfreuend.« Er streckte eine riesige schwarze Hand aus. Sybil legte die ihre hinein. Ein sanfter Druck.

Die Tür zu 36G ging weit auf. Buttwhumper salutierte, drehte sich auf dem Absatz um und marschierte erhobenen Hauptes von dannen.

»Vermißt ihr euern Daddy, ihr Kleinen?« Mark Membrane der Vizekonsul kniete auf dem grünen Teppichboden und schwatzte auf Ida ein. Dann wandte er Tom seine Aufmerksamkeit zu. »Spielst du gerne Fußball?«

Die Kinder traten, unangenehm überrascht, einen Schritt zurück. Membrane blickte zu Sybil auf. Er war ein schmächtiger Mann mit schweren Knochen, einem Knabengesicht und einem dichten Schopf blonden Haars. Bekleidet war er mit einem blauen Cordanzug. »Mrs.... Bitter?«

Mit geschmeidigen Bewegungen stand er wieder auf und drückte ihr die Hand. »Es ist eine fürchterliche Sache... ganz fürchterlich.«

»Dessen bin ich sicher«, sagte Sybil, trat ins Zimmer und wählte einen der Stühle vor dem Schreibtisch. »Nur hat mir bisher niemand erklärt, was sich eigentlich ereignet hat. Kann ich die Nachricht einmal sehen?«

»Sie ist teils... auf italienisch«, sagte Membrane und schloß die Bürotür zu. Er strahlte die Kinder an und sah mit nach unten gerecktem Hals wie ein bleicher Storch aus, wie Adebar. »Möchtet ihr zwei Coca-Cola®?« Man konnte das Warenzeichen direkt mithören.

»Jaaa!«

»Ich werde euch... welches geben.« Membrane hatte die Angewohnheit, in der Mitte mancher Sätze dramatische Pausen einzulegen, als wollte er die nötige Aufrichtigkeit anhäufen, um seine... Botschaft zu vollenden.

»Waren Sie früher einmal im Peace Corps?« fragte Sybil.

»Ja, das war ich.« Er zog zwei Dosen Coke aus dem Eiskasten unter seinem Barschrank, einer massiven Angelegenheit, die mit einem Parkettmuster bedruckt worden war. Er blickte Sybil freundlich an. »... etwas für Sie?«

»Tomatensaft.«

»V... 8®?«

»Sehr gern. Kann ich jetzt die Nachricht sehen?«

»Gewiß...«

Sybil wartete einen Augenblick auf das Ende des Satzes und warf dann eine weitere Münze ein.

»Darf ich die Nachricht sehen?«
Membrane stand über seine kleine Bar gebeugt und füllte die beiden Cokes und den V-8 in Gläser.
»Hättet ihr Kinder gern ein Milky-Way®?«
»Jaaa!«
»Kann ich die Nachricht sehen?«
»Sie ist teils...«
»... auf italienisch«, fiel Sybil ihm ins Wort und stand auf. »Zeigen Sie mir jetzt das verdammte Schreiben!«
»Eure Mammi ist... völlig gestreßt.«
»BAAAAAAOOOOOOOOUUUUUUUUUUUUU!!!«
»Pups und pie, pups und pie!«
»Wir befinden und alle unter Streß, Mr. Membrane. Und hilfreich sind Sie überhaupt nicht. Mein Mann wurde entführt, und Sie sind nicht einmal bereit, darüber zu sprechen. Die Tatsachen! Ich will wissen, was vor sich geht!«
Membrane reichte den Kindern ihr Coca-Cola, gab Sybil den dickflüssigen roten Saft und begab sich dann hinter seinen Schreibtisch, wo er kurz herumkramte.
»Hier.«
Sybil nahm das rosabraune Papier in die Hand. Einwickelpapier der Schlächter. In der Mitte war ein Loch. Sie überflog den Text. Er war auf englisch abgefaßt und lautete:

Wir haben uns Ihres Werkzeugs bemächtigt. Alwin Bitter ist in die Armee des Volkes, Abteilung Nuklearwaffen, eingezogen worden. Zahlen Sie Lösegeld, bevor es zu spät ist. Ihre Antwort verlangen wir vervielfältigt, auf Bögen, die aus den Botschaftsfenstern geworfen werden. Wir warten.

Brigate Rosse

»Wer ist das?« fragte Sybil. »*Brigate Rosse?*«
»Das ist der italienische Teil. Es bedeutet *Rote Brigaden*. Das sind sie aber nicht.« Membranes unausgeprägtes Gesicht enthielt etwas Verschlagenes.
»Das sind *nicht* die Roten Brigaden?«
»Nein. Nichts stimmt. Die Technik, die Sprache, die... Methode, wie sie unsere Antwort fordern. Das gleicht überhaupt nicht den Roten Brigaden. Heutzutage behauptet jeder Entführer, den Roten Brigaden anzugehören, einfach nur, um... Schrecken zu erzeugen. Ich würde darauf tippen, daß...«

»Daß?«
»... *diese* Kerle lediglich hinter Geld her sind. Aber...«
»Aber?«
»Was ist denn nun der Beruf Ihres Mannes, Ihres Wissens nach?«
»Er ist theoretischer Physiker. Ohne Beschäftigung. Nicht wirklich ohne Beschäftigung. Er erhielt ein Stipendium. Ein Humboldt-Forschungsstipendium für ein Jahr in Heidelberg. Nächstes Jahr wissen wir noch nicht, was wir tun werden.« Sybil warf einen raschen Blick auf die Kinder, es gefiel ihr gar nicht, daß sie in diese ganze Angelegenheit verwickelt waren. Die Kinder aber waren in ihre Comicbücher vertieft und blätterten in den farbigen Seiten umher.
In Meditation versunken starrte Membrane unter die Decke. Es war klar, daß er über die spärlichen Informationen, die Sybil ihm gegeben hatte, bereits verfügte.
»Wäre Ihr Mann in der Lage, einen nuklearen... Sprengsatz zu montieren? Eine Atombombe?«
»Ich weiß nicht. Wahrscheinlich. Im College sprach er immer wieder davon, wie einfach das wäre. Im Zusammensetzen von Sachen ist er gut. Aber Sie sagten, Sie wären nicht der Meinung, daß er sich in den Händen von Bombenlegern befände.«
»Noch... nicht.«
»Was meinen Sie damit?«
Eine besonders lange Denkpause. »Wieviel können Sie zahlen? Um Ihren Mann wiederzubekommen.«
»Nichts. Ein paar hundert Dollar. Fast nichts.«
»Das ist gut.«
»Warum?«
Membrane beugte sich über den Schreibtisch, sein Adamsapfel ragte über sein Baumwollhemd und seinen Einheitsschlips vor. »Ich werde Ihnen jetzt, in aller Vertraulichkeit, etwas sagen. Irgendwer dort draußen verfügt über eine ausreichende Menge nuklearen Materials, um eine Hunderttausendtonnen-Bombe zu bauen. Vor zwei Monaten wurde in der Nähe von Mestre ein LWR-Transporter spaltbaren Materials entführt. Wir müssen dieses Material unbedingt finden.«
»Was hat das mit meinem Mann zu tun?«
»Wir werden Ihren Mann als... Köder benutzen. Um die *wirklichen* Terroristen zu erledigen, die mit dem Reaktorbrennstoff. Als Gegenleistung...« Er hielt eine stille gebietende Hand hoch, um Sybil, aus der es nur so heraussprudeln wollte, zum Schweigen zu bringen. »Als Gegenleistung gebe ich Ihnen mein Ehrenwort, daß Ihr Mann... unversehrt befreit werden wird. Schauen Sie sich dies mal an.«

Er reichte ihr ein frisch mimeographiertes Blatt Papier. Eine Botschaft auf italienisch. Es war eines derselben Blätter wie die, die sie auf dem Gehsteig vor der Botschaft hatte herumwirbeln sehen, stellte sie mit Entsetzen fest.

»Sie haben schon geantwortet? Was haben Sie geschrieben? Was heißt das hier?«

Membrane nahm eine weitere Kopie der Botschaft in die Hand, räusperte sich und fing an, mit sonorer Stimme aus dem Stegreif zu übersetzen.

»›In der Angelegenheit Alwin Bitter übermitteln wir Euch, Revolutionsgenossen, unsere Grüße. Wir als Amerikaner fühlen Sympathie für Eure Sorgen. Aber Freiheit ist nicht Anarchie. Noch ist Anarchie Freiheit. Professor Bitter ist ein Mann des Friedens, ein Atomwissenschaftler. Der Gedanke, daß sein langjähriger und vertrauter Umgang mit Waffenprojekten ihn in die Lage versetzen könnte, ohne weiteres eine Bombe zu bauen, ist reine Phantasie. Seine engen Verbindungen zur US-Botschaft als militärische Beziehung zu sehen, ist maßloser Selbstbetrug. Fügen Sie diesem harmlosen Mann kein Leid zu, oder Sie werden ernsteste Konsequenzen tragen müssen. Wir sind bereit, eine Million US-Dollar Lösegeld zu zahlen.‹«

»Aber das ist völlig irreführend«, schrie Sybil auf. Als wäre er ein wichtiger Atombombenspezialist! »Sie werden ihn niemals freigeben!«

»Sie werden ihn freigeben müssen«, sagte Membrane mit einem schwachen Lächeln. »Hier in Rom spricht sich sowas schnell herum. Ganz gleich, wer ihn derzeit gefangenhält – die wirklichen Terroristen werden ihn sich holen.«

Orali und Rectelli

Auf dem Stapel Lumpen, irgendwo unter dem Kolosseum, ließ es sich nicht gut schlafen. Mein Körper war vor Erschöpfung unbeweglich, aber mein Gehirn lief auf vollen Touren... im Versuch, einen Ausweg zu finden, im Versuch, einen nächsten Schritt zu tun. Es gab eine Menge Träume. Einer davon...

Ich befinde mich außerhalb des Kolosseums und laufe endlose Straßen entlang. Alle Türen sind mit Jalousien verschlossen. Endlich finde ich eine Kaffeebar, die für die frühen Arbeiter geöffnet ist. Keiner der Gäste will mit mir reden oder mich auch nur ansehen. Im hinteren Teil des Raums ist ein Billardtisch, durch gewölbte Türbögen kann man nach unten gelangen. Auf dem grünen Tischüberzug liegt ein toter Mann, zerknittert wie ein Abfallsack. Seine Beine sind nicht mehr da..., eigentlich sind sie schon noch da, nur das Fleisch fehlt. Abgeschlachtet. Der Mann hinter dem zinkbeschlagenen Tresen kocht ein fettiges Kannibalenstew. Er gibt riesengroße gläserne Bierkrüge aus, Schaumblasen zerplatzen. Die Krüge sind so groß und so glasklar, daß man in ihnen fast tauchen könnte. Mir will er keinen geben, schüttelt einfach nur den Kopf. Dann füllt er mit einem Schöpflöffel in jeden Krug einen Brocken frischgekochten Beinfleischs. Ich weiche zurück und fliehe unter den Türbögen hindurch zum hinteren Teil hinaus.

Ich laufe eine Schräge hinab, den Radius einer Reihe konzentrischer Kreise, und gelange immer tiefer unter die Erde. Es handelt sich um ein unsichtbares unterirdisches Kolosseum. Aus sonderbar geformten Nischen und Ritzen spähen Dämonen hervor. Um mich herum ein Getöse von Stimmen. Es sind Tausende, die hinab zu einem unheimlichen Zentrum strömen.

Im Dämmerlicht lege ich vor einem... einem Objekt eine Pause ein: vor einer Art Wandvertiefung, wo ein wohlschmeckender Happen Wissen serviert werden könnte, irgend etwas um Quarks und Quantenchromodynamik ... statt dessen steht hier aber ein grauweißer Dämon mit dem gedunsenen Leib einer Zecke. Er kriecht dort herum, öffnet dann einen Spalt in seinem Körper und speit eine heiße Flüssigkeit auf mich. Sie ist faulig, enthält Klumpen und stinkt und haftet an meinem Körper und versieht mich mit einem für jedermann sichtbaren Mal. Irgendwo unten wartet Minos auf mich, um über mich Gericht zu halten...

Ich schreckte auf. Ich wußte, wo ich mich befand. Mein Rücken bereitete mir Höllenqualen, und in meinem Finger pochte es. Ich sah auf meine Uhr. Viertel vor zehn. Lafcadio saß immer noch auf dem Sofa und bewachte mich mit seinem Roboter und der Maschinenpistole auf den Knien. Er hatte noch nicht bemerkt, daß ich aufgewacht war, und ich betrachtete ihn aus zusammengekniffenen Augen.

Sein sprödes schwarzes Haar stand ihm in asymmetrischen Büscheln und Auren vom Kopf ab. Entlang der äußeren Linie seines linken Ohrs verlief eine vereiterte Schorfkruste. Seine Gesichtsfarbe war blaßgelb und die Kinnlade entlang vom Schatten eines Nachmittagsbarts bläulich gefärbt. Sein Mund war eine dünne zuckende Linie, die niemals richtig zur Ruhe kam, die stets ein wenig amüsiert aussah. Es war, als hielte er fortwährend beides, Schreien und Lachen, zurück. Seine Augen hielt er fast gänzlich geschlossen, möglicherweise ein Versuch, von der bewegten Wirklichkeit um ihn herum so wenig wie möglich mitzubekommen.

Er trug einen schlichten schwarzen, abgewetzten Anzug und ein fleckiges weißes Oberhemd ohne Krawatte. Die Anzugtaschen wurden von lauter wertlosem Zeug ausgebeult. Während ich ihn so betrachtete, zog er ein Stück Papier mit einer Art geometrischer Zeichnung darauf aus der Tasche. Dieses Papier studierte er intensivst, wobei er es ständig hin- und herdrehte, wie Affen das tun. Seine Hände hatte er zwar von seiner Maschinenpistole genommen, viel nützen würde mir das allerdings nicht... denn die Kette, die mich an die Wand fesselte, war zu kurz. Mit vernehmbarem Gähnen setzte ich mich auf.

Lafcadio steckte das Diagramm wieder ein, flüsterte seinem Roboter etwas zu und lächelte mich dann einigermaßen freundlich an.

»Stavvi Minòs orribilimente, e ringhia: essamina le colpe ne l'intrata; giudica e manda seconde ch'avvinghia.« Offenbar sprach er kein Englisch... seltsam für einen Physiker, aber, vor allem in Italien, nichts Ungewöhnliches.

»Es tut mir leid.« Ich warf meine Hände in die Luft. »Ich kann Sie überhaupt nicht verstehen. Ich kenne kaum mehr als zwanzig Worte Italienisch. *Non capisco.*«

Zum Schweigen brachte ihn das allerdings nicht. Er wollte reden. Irgend etwas beschäftigte ihn. *»Luna«*, sagte er und zeichnete die Form eines runden Hinterteils in die Luft. *»Baciare e entrare.«* Er vollführte die traditionellen Fingerbewegungen für Koitus, der ausgestreckte Zeigefinger der rechten Hand fährt in dem aus linkem Daumen und Zeigefinger gebildeten Ring hin und her. Offensichtlich wollte er wissen, ob ich auf Sex stand.

»Klar. *Molto bello.* Ich und meine Frau jede Nacht.« Lächelnd pumpte

ich mit beiden Armen in der Luft, als würde ich mich auf einem Bett hoch- und runterbewegen.
Lafcadio ging zur Tür unserer steinernen Kammer und blinzelte hinaus. Wollte er mich befreien? Mir ein Geheimnis anvertrauen? Mich sexuell belästigen?
»*Ecco*«, sagte er, legte seine Waffe aufs Sofa und trat dicht an mich heran. Er kramte umständlich in seiner Hosentasche herum und zog es dann heraus. Es sah aus wie eine winzige Bohne oder ein Samenkorn, was da mitten auf seinem schmutzigen Handteller lag.
Und indem Lafcadio sich liebevoll über das kleine Klümpchen beugte, fing er an... ihm Kußhändchen zuzuwerfen. Er spitzte seine Lippen und machte schmeichelnde Geräusche.
»Schmiep-schmiep, Schmiep-schmiep-schmiep.«
Die kleine Kugel schien zu zucken und ein bißchen zu wachsen. »*Schmiep-schmiep*«, machte Lafcadio und hielt dann inne, um mich anzugrinsen und mir aufmunternd zuzunicken. Ich sollte ihm helfen.
»Schmiep«, machte ich mit trockenen, gekräuselten Lippen. »Schmiep-schmiep-schmiep.«
»Schmiep-schmiepie.«
»Schmiepitie-schmiep-schmiep.«
Das kleine Bällchen wuchs, seine Oberfläche war fließend. Mir war irgendwie, als würde ich hypnotisiert, oder als hätte ich eine Halluzination. Trotzdem wirkte die... *Erscheinung*, die auf Lafcadios Handflächen wuchs und allmählich Form annahm, real genug. Eine Realität einer anderen Ordnung, dachte ich, als mit einem Mal...
Das Poltern von Schritten war zu vernehmen, ohrenbetäubendes Gewehrfeuer, und dann kippte Lafcadio vornüber, aus seiner Brust schoß das Blut. Mit einer, wie mir schien, letzten Willensanstrengung drückte er mir die magische Kugel in die Hand. Sie schrumpfte auf die Größe eines Orangenkerns zusammen. Und als ich vor den Eindringlingen einen Schritt zurücktrat, steckte ich sie in die Tasche.
Vor mir standen zwei sehr kleingeratene Männer mit Schußwaffen, Bürstenschnitt und kräftigen Kinnladen. Sie glichen zwei Exemplaren jener »Schnoiden«, die R. Crumb zu zeichnen pflegt, amoralische kleine Koboldtypen, die in Abwässerrohren und Arschlöchern hausen. Sie trugen identische graue Mechanikeroveralls mit Namensschildchen. *Orali* und *Rectelli*. Der eine hielt eine Maschinenpistole und der andere eine abgesägte Schrotflinte. Wie Polizisten sahen sie nicht aus.
Auch verhielten sie sich nicht so. Der Schnoide mit der Maschinenpistole leerte mit raschen Bewegungen Lafcadios Taschen, wobei er einen wachsenden Haufen von Zeitungsausschnitten, aus Büchern herausgerisse-

nen Seiten, Zeichnungen von Kreisen, Pornophotos, leeren Taschenlampenbatterien, Orangenschalen, ausgedrückten Salbetuben und Kugeln, Kugeln, Kugeln produzierte. Es mußte ungefähr fünfzehn oder zwanzig kleine Kugeln geben, manche aus Holz, manche aus Metall, manche aus Gummi. Kugellagerkugeln, Tischtennisbälle, Bocciakugeln, Gummibällchen und sogar einen kleinen, als Globus geformten Bleistiftspitzer. Aber keine dieser Kugeln schien Leben in sich zu bergen, wie jene, die ich in die Tasche gestopft hatte.
Der Schnoid mit der abgesägten Schrotflinte trat herbei und sprengte mit einem gezielten Schuß meine Kette von der Wand. Metallfetzen und Betonsplitter flogen auf und erwischten mich an meiner unversehrten Wange. Ein scheußlich stechender Schmerz. Ich konnte spüren, wie Blut floß. Ich hatte Angst, mein Gesicht zu befühlen, hatte Angst, daß ein Stück fehlen könnte.
Sie fingen an, mich aus dem Kellerraum zu zerren, ohne zu bemerken, daß meine Füße immer noch in Eisen gefesselt waren. Ich verlor das Gleichgewicht und fiel nach vorn. Von irgendwo draußen drang das schrille *didu-didu, didu-didu, didu-didu* eines sich nähernden Polizeiautos herein. Die Schrotflinte wurde abgefeuert, diesmal zwischen meinen Beinen, und... Oh!... dann waren meine Beine frei. Blut und Pulverdampf überall. Die Gewehrschüsse hatten mich halb taub gemacht.
Die Schnoiden brachten mich eine Treppe hinauf, und bevor ich noch recht wußte, wie mir geschah, saßen wir in einem purpurroten Maserati Convertible und preschten mit hundertzwanzig Sachen durch den römischen Verkehr und ließen die Polizeistreife weit hinter uns. Am Steuer saß eine wunderschöne Doppelgängerin von Sophia Loren. Die Schnoiden sprachen sie mit Guilia an. Es klang, als feuerten sie sie an, schneller zu fahren.
Ich saß neben Giulia auf dem Vordersitz. Auf dem »Todessitz«, als den die Unfallstatistiken ihn ausweisen. Beide Schnoiden hielten mir die Mündungen ihrer Waffen an den Hals. Die Art und Weise, wie der Wagen durch die Gegend peitschte, war einfach nicht mehr wahr. Es war, als sähe man einen Film in Cinerama.
»Bitte, Giulia«, stöhnte ich. »Bitte langsamer.«
Sie antwortete, ohne mir den Kopf zuzuwenden. Gott sei Dank hatte sie ihre Sinne beieinander und behielt ihre Blicke auf die Straße gerichtet.
»*Calmo.*«
Die sinnlichen Lippen machten die zweite Silbe zu einem Kuß. Die von zwei üppigen Schwellungen von Brustgewebe gedämpfte und vertiefte Stimme war wie eine Liebkosung. Zwischen zwei Todesarten in der Schwebe gehalten, verliebte ich mich. Vorsichtig befühlte ich meine

Wange. War doch nur eine Hautabschürfung, die bereits von Schorf überzogen war. Glück gehabt.
Eine Brücke flog unter uns hinweg. Zur Linken konnte ich das Castel Sant'Angelo erkennen, ein wunderschöner Anblick in der milden Aprilsonne.
Wir schlingerten um einen der gemüsegrünen römischen Busse herum und nahmen in einem kontrollierten Schliddern auf allen vier Rädern hart die nächste Kurve zur Rechten. Ich wünschte mir, der Wagen hätte ein festes Verdeck gehabt oder wenigstens einen Überrollbügel. Giulia, eine wirklich gute Fahrerin war sie nicht.
Und dann waren wir auf einer breiten parallel zum Tiber verlaufenden Straße. Eine nicht von Touristen benutzte Straße mit billigen Warenhäusern und Kleiderläden. Auf der linken Seite kam ein *Supercortemaggiore*-Parkhaus in Sicht. Mit einer heftigen Drehung des Lenkrads warf Guilia den Wagen aus der Bahn, kreuzte drei dichtbefahrene Fahrspuren und schlidderte in den Eingang zur Garage. Ich lebte in ständiger Angst, eine der Knarren der Schnoiden könnte versehentlich losgehen. Gedankenverloren nahm ich beide Hände vors Gesicht und fingerte an meinem Schorf herum.
Im Innern der Garage schien man uns zu erwarten. An der rückwärtigen Wand öffneten sich gigantische metallene Lippen wie in einem Gähnen. Ein Autoaufzug. Wir donnerten hinein. Und kamen schließlich zum Stillstand. Hinter uns dumpften die beiden Hälften der Aufzugstüre zusammen. Die beginnende Fahrt nach unten konnte ich in der Magengrube spüren.
»Sind Sie mit Virgilio befreundet?« fragte ich.
»Manchmal. Er hat Sie an uns verkauft. Sie werden uns eine Atombombe bauen, ja? Wir haben...«
Der Aufzug hielt an. Die Torhälften vor uns glitten auseinander; die eine nach oben, die andere nach unten. Giulia sagte nichts mehr und bugsierte den Wagen einen dunklen, leeren Tunnel entlang und durch eine weitere automatische Tür hindurch.
»Na, ihr zwei da hinten, wie kommt ihr klar miteinander?« rief ich den Schnoiden zu. Es gab keine Antwort, außer daß der Druck der Gewehrmündungen auf meinen Hals unverändert blieb. Was war ich froh, daß ich nicht Opfer eines Verkehrsunfalls geworden war. Völlig absurd, wie erleichtert ich mich fühlte. Eine Atombombe basteln? Kein Problem. Als Student hatte ich verschiedene Artikel darüber gelesen. Wenn sie nur eine gegen Strahlung abgeschirmte Handschuhbox für mich hatten, damit ich das Plutonium nicht mit den Händen berühren mußte, dann wäre das... Aber was dachte ich da überhaupt?

»Okay.« sagte Giulia. »Hier steigen wir aus. Bitter, Sie zuerst. Steigen Sie aus, und stellen Sie sich an die Wand.«
Ich zögerte. »Sie werden... Sie werden mich doch nicht erschießen?«
Sie schenkte mir ein strahlendes Lächeln, jeder einzelne Zahn eine Perle. »*Calmo.*«
Ich stieg aus, stellte mich vor dem Auto an die Wand und legte meine Hände dagegen. Eine Gänsehaut zog mir über den Rücken, aber alles, was die Schnoiden unternahmen, war, ebenfalls aus dem Maserati zu steigen. Links von mir befand sich eine Tür, und Giulia klopfte ein kompliziertes Signal. Während wir warteten, dachte ich über die mysteriöse Kugel nach, die ich von Lafcadio geerbt hatte. Mir schien es, als könnte ich ihre winzige Wärme in meiner Hosentasche spüren, Nachher, wenn ich alleine wäre, würde ich...
Ein Guckloch wurde geöffnet und geschlossen. Rasselnd sprang die schwere Tür auf. Ein schmächtiger rothaariger Mann und eine dunkle kleine Frau mit harten Gesichtszügen blickten mich über die Läufe ihrer Uzis hinweg an. Die Frau sprach eine Zeitlang in Italienisch, dann gingen wir hinein. Die Schnoiden blieben draußen.
»Der einzige Ausgang«, warnte Giulia mich, »führt durch diese Garage. Versuchen sie also nicht zu entkommen. Es gibt kein Entkommen.«
»Ja. Ist ja gut.« Ich nickte ein paarmal mit dem Kopf. Diese vielen Feuerwaffen machten mich nervös. Ich hielt meine Hände ruhig und versuchte, keine plötzlichen Gesten zu machen.
»Peter Roth«, sagte der rothaarige Mann und stellte sich mit einer kurzen Verbeugung vor. »Sprechen Sie Deutsch?« Mit der ruckartigen Behendigkeit eines Huhns ging sein Kopf auf und ab, und er wandte ihn jetzt, um mich mit einem Auge, seinem offenbar einzigen gesunden Auge, zu fixieren. Ich fühlte mich wie das interessante Exemplar einer Raupengattung.
»Ja, ziemlich gut«, antwortete ich. »Ich wohne zur Zeit in Heidelberg.«
»Ach, wie schön. Ich habe da studiert.«
»Und welches Fach?«
»Mathematik: Logik und Mengenlehre.«
Dieses angenehme kleine Geplaudere über Roths Mathematikstudien hätte geradewegs von einem Fakultätstee in der Heidelberger Universität hierher verlegt sein können... wobei die Gegenwart automatischer Waffen die Atmosphäre allerdings ein bißchen steif geraten ließ.
Mit einer Ausnahme war die Räumlichkeit, in der wir uns befanden, genauso eingerichtet wie das Organisationsbüro einer beliebigen kleinen politischen Partei. Ein paar klapprige alte Stühle standen herum, ein Ak-

tenschrank, ein Tisch mit einem Vervielfältigungsapparat darauf, eine Plastikcouch und ein kleiner Tisch mit einer Schreibmaschine. Die Wand hinter dem kleinen Tisch wurde von einem Bücherregal eingenommen. Fenster gab es natürlich keine, aber die Luft war frisch, und drei fluoreszierende Lampen unter der niedrigen Decke versahen den Raum mit gleichmäßiger, nicht zu greller Beleuchtung. Der Fußboden war mit einem beigefarbenen Teppich ausgelegt, die Backsteinwände waren cremefarben gestrichen, und die Decke war mit schallundurchlässigen Kacheln verschalt. Zwei Türen führten aus dem Büro hinaus und verbanden es auf der einen Seite mit einer Art Einzimmer-Apartment, in dem alles vorhanden war, was zu einem Haushalt gehört, und auf der anderen Seite mit einer Art riesiger Werkhalle mit allerlei Maschinen.

Die Ausnahme, die dieses Büro so ungewöhnlich machte, war das Vorhandensein einer großen Anzahl Grünpflanzen. Das obere Regal des Büchergestells entlang zog sich eine Reihe von Farnen, in einer Ecke stand eine mächtige stachlige Aloe, eine kleine Bananenstaude fand sich in einer anderen Ecke, außerdem verschiedene Hängepflanzen wie blühende Fuchsien und zahlreiche kleine Begonien, Usambara-Veilchen, Geranien und ähnliches mehr. Es waren die Pflanzen, die diesem tief unter der Erde liegenden Raum die frische, offene Atmosphäre verliehen.

Giulia und die andere Frau waren in ein intensives Gespräch vertieft, also setzte ich meine auf deutsch geführte Unterhaltung mit Peter Roth fort.

»Was geht hier eigentlich vor?« fragte ich ihn. »Warum haben diese Schnoiden sich meiner bemächtigt?«

»Virgilio hat das arrangiert. Zunächst wollte er sie gegen ein einfaches Lösegeld an Minos verkaufen. Aber auf Grund des Antwortschreibens Ihrer Botschaft wurde ihm klar, daß Sie für uns wertvoll sein könnten. Er teilte uns mit, wo wir nach Ihnen zu suchen hatten. Unglücklicherweise ist Virgilios Telephon angezapft, folglich mußten wir ein wenig überstürzt handeln.«

Diese Antwort warf mehr Fragen auf, als sie beantwortete. Zum einen: Wenn etwas ausgehandelt worden war, weshalb war es dann nötig gewesen, Lafcadio umzubringen? Zum zweiten: Warum hatte die Botschaft nicht einfach gesagt, daß ich ein unwichtiger kleiner Physiker war, der sich zwar mit Forschung befaßte, aber praktisch nichts über Bomben wußte? Statt dessen hatten sie ihre Antwort so formuliert, daß Virgilio, der Trapper, meinen Balg verscherbeln konnte an diese...

»Wer sind Sie? Was ist das für eine Organisation?«

»Wir nennen uns Grüner Tod«, erläuterte er.

»Nicht die Roten Brigaden?«

Roth schüttelte rasch den Kopf. »Die sind alle erledigt. Wie die Baader-Meinhof-Bande auch. Das gehört in die siebziger Jahre. Der Grüne Tod ist was für die achtziger.«

Langsam dämmerte mir, weshalb das ganze Grünzeug hier herumhing. Grüner Tod. Ich stellte mir vor, daß das irgendeine radikale Splittergruppe von Greenpeace sein mußte: jener Leute, die umherfuhren und Robbenjagden vermasselten und Walfangboote rammten.

»Was aber wollen Sie mit einer Atombombe?« begehrte ich zu wissen. »Das ist gewiß keine Sache, mit der...«

»Professor Bitter!«

Die kleine dunkelhaarige Frau hatte ihre Unterhaltung mit Giulia beendet. Giulia bedachte mich mit einem Lächeln, das mir den Atem stocken ließ, und verschwand im angrenzenden Apartment. Mir war, als müsse ich hinter ihr hertrotten. Wie konnte eine Frau nur eine solch schmale Taille und so breite...

»Professor Bitter!«

So freundlich, wie es eben ging, stieß Roth mich mit seiner Knarre an. Der Boß wünschte meine Aufmerksamkeit.

»Ja?«

»Ich möchte, daß Sie uns eine Superbombe bauen.«

Sie war vielleicht einsfünfzig groß, aber ihre Stimme machte das mehr als wett. Es war eine rauhe, laute Stimme, und sie hatte den Rhythmus einer Punk-Sängerin. Fingernägel und schwarzes Haargel. Komisch, ich hatte sie für eine Italienerin gehalten.

Ihre Haut war blaß, mit einem Hauch von Lebergelb. Ihr Haar war kurz, schwarz, stachlig. Sie trug einen tarnmusterbedruckten Overall mit Gummizug an der Taille und ein Paar über und über mit kleinen Goldsternen bemalte schwarze Kampfstiefel.

»Selbstverständlich«, hörte ich mich sagen, »selbstverständlich, ich bin ja Atomwaffenexperte.«

Ich habe nicht nur Angst vor großen starken Männern, ich habe auch Angst vor durchtriebenen kleinen Frauen. Kleine schmächtige Männer und nette mollige Damen, damit komme ich zurecht. Leute wie Roth und Giulia. Es tat mir leid, diese Frau hier dabei zu wissen. »Wie heißen *Sie* eigentlich?« fragte ich sie eine Spur zu rücksichtslos und unverschämt.

»*Beatrice*«, antwortete sie mit italienischem Tonfall. »Ich bin der Stempel der Blume des Grünen Todes. Sie werden unser Dorn sein.«

»Jede Menge Dorn«, warf Roth ein und brachte es fertig, ein sauberes deutsch-amerikanisches Deutsch zu sprechen. Seine Uzi hatte er ir-

gendwo abgelegt. Vielleicht hatte Giulia sie mit in das kleine Apartment mitgenommen, dessen Tür jetzt geschlossen war.
Mit einem Seitenblick auf Peter lächelte Beatrice zum ersten Mal.
»Thor und Teufel.«
»Dornburger-Deluxe.«
»Thorium 233.«
Das waren schon komische Leute. Aber mit einem Mal fühlte ich mich gelöst genug, um ebenfalls zu lächeln.
»Was hat's überhaupt auf sich mit diesem Grünen Tod? Welches sind Ihre Ziele?«
»Die menschliche Rasse ist eine Plage. Ein Krebsvirus, der an der Mutter Erde nagt. Dem wollen wir ein Ende setzen. Strahlentherapie.«
»Die Menschen sind ebenfalls ein Teil der Erde«, wandte ich ein. »Der Mensch ist ein Teil der Natur. Manche sagen sogar, der beste Teil.«
»Selbst in der Antarktis kann man den von uns verursachten Gestank wahrnehmen«, meldete sich Peter. »Die Ozeane sind verschmutzt. Jeden Tag stirbt eine andere Spezies aus. Der menschlichen Zivilisation muß Einhalt geboten werden, bevor alles verloren ist.«
»Um eine erdumspannende Population zu Fall zu bringen, braucht es mehr als eine Bombe«, sagte ich zurückhaltend. Waren Roth und Beatrice eben noch zugänglich gewesen, so reagierten sie jetzt bitterernst.
»Das überlassen Sie mal uns«, sagte Beatrice kurzangebunden. »Sie bauen uns unsere Bombe, und weiter nichts. Zeig ihm alles, Peter.«
»Ja, ja.« Er schritt hinüber zu der kleinen Apartmenttür und öffnete sie. Der Duft von gebratenem Fleisch drang heraus. Vor plötzlichem Hunger wurde mir ganz schwindelig.
»Könnte ich... könnte ich wohl ein wenig zu essen haben, bevor ich mit der Bombe anfange?« Essen und trinken, mich frischmachen und austreten und ein wenig ausruhen, das war alles, was ich brauchte. »Ich fühle mich sehr schwach.«
Beatrice machte ein Zeichen mit ihrer Maschinenpistole. Okay. Gehen Sie dort hinein und essen Sie. Ich werde Sie in Schach halten.«
Es war eine köstliche Mahlzeit. Giulia hatte Kalbskoteletten in ein wenig Marsala gebraten. Sie, Peter und ich verzehrten sie, zusammen mit Unmengen von Spaghetti *al dente* und reichlich Butter und Parmesan darauf. Es gab irgendeinen Landwein, roten Valpolicella, und ich genehmigte mir so viel, wie sie es genehmigten... was bei weitem nicht so viel war, wie ich gern gehabt häte. Bis wir zum Kaffee kamen, war Beatrice gelöst genug, um sich zu uns zu gesellen.
Beim Kaffee fingen wir vier dann zu plaudern an. Erst einmal ging es um

neutrale Themen: Weltreisen, die Züge in Europa, die Sehenswürdigkeiten Roms, meine Forschungstätigkeit. Und damit leitete ich über zu dem, was sich unlängst so ereignet hatte: Wie ich in Amerika meinen Job verloren, immerhin aber ein Stipendium erhalten hatte, um in Heidelberg Studien betreiben zu können. Es dauerte nicht lange, und ich erzählte sogar von meinen Kindertagen und was für ein einsamer Schlauberger ich gewesen war.

Wenn jemand die Lebensgeschichte eines anderen anhört, möchte er auch seine eigene loswerden. Wiederum dauerte es nicht lange, und wir hatten eine regelrechte Encountergruppe im Gange. Ich brachte Giulia dazu, den Valpolicella wieder auf den Tisch zu stellen, und die nächsten paar Stunden erzählten mir die Grüner-Tod-Terroristen aus ihrem Leben und wie sie nach Rom gelangt waren.

Drei Lebensläufe und ein Film auf der inneren Leinwand

Die Geschichte der Giulia Verdi

Ich bin auf einer Farm in der Nähe von Verona aufgewachsen. Mein Vater baute Tomaten an, die zu Tomatenmark verarbeitet wurden, und Trauben für billigen Wein. Der Boden war steinig und trocken. Die Sonne schien immerzu, und die Blätter waren von feinem weißen Staub überzogen. Die Weinstöcke konnten, tief in der Erde, ihr eigenes Wasser finden, aber die Tomatenfelder mußten ständig bewässert werden. Wenn die Sprinkler angestellt waren, lief ich am liebsten zwischen den Reihen tropfender Tomaten herum und atmete den scharfen Geruch der Blätter und des sich setzenden Staubs ein.
Mein Zwillingsbruder Ugo war immer bei mir. Im Frühjahr pflegten wir Vaters Leuten zu helfen, die neuen Reiser auf die knorrigen Weinstöcke zu pfropfen. Und wenn die Tomaten zu wachsen anfingen, lasen wir das Ungeziefer ab. Aber es gab lange Sommertage, an denen wir nichts zu tun hatten, außer herumzutollen und zu spielen.
Ugo sparte Geld, um sich ein Rennrad zu kaufen. Er hörte auch immer die Radioreportagen über Fahrradrennen. Manchmal half ich beim Geldverdienen, indem ich die Bahnstrecke nach leeren Flaschen und Alteisen absuchte. Die Bahngeleise führten direkt an unserem Grundstück entlang. Ganz in der Nähe war ein Bahnübergang und sogar ein kleiner alter Mann, der in einem Häuschen lebte und die Schranken herauf- und herunterließ. Es machte ihm Freude, uns schreckliche, aber auf ihre Art lustige Geschichten aus dem Krieg zu erzählen.
Ich hatte eine ältere Schwester, Maria, die Nonne wurde. Sie lebte in einem Nonnenkloster in Verona. In einem Sommer fing dann mein Körper sich zu entwickeln an – viel zu früh.
Die Männer starrten mich an, und ich bekam es mit der Angst zu tun. Meine Mutter schickte mich zu Maria, um einen Monat in ihrer Obhut zu verbringen.
Während meiner Abwesenheit entgleiste ein Zug und stürzte auf unser Grundstück. Ein Tankwagen war mit irgendeinem Gift gefüllt, dem Bestandteil eines Schädlingsbekämpfungsmittels. Meine gesamte Familie fand den Tod dabei, alle unsere Tiere, alle unsere Pflanzen. Das Grund-

stück ist heute noch abgesperrt, so giftig ist es dort. Der leckgeschlagene Tankwagen wurde mit Erde zugeschüttet, und niemand darf sich ihm nähern.
Maria meinte, ich sollte zur Universität gehen und Ärztin werden. Sie meinte, ich sollte die Vergangenheit hinter mir lassen. Und so fing ich an zu studieren – vier Jahre lang. Dann wurde ich Psychiater für die Arbeiter und ihre Familien in Mestre. Das ist eine Industriestadt in der Nähe von Venedig.
Mir fiel auf, wie ähnlich die Psychosen meiner Patienten verliefen. Dem Laien scheint eine ganze Welt von Tollheiten möglich, aber der Arzt sieht stets nur dieselben zerstörerischen Symptome: Depression, Paranoia, Bewußtseinsspaltung. Diejenigen, die durch ihren Job gezwungen sind, mit toxischen Substanzen zu arbeiten, leiden weitaus häufiger an geistigen Erkrankungen. Warum müssen solche Produkte hergestellt werden? Wem sind sie wirklich von Nutzen?
In den folgenden Jahren engagierte ich mich mehr und mehr bei Umweltschutzaktivitäten. Ich beteiligte mich an Demonstrationsmärschen, ich sammelte Unterschriften, ich suchte die Gesetzgebung zu beeinflussen. Doch griff die Luft weiterhin meine Lungen an, sanken die zerfressenen Mauern von Venedig weiterhin tiefer ins Wasser. Es hatte den Anschein, als gäbe es nichts, das die kriminellen Verschmutzer bremsen konnte.
Doch dann geschah plötzlich etwas. Der Präsident eines Unternehmens für radioaktive Brennstoffe in Mestre wurde im Bett seiner Liebhaberin von einer Maschinenpistolengarbe zerfetzt. Der Wagen des Bürgermeisters flog in die Luft. Durch Brandstiftung wurde eine ganze Raffinerie zerstört.
Einer der Terroristen wurde gefaßt: Beatrice. Sie plädierte auf Unzurechnungsfähigkeit. Das Gericht beauftragte mich, ein Gespräch mit ihr zu führen. Für mich war sie die einzige geistig gesunde Person in Mestre. Und so schlossen wir uns zusammen.

Die Geschichte des Peter Roth

Ich wurde auf dem Dorf groß, in der Nähe von Essen. Ich war ein Einzelkind. Meine Eltern betrieben ein kleines Lebensmittelgeschäft: Wein und Konserven, aber auch Frischererzeugnisse, Milch, Brot, Gemüse. Mein Vater stand jeden Morgen um halb fünf auf und fuhr zur Großmarkthalle. Er hatte das beste Gemüse im Dorf.
Der Vater meiner Mutter war Jäger gewesen und hatte den Forst einer

Adelsfamilie betreut. Sie liebte den Wald und kannte die Namen aller Pflanzen und Insekten. Als ich noch klein war, unternahmen wir viele Spaziergänge. Aber bald waren die Wälder in unserer Gegend nicht mehr da. An Sonntagen pflegte mein Vater uns in seinem Mercedes auf der Autobahn spazierenzufahren. Das war ihm das Liebste, Mercedes zu fahren.

Eines Tages gab es dann einen Zusammenstoß. Ein VW versuchte, irgendwen zu überholen, und wir fuhren ihm mit voller Wucht von hinten drauf. Mutter kam ums Leben, und wir mußten dabei zusehen: Sie hatte Metallsplitter in der Brust. Es war entsetzlich.

Von jetzt an arbeitete ich nach der Schule im Laden. Die Frauen in unserem Dorf waren alle sehr freundlich zu mir, aber ich war eben einsam. Abends saß ich über meinen Büchern, ich lernte und lernte, damit ich mein Abitur machen und an die Universität gehen konnte. Meinen Vater haßte ich seit jenem Unglückstag.

Wie ihr wißt, ging ich nach Heidelberg. Das Leben an den deutschen Universitäten läßt einem sehr viel Freiheit. Niemand kümmert sich groß um einen... man besucht einfach die Vorlesungen, die man belegt hat. Ich hatte ein wenig Geld gespart, und mein Vater unterstützte mich ebenfalls, so daß ich mir irgendwo ein Zimmer im Souterrain mieten konnte. Im ersten Jahr verbrachte ich Weihnachten im Kreis der Familie meiner neuen Freundin. Erst Pfingsten fuhr ich wieder nach Hause. Und da erlebte ich allerdings eine Überraschung!

Der Kohlentagebau hatte unser Dorf wegrasiert. Sie haben da so ein Gerät, eine Maschine, die ist so groß wie der Dom zu Worms. Diese Maschine ist mit einem unvorstellbar großen Schaufelrad ausgestattet und rasiert damit das Land weg. Braunkohle, eine reichhaltige Schicht Braunkohle lag unter unserem Dorf. Eine der großen Abbaufirmen hatte die Schürfrechte gekauft, und dort, wo ich gewohnt hatte, hinterließen sie eine riesige offene Wunde.

Was mich am meisten entsetzte, war der Friedhof. Sie gruben meine arme Mutter aus und bestatteten sie irgendwo anders. Davon habe ich oft geträumt.

Der Laden war ebenfalls hin, und mein Vater war als Arbeiter zu Bayer gegangen. Er bewohnte ein schreckliches Zimmer und bewahrte das Geld unseres Ladens in einer Schachtel auf. Ein schreckliches Zimmer in einer schrecklichen Industriestadt. Wie schlimm es um die Luft bestellt war, könnt ihr euch gar nicht vorstellen.

Ich studierte weitere zwei Jahre in Heidelberg. Dort gab es eine ganze Reihe radikaler Studenten, und ich beteiligte mich an mehreren Straßenaktionen. Ein paar von uns schlossen sich der Stadtguerilla an. Ich selbst jagte den Wagen eines amerikanischen Generals in die Luft. Einen Mercedes.

Mit einem Mal interessierte sich die Polizei für uns und machte Jagd auf Freunde von mir. Ich mußte Heidelberg verlassen. Die Bullen hatten mein Photo auf ihre Terroristenposter gesetzt, und das wegen eines einzigen Mercedes.

Eines Morgens fuhr ich mit dem Zug nach Essen. Während mein Vater seiner Arbeit nachging, brach ich in sein Zimmer ein und nahm sein ganzes Geld an mich. In größter Eile machte ich mich davon und landete in Paris.

Dort hielten sich mehrere radikale Deutsche auf, und ein paar Monate lang lebten wir gar nicht schlecht. Dann ging mein Geld zur Neige. Einer meiner Freunde, Holger, kannte einen Araber, der uns Geld anbot, ein paar Jobs zu erledigen. In irgendeiner Botschaft eine Bombe legen, solche Sachen halt. Wir sagten ihm, er sollte das Geld mitbringen und uns auf dem Friedhof Père Lachaise treffen.

Araber mag ich ganz und gar nicht. Wenn die Menschen alles Grün vernichtet haben werden, wird jeder ein Araber sein. Diesen hier raubten Holger und ich aus und verprügelten ihn. Holger ging zu weit, und auf einmal war der Araber nicht mehr. Er hatte natürlich Freunde, und wir mußten Europa halsüberkopf verlassen.

Wir besorgten uns falsche Pässe und nahmen am nächsten Tag einen Flug nach New York. Amerika, das Land der unbegrenzten Möglichkeiten.

Der einzige Job, den ich finden konnte, war der eines Kellners in einem bayrischen Restaurant. Was'n Witz. Das sind die größten Faschisten in Deutschland, die Bayern. Das ist genauso, als käme ein linker Amerikaner nach Deutschland und arbeitete in einem texanischen Restaurant. Ich mußte Lederhosen tragen und mir von den Tunten den Arsch bekrabbeln lassen. Europa vermißte ich schon sehr bald.

Die ganze Zeit nahm ich an Seminaren der Free University teil, meistens Kurse, die sich mit radikaler Politik befaßten. Dort lernte ich Beatrice kennen. Sie überzeugte mich, mit ihr nach Italien zu gehen.

Die Geschichte der Beatrice Luz

Meine Mutter ist Italienerin und mein Vater Spanier. Ich schätze, sie leben noch und fressen Scheiße in Buffalo.

Wir waren eine wirklich homogene Familie. Ich war das erste Mädchen und mußte viel auf die kleineren Geschwister aufpassen. Mom arbeitete in einer Pissefabrik, sie kontrollierte Abwässerrohre. Dad arbeitete in der Spätschicht bei Hooker Chemical.

Als ich ungefähr achtzehn war, ereigneten sich in unserer Nachbarschaft entsetzliche Dinge. Praktisch jeder bekam Leukämie und Blutkrebs und Tumore. Die kleinen Zwillinge... die kleinen Zwillinge in unserer Familie, es waren Jungen... beide bekamen im selben Jahr Leukämie.

Mom war so richtig katholisch. Sie hängte Rosenkränze an die Betten der beiden, aber sie starben trotzdem. Und dann wurde bekannt, daß wir direkt auf einer giftigen Mülldeponie wohnten. Ich meine, überraschend war das nicht... bei uns sickerte ständig so ein entsetzliches Zeug aus der Erde, und als unsere Nachbarn mal versuchten, Gurken anzubauen, waren sie völlig verkrüppelt und faulten an den Stielen.

Die Regierung verfügte, daß wir wegziehen mußten, und zwar in die Innenstadt von Buffalo. Ich war aus der Schule und arbeitete den Sommer über in der Röhrenfabrik, in der auch Mom arbeitete. Den ersten der Zwillinge begrub man im Juli, den andern im August. Kleine weiße Särge. Ich konnte nicht mehr und trampte nach New York.

Mein ältester Bruder, Hayzooz, wohnte dort, im Alphabet der Lower East Side: Avenue B. Er war ständig auf Speed und arbeitete in einer Garage, wo er Reifen runderneuerte. Ich rauchte jede Menge Gras, bis ich eines Tages kräftig reingelegt wurde. Irgendwer verkaufte mir ein Pulver und sagte, es wär aus Kolumbien. Ich war so im Arsch, daß ich wie auf hölzernen Füßen durch die Straßen schlappte und Scheiße redete. Ich wurde eingelocht, und im Knast wurde mir klar, daß es für manche Leute keinen Unterschied machte, ob sie nun Viehdesinfizierungsmittel auf Gottes grünes Gras träufelten oder die Zwillinge töteten. Durch diese Erfahrung wurde ich... *radikalisiert.*

Hayzooz trieb sich für gewöhnlich mit den Typen von der FALN herum; ihr wißt, das sind diese puertorikanisch-nationalistischen Knallfrösche. Ich schloß mich ihnen an und warf meine erste Bombe. Das Büro der Hooker Chemical ging in die Luft. Es dauerte nicht lange, und die Bullen kamen uns auf die Spur. Die Bullen und Hooker.

Ich mußte von der Bildfläche verschwinden. Also zog ich rüber nach Little Italy, nahm einen Job als Näherin an und studierte an der Free University radikale Politik. Ein Kurs gab einen Überblick über terroristische Schriften. Das Beste war ein Text mit dem Titel *Stadtguerilla* von der Roten-Armee-Fraktion. Die alte Baader-Meinhof-Bande. Mir wurde klar, daß die Zeit in Europa reifer war für eine Revolution. Ich beschloß, nach Italien zu gehen; immerhin beherrschte ich die Sprache dort.

Peter und ich fingen etwas miteinander an. Er zog bei mir ein. Aus Amerika wollten wir beide raus, aber wir hatten nicht die Kohle.

Ich hatte damals ein Zimmer über einem Einkaufsladen: Gino's Superette. Gino war ein richtiges Schwein. Er hatte einen Bruder bei der Polizei, und immer wieder hielten sie Ladendiebe fest. Wir beschlossen, ihn kaltzumachen.
Also reservierten wir Flugtickets für einen Sonntagmorgenflug vom Kennedy-Airport nach Rom. Wir wollten sie am Flugschalter abholen und bar bezahlen. Samstagnachmittag klaute Peter ein Auto, und wir luden all unser Gepäck hinein. Ich hatte eine heiße Kanone, eine Maschinenpistole von Hayzooz.
Es ist Samstagnacht... so gegen zwei Uhr früh, kurz vor Ladenschluß... da betreten wir Ginos Laden. Seine Kasse war so voll, daß sie kaum noch zuging. Den ganzen Abend über hatte er Wein und Bier verkauft. Seinen Bullenbruder, der dienstfrei hatte, hatte er als Aufpasser dabei. Da Gino uns kannte, blickten sie kaum auf. Und dann legte Peter sie um.
Es war wundervoll. Wir konnten gar nicht aufhören zu schießen. All die Spinatdosen, wie sie platzten und explodierten, die pfeifenden Querschläger und der langgezogene Lärm von Explosionen, und in meinem Kopf Rock 'n' Roll-Radio: Patti Smith's... *never return to the piss factory*! Nie wieder zurück in die Pissefabrik!
Noch bevor die Bullen alarmiert wurden, waren wir draußen am Airport. Während des Fluges beschlossen wir, uns Grüner Tod zu nennen. Wegen dem Spinat. Peter stellte Verbindungen zu irgendwelchen Leuten der Bewegung in Rom her. Sie stationierten uns in Mestre.
Mestre liegt gleich bei Venedig, ebensogut könnte es aber auch Newark, New Jersey, sein. Eine ganze Stadt voller Arbeiter, die den Verschmutzungstod atmen. Wir liquidierten eine Raffinerie und exekutierten einen oder zwei Umweltverbrecher. Der Boden unter unseren Füßen wurde immer heißer, und Peter setzte sich ab. Ich blieb zu lange und wurde erwischt.
Meinen Paß hatte ich weggeworfen, somit wußten sie nicht so recht, wer ich war. Ich sagte, ich wüßte es auch nicht. Mein Photo erschien in der Zeitung. Irgend so'n älterer Typ meldete sich und behauptete, er wär mein Vater. In Wirklichkeit war er ein Gefährte, ein Anarchist! Erläuterte mir, wann und wo Reaktorbrennstoff zu entführen war! Aber davon später. In der Zwischenzeit, bis zum Prozeß, wollten die Bullen auschekken, ob ich noch alle beisammen hätte. Sie schickten mich zu einem Weißkittel. Und das war Giulia.

Wie der Grüne Tod nach Rom gelangte

Stellen Sie sich vor, ein entkörperlichtes Auge zu sein – eine Filmkamera, wenn Sie wollen –, das alles sieht, wann und wo und was immer Sie wollen.

Flaches Gelände. Zur Rechten Fabriken, die den Himmel verschmieren. Links ein weitläufiger, gelblich-weißer Gebäudekomplex, der von einer zehn Meter hohen Mauer umgeben ist. Ein Gefängnis. Sie bewegen sich auf der Zugangsstraße darauf zu, einer von Schlaglöchern übersäten zweispurigen Straße. Es ist ein Februarmittag, die Sonne steht im smogverhangenen Zenit.

Die Gefängnismauern türmen sich hoch auf, Putz und Farbe bröckeln ab. Eine kleine Tür ist unten eingelassen, eine rostige Metalltür, die von einer Kiste leerer Weinflaschen offen gehalten wird.

Auf der Kiste gestiefelte Männerfüße. Ein Wärter sitzt auf einen hölzernen Stuhl geflezt und bewacht den Eingang mit einer Maschinenpistole, die über seinen Knien ruht. Er steckt in einer wunderschönen Uniform und ist schlecht rasiert. Die Stiefel sind schwarz und auf Hochglanz poliert. Wenn man so auf sie starrt, vermeint man gar, sich selber zu sehen... oder ist das die kreidige Sonne?

Ein VW-Bus fährt vor. Ein rothaariger Mann mit schmächtigem Körper steigt aus: Es ist Peter Roth. Er ist weißgekleidet wie ein Krankenpfleger. Langsamen Schrittes bewegt er sich auf den Gefängnisbeamten zu, in der Hand einen Stoß Papiere. Sein Atem bildet Wölkchen in der kalten Luft.

Von hinten sind Geräusche vernehmbar: der quietschende Glockenschlag von Stahltüren, das dumpfe Stimmengewirr der Gefängnisinsassen, das gleitende Schlurfen ihrer Füße und das Peng-peng-peng hochhackiger Stiefel. Frauenstiefel; schaut sie euch nur an: Peng. Stellt euch die kaum wahrnehmbare Schockwelle vor, wie sie das lange Beinfleisch entlang nach oben kräuselt, so sinnlich wie eine Schweinehaxe, so aktiv wie ein Spinnenbein. Peng. Wessen Bein ist das? Giulia Verdis.

Neben hochhackigen Stiefeln trägt Giulia ein bräunliches Popelinehemd und einen dicken roten Pullover. Sie geleitet Beatrice aus dem Gefängnis heraus. Beatrice trägt eine graue Hose und eine graue Zwangsjacke mit auf dem Rücken verschränkten und einem Schloß gesicherten Armen. Verbrecherin und verrückt. Sie geht langsam und benommen, geführt von Giulias Hand auf ihrer Schulter.

Werfen Sie einen Blick auf Giulias Nägel, so hübsch und rot gegen das graue Tuch des Gefängnisgewands. Es ist Valentinstag, auch wenn das an diesem Ort niemanden interessiert. Der Wärter nimmt Giulias Unter-

schrift auf einem Entlassungsformular entgegen, und dann fahren die drei Terroristen in dem VW-Bus davon.
Im Innern des Autos reden alle gleichzeitig. Englisch ist die gemeinsame Sprache.
»Was sollen wir jetzt tun?« fragt Peter Beatrice, während er ihr aus der Zwangsjacke hilft. Er macht mit dem Kopf ein Zeichen zu Giulia, die am Steuerrad sitzt. »Können wir ihr vertrauen?«
Beatrice lächelt. Sie weilt wieder unter Lebenden. »Können wir dir vertrauen, Giulia?«
»Unbedingt. Ich stehe sehr auf die Aktionen, die ihr gestartet habt.«
»Wieviel Zeit haben wir?« fragt Peter an Giulia gewandt. »Bis sie mitkriegen, daß du dich abgesetzt hast?«
Giulia zuckt nachdrücklich die Achseln. »Die italienische Bürokratie...« Mit rascher Handbewegung skizziert sie ein Labyrinth. »Vielleicht dauert's sogar eine ganze Woche, bis sie's mitkriegen. Vielleicht aber auch nur zwei Stunden. Wir sollten Mestre verlassen. Mein Gepäck habe ich dabei, hinten drin.« Tatsächlich, es befindet sich eine Menge Gepäck im hinteren Teil des Wagens.
Beatrice streckt und reckt die Arme, um den Blutkreislauf wieder in Gang zu bringen. Sie zündet sich eine Zigarette an. »Habt ihr die Waffen mitgebracht, Peter?«
»Ja, Boß.«
Sie fahren durch eine Arbeitersiedlung mit dem ganzen Alte-Welt-Charme einer Anhäufung von Betonklötzen. Die kleinen Apartmenthäuser sind neu, von billigem, plumpem Äußeren. Die Wände sind hier und da in den verschiedensten Farben bemalt, und überall begegnet man Stella-Zigarettenreklame. Gehsteige gibt es nicht. Halbbekleidete Kinder lassen auf Schlammpfützen irgendwelchen Müll schwimmen.
»Heute ist der Vierzehnte, stimmt's?« fragt Beatrice.
»*Si.*«
»Also. Im Gefängnis kam so ein älterer Typ mich besuchen. Er erzählte mir, heute abend würde ein Transport mit sechs Behältern mit Reaktorbrennstoff über die Autostrada nach Brescia gehen.«
»Das ist ja großartig«, ruft Peter voller Erregung aus. »Das ist ja wunderbar.«
»Den müssen wir uns unter den Nagel reißen. In unsere Gewalt bringen und nach Rom entführen. Die Schnoiden werden uns gestatten, ihn in dieser *Supercortemaggiore*-Garage zu verstecken.«
»*Bene*«, sagt Giulia, »wir werden den Transport in der Nähe von Verona übernehmen, und dann geht's über die Autostrada nach Süden weiter.«
Sie haben die Auffahrt zur Autostrada, dem italienischen Autobahnnetz,

erreicht. Giulia nimmt am Gebührenschalter ihr Ticket entgegen und peitscht die Kiste auf 140 hoch.

Machen wir jetzt einen Sprung. Hundertzwanzig Kilometer nach Westen und sechs Stunden voran. Zum einen ist es dunkel. Aber Ihr entkörperlichtes Auge strahlt, wie ein Glühwürmchen, genügend Licht aus, um das Bild zu erkennen. Es sind die drei in ihrem Lieferwagen zusammengerückten Terroristen. Der Lieferwagen steht auf einem geschotterten Seitenweg, dicht am Maschendrahtzaun, der die Autostrada abgrenzt. Ein schwacher Geruch nach Wein und Salami.

Auf der anderen Zaunseite ist ein Abhang, dann die Notspur und dann die Fahrstreifen in Richtung Westen. Fiats zischen vorüber, rasch dahineilende Lichtspuren, erst weiß, dann rot. Wuhmm. Wuhmm. Auch andere Pkws. Und Lkws. Bruummm. Brruummm.

Im Innern des Lieferwagens herrscht erwartungsvolle Spannung wie unterm Tannenbaum.

»Okay, Peter«, sagt Beatrice, »du solltest besser gehen.«

Peter klettert aus dem VW-Bus. Die Tür klappt zu, als wäre sie aus Dosenblech. Er ist schwarzgekleidet und hat eine Maschinenpistole und ein Walkie-Talkie bei sich. Er geht an den Zaun, rüttelt ein wenig daran, und ein Stück, groß wie ein Garagentor, fällt zu Boden. Sie hatten es vorher herausgeknipst.

Peter zerrt den Maschendraht aus dem Weg, tritt durch die Öffnung und wendet sich nach links, geht dem Strom des nach Westen hastenden Verkehrs entgegen. Er hält sich gebückt und außerhalb der Autoscheinwerfer. Seine Aufgabe ist es, den Transporter mit dem Nuklearbrennstoff auszumachen.

Im Innern des Lieferwagens bereiten Giulia und Beatrice sich vor. Giulia schlüpft aus Pullover und BH. Die Brüste sind ein wenig kleiner, als man es vermutet hätte. Aber sie passen perfekt. Beatrice ist beeindruckt und greift mal kurz zu, Giulia zu kosen.

»Du bist so schön.«

»Schön zu sein, reicht nicht aus.« Sie läßt den Wagen an.

Jetzt steigen beide aus, Beatrice mit ihrer Maschinenpistole und Giulia mit ihren Brüsten. Und einem Backstein. Sie steht neben der offenen Fahrertür mit einem Backstein in der Hand.

Beatrice preßt ihr Walkie-Talkie ans Ohr und wartet auf Nachrichten von Peter. Knister, zisch, knister, nichts, knister, UUUP!

»HAB IHN ENTDECKT!« Von der rechten Seite her sieht man ein Bündel Scheinwerfer nahen. Giulia ist ganz konzentriert, jetzt schaltet sie die Lampen des Lieferwagens an und legt den Backstein aufs Gaspedal.

Das gehorsame Fahrzeug stottert sich in Bewegung und durch den Zaun hindurch, nimmt ein wenig Geschwindigkeit auf, rumpelt über die Notspur und rollt dann schräg über die Autostrada, mitten in den entgegenkommenden Verkehr hinein.
Ein Ferrari schlingert um den VW-Bus herum, ohne die Geschwindigkeit zu verringern. Als nächstes kommt ein Kleintransporter und... schafft es nicht: *Flatsch!* hinein in das kreischende Holterdirumpel, das funkensprühende Polterdipumpel-Rappeldipapp. Der erste Tote.
Giulia springt auf die Fahrbahn und posiert mit wedelnden Brüsten neben dem zertrümmerten Lieferwagen. »Hilfe! So hilf mir doch einer!«
Im Schatten am Autobahnrand liegt Beatrice, flach hingestreckte Scharfschützin. Da kommt der Transport.
Eine auf Hochglanz polierte Zugmaschine mit zwei Tiefladeanhängern im Schlepp. Berufsmäßig und cool bremst der Fahrer ab, gleitet auf die Notspur und hält an. Er springt aus seiner Kabine, um der neben ihrem Lieferwagen knienden Nackten zu helfen. Sein Beifahrer läuft zurück, um Warnleuchten aufzustellen.
Giulia liegt unbemerkt im Gras und spricht in das Walkie-Talkie.
»Beeil dich, verdammt noch mal. Es sind zwei. Leg den mit den Warnleuchten um. Beeil dich!«
Der Fahrer, ein seriöser, kräftig gebauter Mann in den Fünzigern beugt sich jetzt zu Giulia hinab. Beatrice kann es noch nicht über sich bringen, den Abzug durchzuziehen. Dann ertönt eine ohrenbetäubende Salve aus einer automatischen Waffe, etwa hundert Meter rechts.
»Erledigt«, sagt Peter über das Sprechfunkgerät.
Der Fahrer springt auf, dreht sich um und rennt auf seinen Transporter zu. Sie hatten mit so was gerechnet, auch wenn der Fahrplan streng geheimgehalten worden war. Ihm wird klar, daß er nicht hätte...
Beatrice fällt ihn in dem Augenblick, als er die Fahrerkabine erreicht. Giulia zerrt ihre Koffer aus dem zertrümmerten Lieferwagen. Auf beiden Seiten der Autostrada halten Autos an, Türen schlagen – schnell, schnell, schnell!
Peter ist da. Er weiß, wie man Lkws fährt. Beatrice klettert vor ihm durch die Fahrertür. Giulia reicht die Koffer durch die andere Tür und klettert hinterher. Der schwere Motor springt an und sie klankschlurfkriechen auf die Autobahn.
Die Fahrerkabine ist in angenehmem Mittelblau gehalten, eine Art Ultramarin. Hintendran hängen zwei Tiefladeanhänger, jeder mit einer pyramidenförmig aufgebauten und mit grauer Plane zugehängten Ladung. Daß die Ladung wirklich schwer ist, läßt sich schon daran erkennen, wie steif die Anhänger rollen.

Nach Rom ist es ein weiter Weg. An Bologna vorbei, an Florenz vorbei... sie fahren die ganze Nacht hindurch und legen dann und wann eine Pause ein, um zu tanken und Kaffee zu trinken, leckere Sandwiches und einen Grappa zu genießen; da geht die Sonne auf. Die von der schlechtorganisierten Polizei errichteten Straßensperren kommen entweder zu spät oder stehen am falschen Ort.

Zur Frühstückszeit befindet sich der Grüne Tod im kühlen Beton der *Supercortemaggiore*-Garage in Sicherheit. Orali, einer der Schnoiden, schaut dem anderen beim Entladen der Brennstoffbehälter zu. Rectelli benutzt einen Gabelstapler, um die sechs unförmigen Betonschachteln von den Anhängern zu liften. Füllmaterial und Bleiabschirmung machen den Großteil des Gewichts aus, aber bislang ist noch keiner bereit, die Brennstäbe herauszuziehen.

»Wir werden eine Atombombe bauen«, informiert Beatrice den Schnoiden.

»*Bene.*«

»Weißt du, wie man das macht?« fragt Giulia an Bea gewandt.

»Peter weiß das. Nicht wahr, Peter?«

»Nein.«

Beatrice setzt an, etwas Bissiges zu sagen, beherrscht sich aber. »Macht eigentlich auch nichts. Sie werden annehmen, wir können eine bauen.«

Orali schüttelt den Kopf. »Wir eine Bombe bauen müssen und machen lassen bumm! Dann Drohung besser für zweite Bombe.« Er reibt Daumen an Zeigefinger, die Pinkepinke-Geste. Er ist mehr Gangster denn Terrorist.

»Hör her«, sagt Beatrice zu Peter, und ihre Stimme klingt streng. »Ich hab mal im Fernsehen gesehen, wie ein aufgeweckter zwölfjähriger Junge es fertigbringt, eine Atombombe zu basteln, wenn er... wenn er das radioaktive Zeug hat. Steck die Nase mal in ein paar Bücher, verdammt. Ich sage, die erste wird Ostern auf dem Petersplatz gezündet.«

Giulia schrickt bei diesen Worten ein wenig zusammen. »Nein, nein. Das sind einfache Leute, gute Leute. Du mußt sie nicht mit der Bombe töten.«

Beatrice zuckt gleichgültig die Achseln. »Wir brauchen die Menge. Wir brauchen *mindestens* tausend Tote, um Schlagzeilen zu machen.«

Die letzte gigantische Betonschachtel mit nuklearem Material wird in den Lastaufzug nach unten geladen. Orali nimmt Giulia am Arm.

»*Vuolsi consì, colà dove si puote ciò che si vuole, e più non dimandare.*«

»*Bene*«, sagt sie und läßt scharfe Zähne blitzen.

Der Archimedes der Anarchie

Sybil befand sich immer noch im Büro des Vizekonsuls Membrane, als die schlechte Nachricht eintraf.
»Der Köder hat... *fast* perfekt funktioniert«, verkündete Membrane, nachdem er den Hörer aufgelegt hatte. Sein Blick ging irgendwohin an Sybil vorbei.
»Er ist tot«, sagte Sybil tonlos. »Nun sagen Sie's mir schon.«
»Nein, nein. Er wurde von einer Gruppe entführt, die sich Grüner Tod nennt. Das sind die mit dem Reaktorbrennstoff. Wir haben die Vorbereitungen über ein angezapftes Telephon verfolgt. Nur...«
Die Kinder hatten ihre Comics jetzt durch und fühlten sich mit den ganzen Süßigkeiten, mit denen Membrane sie gefüttert hatte, pudelwohl.
»Nu' wat?« rief Ida und streckte ihren Kopf hinter Sybils Stuhl hervor.
Membrane sah aufrichtig verwirrt aus. »Wir... waren zu langsam. Sie haben ihn uns weggeschnappt. Und jetzt...« Er hob zwei maurerkellenähnliche Hände.
»Und jetzt wird man meinen Mann zwingen, für den Grünen Tod eine Atombombe zusammenzufügen«, stieß Sybil heftig hervor. »Warten Sie nur ab, bis ich diese Geschichte überall erzähle. Sie haben sich da einer simplen Lösegeld-Entführung bedient und Nuklear-Terrorismus daraus gemacht. Die werden ihn niemals...«
Niemals gehen lassen, hatte sie sagen wollen. Als sie jedoch diese Wörter dachte, kamen ihr erneut die Tränen, heiße, bittere Tränen. Es hatte keinen Zweck, länger hier zu verweilen, keinen Zweck, diesem Schietwiesel weiter zuzuhören, wie er von geheimen Abmachungen und kitzligen Verhandlungen blubberte.
»Halten Sie endlich den Mund«, sagte Sybil. Sie war aufgestanden. »Ich gehe. Und ich werde es der HERALD TRIBUNE erzählen.«
In Membranes Augen blitzte etwas Hartes auf. »Wenn ich Sie wäre, würde ich das nicht tun.«
Sybil zog die Kinder von ihren Stühlen. »Und warum nicht?«
»Wenn Sie zur Zeitung gehen, dann werde ich denen meine Version berichten. Werde denen von meinem... Verdacht erzählen.« Membrane kratzte sich im Gesicht und rollte die Augen: »Sybil, ich bin der Meinung, daß Ihr Mann aus freien Stücken zu den Terroristen übergewechselt ist.«
»Das ist ein solcher SCHWACHSINN!« schrie Sybil. »Kinder, kommt! Nichts wie RAUS hier!« Sie knallte die Tür hinter sich zu.

Eine Minute später stand sie wieder vor der Botschaft. Buttwhumper legte freundlich einen Finger an seine Mütze. Sie nickte schwach und schritt von dannen. Und wohin jetzt?
Zur Zeitung. Ein Riesentheater veranstalten. Membrane sollte nicht ungeschoren davonkommen. Am nächsten Kiosk kaufte sie eine HERALD TRIBUNE.
»Ich würde gern Mittag essen«, sagte Tom leise.
»Ich auch!« quäkte Ida. »Hungkrig!«
»Macht Daddy Bomben?« fragte Tom.
»Unter Umständen muß er das«, antwortete Sybil mit einem zittrigen Seufzer. Auch sie war hungrig. »Kommt Kinder, wir essen etwas in diesem Café.«
Sie standen unter der Markise eines der netteren Cafés der Via Veneto, einem großen Betrieb, dem *Gletscher*. Drinnen gab es einen riesigen Raum mit Marmorsäulen, und auch hier draußen unter der Markise standen Dutzende von Tischen. Bestuhlt mit jenem robusten Gartenmobiliar, bei dem dicke graue Plastikschnüre zwischen schwarzes Stahlrohr gespannt waren. Sybil ließ sich auf einen Stuhl sinken, von dem aus sie die Straße einsah, und die Kinder setzten sich ihr gegenüber.
Ein schlanker, würdevoller Kellner erschien, und sie gaben ihre Bestellung auf. *Spaghetti con sugo* für die Kinder, einen *Salade niçoise* für Sybil. Dazu Fanta, Mineralwasser und ein Viertel *Vino bianco*. Im Handumdrehen standen die Gerichte auf dem Tisch. Schon bald fühlten alle sich ein wenig wohler. Die Sonne schien und warf bewegte Farbschatten ihrer Getränke auf das saubere Leinentischtuch.
»Wo ist Daddy jetzt?« fragte Tom und lutschte den letzten Spaghettifaden in den Mund. »Was der Mann gesagt hat, habe ich nicht verstanden.«
Sybil spülte eine Gabelvoll flockigen Thunfischs und dunkelroter Sardelle mit einem Schluck Wein hinunter. Ein guter Salat. Bevor sie zu einer Antwort ansetzte, verzehrte sie noch ein Blatt grünen Salat.
»Offensichtlich haben irgendwelche Gangster euern Daddy gestern nacht gestohlen. Sie meinten, er wäre womöglich reich und daß wir eine Menge Geld zahlen könnten, um ihn freizukaufen.«
»Sind wir denn nicht reich?«
Irgendwie war das eine vernünftige Frage. Immerhin verbrachten sie Ostern in Rom. Was sie andererseits aber ihr eigen nannten, war derzeit nichts anderes als eine Zwei-Zimmer-Sozialwohnung in Heidelberg.
»Reich? Du machst wohl Witze. Diese Gangster da, die hätten mehr Geld gefordert, als Daddy in zehn Jahren verdient.«
»Was werden sie tun, wenn wir ihn nicht zurückkaufen können?« fragte

Ida besorgt. Ihre Limonade hatte ihr die Oberlippe leuchtend orange gefärbt.
»Tja, inzwischen ist es schon wieder anders«, erklärte Sybil. »Irgendwelche anderen Leute haben Daddy wieder den Gangstern gestohlen. Irgendwelche bösen Leute, die wollen, daß er ihnen eine Atombombe baut. Daß sie auf *diese* Idee gekommen sind, daran ist der dumme Mr. Membrane schuld.« Sie schenkte sich Wein und Sodawasser nach und tunkte ein Stückchen Brot in die Salatsauce. Komisch, wie sie so dasitzen und essen konnte, als wäre nichts geschehen. Sie mußte sich unter Schockeinwirkung befinden.
»Böse dumme Männer«, sagte Ida.
»Was passiert, wenn sie Daddys Bombe zünden? Wir sollten weit wegfahren!« Toms Stirn war vor lauter Sorgen mit Faltensternchen bedeckt.
»Mach dir keine Sorgen, Tom. Daddy würde keine Bombe zünden, wo er doch weiß, daß wir noch hier sind. Laßt uns zum Zeitungsbüro gehn und schauen, ob die uns helfen können.« Sie schlug die HERALD TRIBUNE auf und suchte die Redaktionsadresse. In Rom: *73 Viale Giulio Cesare, Susan Spangle, Redakteurin.*
»Susan Spangle«, sagte Sybil.
»Wer ist das?«
»Vielleicht kann sie uns helfen.«
Sybil zahlte und winkte ein Taxi heran. Die Julius-Cäsar-Straße lag fast anderen Ende der Stadt. Sie fuhren durch einen Park und über einen weiten Platz mit einem ägyptischen Obelisk. Sybil wünschte, sie hätten Zeit, anzuhalten und die Hieroglyphen anzuschauen. Aber nein. Sie spürte, wie sich ein gewisser Groll gegen Alwin bemerkbar machte. Wäre er nicht um zwei Uhr morgens draußen herumgelaufen, wäre nichts von alldem passiert. Schitt, Schitt, Schitt!
Das Büro der HERALD TRIBUNE lag nahe beim Fluß an einer Straßenecke, und war über einem großen Bekleidungsgeschäft untergebracht. Ungefähr fünfzehn Leute waren bei der Zeitung beschäftigt, und Sybil mußte fast mit jedem einzelnen sprechen, bis sie zum Boß vorgelassen wurde.
Susan Spangles Assistent war ein väterlicher, wohlgenährter Italiener namens Signor Atti. Er trug sogar Hosenträger und einen Schnurrbart mit gewichsten Enden. Freudig stimmte er zu, ein Auge auf die Kinder zu werfen, während Sybil sich mit dem Boß unterhielt.
Wie sich herausstellte, war Susan Spangle eine Schwarze mit wohlklingender Stimme, langem glatten Haar und zierlichen Gesichtszügen. Sie trug eine schwarze Korallenkette um den Hals und dazu die passenden

Ohrringe. Ihr Kleid war von einem praktisch aussehenden blassen Blau, es war vorne geknöpft und mit einem kleinen Kragen besetzt. Fast wie bei einem Schulmädchen. Ihre Augen waren gelb und wirkten älter als ihr Gesicht. Vielleicht fünfundvierzig. Eine knallharte Karrierefrau.

»Ihr Mann hatte mit dem Mord am Kolosseum heute morgen zu tun?«

»Ich wußte gar nicht, daß es einen Mord gegeben hat.«

»Doch... Sind Sie *sicher*, daß Ihr Mann entführt worden ist?«

Sybil berichtete von ihrem Treffen mit Vizekonsul Membrane. Susan Spangle hörte aufmerksam zu und blickte nachdenklich unter die Zimmerdecke.

»Ist Ihr Mann in der Lage, eine Bombe zu bauen oder nicht?« fragte sie schließlich.

In diesem Augenblick kamen die Kinder ins Büro gestürmt, Signor Atti folgte dichtauf.

»Sein Fett hat einen Bleistift verschluckt!« brüllte Tom aufgeregt.

Signor Attis Hemd hing offen über seinem Gürtel. Er hatte seinen Bauch gezeigt.

»Sein Fett wird MICH schlucken!« kreischte Ida und glaubte es ein bißchen.

»Haben wir irgend etwas über den Grünen Tod?« fragte die Spangle ihn.

Atti stöhnte, dachte nach und stopfte sich das Hemd wieder in die Hose.

»Hmm, ja! Die war'n in Mestre, und dann... mehr weiß ich nicht. Ich werd mal Kommissar Magnani anrufen.«

Mit vor Erregung aufgesperrten Mäulern drückten Tom und Ida sich an Sybil.

»Ist die Bombe schon fertig?« wollte Tom wissen.

Und dann läutete das Telephon, und Susan Spangle nahm den Hörer ab.

»Hallo. HERALD TRIBUNE. Spangle am Apparat.«

»Ja«, bestätigend.

»Ja«, neutral.

»Ja«, fragend.

»Ja«, bekräftigend.

»Ja«, sich erkundigend.

»Ja«, zuhörend.

»Ja«, nachdenkend.

»Ja«, herausfordernd.

»Ja«, gebieterisch fragend.

»Ja«, kapitulierend.

»Ja«, abschließend.

»Auf Wiederhören, Mr. Membrane.«
»Das war Ihr Vizekonsul Membrane«, erklärte sie und machte eine Notiz auf ein Stück Papier.
»Was hat er gesagt?« fragte Sybil mit sinkendem Mut.
Susan Spangle blickte sie aus kalten Augen an. »Stimmt es, daß Ihr Mann sich in der Antikriegsbewegung engagiert hat? Daß er eine Demonstration gegen die Einflußnahme der Vereinigten Staaten in Lateinamerika mitorganisieren half?«
»Ich verstehe nicht, was das zu tun hat mit...«
»Und ist es wahr, daß er nicht in der Lage war, die notwendigen Sicherheitsbedingungen zu erfüllen, um am Streamford-Projekt mitzuarbeiten? Könnte ihn dies so verbittert haben, daß...?«
»Das kann doch nicht Ihr Ernst sein? Sehen Sie denn nicht, daß Membrane sein eigenes Versagen vertuschen will?«
Susan Spangle machte ein saures kleines Äffchengesicht. »Die Tatsachen sprechen für sich selbst, Mrs. Bitter. Ihr Mann hinterließ eine Nachricht am Kolosseum, ein radikales Manifest, in dem er sich selbst den ›Archimedes der Anarchie‹ nennt. In der Nähe der Leiche des Ermordeten fand man eine Waffe mit seinen Fingerabdrücken. Mr. Membrane meinte, daß...«
In diesem Augenblick kehrte Atti zurück, rund und freundlich wie ein Bierfaß. »Ich habe mit Magnani gesprochen. Der Grüne Tod hat eine Raffinerie in Mestre in die Luft gejagt und sich möglicherweise eines Transporters mit Reaktorbrennstoff bemächtigt. Auch haben sie die Hände bei der Ermordung eines ehemaligen Physikers an der Universität von Rom, Lafcadio Caron, im Spiel, der heute morgen im Kolosseum erschossen wurde. Kommissar Magnani würde sich gern mit Signora Bitter unterhalten und befindet sich auf dem Weg hierher.«
»Werden die italienischen Zeitungen die Story bringen?« wollte Susan Spangle wissen.
»Wenn Magnani kommt, werden die Zeitungen auch hier sein. Sie wissen ja, wie er Publicity liebt.«
Mrs. Spangle machte rasch ein paar Notizen und schenkte Sybil ein unaufrichtiges Lächeln. »Ich versuche fair zu sein, Mrs. Bitter: Warum berufen wir nicht eine kleine Pressekonferenz ein? Gleich hier?«
Sybil fühlte sich wie in einer Falle und war völlig verzweifelt. Bislang war sie noch niemandem begegnet, den es interessierte, was mit dem armen Alwin geschah. Er wurde zu einer bloßen Sache, einer Nachrichtennotiz, zum Kick des Tages in einer übersättigten Welt.
»Ich gehe jetzt«, verkündete sie. »Ich gehe jetzt ins Hotel zurück. Die Kinder brauchen Ruhe.«

»Aber was ist mit Kommissar Magnani?« protestierte Susan Spangle. »Und mit unserer Pressekonferenz?«
»Ich werde in meinem Hotel sein. Hotel Caprice.«
Und bevor sie noch jemand aufhalten konnte, hatte Sybil die Blagen aus dem HERALD-TRIBUNE-Büro und die Treppe hinab auf die Straße gezerrt. Einen oder zwei Straßenzüge schritt sie zügig aus, um sich zu beruhigen, und blieb dann stehen und blickte sich um.
Sie stand auf einer nichttouristischen Straße, die parallel zum Tiber verlief. In einiger Entfernung erhob sich hinter billigen Kaufhäusern und Bekleidungsgeschäften der Hügel mit dem Vatikan. Gleich auf der anderen Straßenseite befand sich ein großes *Supercortemaggiore*-Parkhaus.
Ein Straßenverkäufer bot grüne Oliven und eine Art weiße Bohnen zum Verkauf an. Tom und Ida schlugen Lärm, also kaufte sie ihnen eine dreieckige feuchte Papiertüte voll frischer Oliven. Der Mann war sehr alt und maß sie mit durchdringendem Blick. Sybil wünschte sich, daß ihr Vater hier wäre, und beschloß, ihn vom Hotel aus anzurufen.
Die Kinder knabberten ihre Oliven und spuckten das meiste Fleisch mit den Kernen aus. Ein Taxi hielt an. Sie stiegen ein, und all die prächtigen Bauwerke glitten vorüber, hinsichtlich Romanzen und Abenteuer leere Versprechungen machend. Sybil fühlte sich einsamer als jemals zuvor in ihrem Leben.
Auf der Via Veneto war eine Verkehrsstockung, und so mußten sie einen Häuserblock vor dem Hotel aussteigen. Alle möglichen Pkws und Lkws drängten sich zusammen. Ein paar Männer liefen mit Scheinwerfern und schweren Fernsehkameras herum.
Erst als sie in die Hotelhalle trat, bemerkte Sybil, daß all diese Leute auf sie warteten. Pomadig und außer sich vor Erregung lief der Hotelmanager auf sie zu.
»Mrs. äh-Bitter! Alle Mann äh-warten auf sie, um zu machen Fernsehinterview. Kommen Sie in äh-Frühstückszimmer, sie haben aufgestellt äh-Lampen und alles.« Er beugte sich noch ein wenig mehr zu ihr hinab und zog die Augenbrauen hoch. Fünf säuberlich angeordnete Furchen bildeten sich auf seiner Stirn. »Sie äh-erwähnen Hotel, sagen ist äh-hübsch, und ich zerreißen Rechnung.« Zwei rasche, vertikale Durchreißbewegungen.
»Mrs. Bitter!«
»Äh-Mrs. äh-Bitter!«
»Sybil, Darling!«
»Hey, Mrs. Bitter!«
Ein halbes Dutzend Reporter drängte sich um sie. Einen erkannte Sybil

als Mitarbeiter der HERALD TRIBUNE wieder. Sie hatten keine Zeit verschwendet, um dabei zu sein. Tom und Ida klammerten sich an ihre Beine, sie hatten Angst, daß man auf sie drauftreten könnte. Sybil ließ es zu, daß der Manager sie ins Frühstückszimmer zog und sie mit den Kindern hinter einem Tisch plazierte. Tom zeigte auf eine Fernsehkamera. Ida starrte, völlig benommen, in eine der Halogenlampen.
Ein italienischer Berichterstatter sprach in ein Mikrophon.
»Badaba ladaba borra borra Signora Sybil Bitter lo dadada famma donna di badda da dadda da Professore Alwin Bitter ba dadadadada la preterra dinidini budu fla ceticini Morte Verdi.« Dies ging eine ganze Weile so weiter. Schließlich lächelte er Sybil strahlend an und stellte seine Frage. *»Lo quando billo flant flant de budadda cargo cargo flidovi oggi quan dida di? Oscorbidulchos volivorco?«*
Eine schlanke Dame mit rotgetönten Brillengläsern beugte sich über Sybils Schulter und flüsterte die Übersetzung.
»Er fragt, ob Sie eine Nachricht von der Terror-Organisation Ihres Mannes erhalten haben. Und: hat er sie davon unterrichtet, daß er Sie verlassen würde?«
»Mein Mann wurde das unfreiwillige Opfer einer Doppelentführung«, sagte Sybil. Ihre Hände zitterten unkontrolliert. »Man will ihn zwingen, eine Atombombe zu bauen. Diese Entwicklung ist gänzlich der US-Botschaft zuzuschreiben. Die haben meinen Mann vorsätzlich als Köder benutzt, um die Terroristen, die im Besitz des Kernbrennstoffs sind, hervorzulocken.« Sie legte eine Pause ein und schöpfte unsicher Luft, während die schlanke Lady ihre Antwort übersetzte.
Der Kommentator stellte seine nächste Frage, eine Frage an den *Bambino*.
»Tom, fehlt dir dein Vater?«
Das ging noch eine halbe Stunde so weiter. Sybil fragte sich benommen, wie sie war, ob Alwin sie wohl im Fernsehen sehen mochte. Und als die Fragen mehr ins technische Detail gingen, quälte sie sich mit der Entscheidung herum, welche Antworten für ihn die besten wären. Sollten die Terroristen denken, daß Alwin eine Bombe bauen könnte? Sollte man sie glauben machen, er sei von der CIA? War er nichts wert, mochten sie ihn umbringen; wenn er aber von Wert für sie war, würden sie ihn möglicherweise niemals freilassen. Schließlich fing sie an zu weinen. Und dies war natürlich das, worauf die Kameraleute gewartet hatten.
Als Sybil und die Kinder endlich in ihr Zimmer kamen, schellte das Telephon. Sie hatte nicht vor, den Hörer abzunehmen, aber bevor sie ihn davon abhalten konnte, hatte Tom ihn schon in der Hand.
»Hallo?«

Eine kaum hörbare redselige Stimme.
»Ja«, sagte Tom. »Sie ist hier.« Er reichte Sybil den Hörer. »Es ist Großmutter.«
»Sybil!« Lotte Burtons Stimme zitterte vor Erregung. »Du armes Kleines. Dein Vater und ich haben dich soeben im Fernsehen gesehn.«
»Oh, Mutter«, jammerte Sybil. »Ist das nicht furchtbar? Zweimal wurde Alwin entführt, und die US-Botschaft versucht, ihn als Terroristen hinzustellen. Ich weiß überhaupt nicht, was tun!«
»Wir kommen nach Rom, Darling. Cortland hat bereits einen Flug gebucht und ein Hotel reserviert. Du kannst gleich jetzt umziehen und unsere Ankunft vorbereiten.«
»Umziehen? Wohin?«
»Ins Savoy. Zimmer 431, eine Drei-Zimmer-Suite.«
»Das ist ja größer als unser Apartment in Heidelberg!« rief Sybil aus. »Bringt ihr Sorrel mit?«
»Natürlich. So, und nun macht euch fertig und zieht um. Und achte darauf, daß es genug Eis für deinen Vater gibt und drei zusätzliche Kissen für seinen Rücken.« Im Hintergrund war eine aufgeregte, laute Stimme zu vernehmen. »Und er sagt, du sollst einen Kasten *Heineken* aufs Zimmer bringen lassen ... für dich und für Alwin, wenn er zurückkehrt. Vergiß die Kissen nicht, Liebes.«
»Geht in Ordnung«, sagte Sybil. »Wie schön! Wann werdet ihr eintreffen?«
»Nach Mittag. Geht ruhig zu Bett.« Im Hintergrund konnte man Cortlands Gebrüll hören, der zur Eile trieb. Aber Lotte hatte noch etwas hinzuzufügen. »Weißt du, Sybil, überraschen tut mich die ganze Sache nicht im mindesten.«
»Was?«
»Daß Alwin sich mit diesen Leuten zusammentun würde. Er ist schon immer der Archimedes der Anarchie gewesen.«
»Mutter, er hat keine Schuld. Wirklich nicht.«
»Cortland wird einen guten deutschen Anwalt für ihn engagieren. Wir werden versuchen, daß der Prozeß in Heidelberg stattfindet.« Heftiges, anhaltendes Geschrei im Hintergrund. »Ich muß jetzt auflegen, Darling. Die Kissen! Und warte nicht.«
»Natürlich werde ich aufbleiben. Wie könnte ich denn schlafen?«
»Und wie nehmen die Kleinen es auf?«
Tom und Ida waren im Badezimmer und füllten die Wanne neu auf. Sybil konnte ihre Stimmen hören, sie klangen ernst wie die eines Teams in einem Forschungslabor. PLATSCH! Etwas Schweres fiel ins Wasser. Hoffentlich nicht der Fön!

»Was war das?« schrie Sybil.
»Tut mir leid, Mama!«
»WAS WAR DAS?«
»Sybil? Ist irgendwas passiert?«
»Wir haben dein kleines Täschchen ganz naß gemacht.«
»Meine Toilettensachen?«
»Toilette!« Quietschendes Gelächter.
»Sybil! Was ist los bei euch?«
»Ach, nichts. Die Kinder haben soeben mein kleines Reisenecessaire in die Wanne fallen lassen. Ich dachte, es wäre der Fön.«
»Ich muß auflegen. Dein Vater ist ganz aus dem Häuschen.« Heiseres, wütendes Geschrei. »Er hat Angst, wir würden die Maschine verpassen, was lächerlich ist. Karfreitag ist doch kein Verkehr. Hattest du Zeit, heute zur Kirche zu gehen?«
»Nicht eine Minute Zeit. Ich wünschte, ich hätte sie gehabt.«
»In Rom gibt es viele Kirchen. Ich war heute in der Heiliggeistkirche. Die Choräle, Sybil. Es war unbeschreiblich.«
»Vielleicht schaffe ich es noch. Es ist erst acht Uhr.«
»*Acht?* Wir werden das Flugzeug verpassen!«
»Auf Wiedersehen, Mutter.«
»Auf Wiedersehen.«

Sex und Tod

Nachdem wir mit dem Erzählen fertig waren, zeigte Peter mir die Werkstatt, in der die Brennstoffbehälter warteten. Mehrere Stunden verbrachten wir damit, die Betonverschalungen aufzustemmen. Jetzt brauchte man nur noch die Brennstäbe herauszuziehen und die Plutoniumkügelchen zu extrahieren.

Nur noch? In der Luft befindliche Plutoniumpartikel gehören zu den giftigsten Substanzen, die man kennt. Wir würden Handschuhboxen und Schutzanzüge benötigen, wenn nicht gar fernbediente Manipulatoren. Dies versuchte ich Beatrice im Büro beizubringen, sie aber bekam einen Wutanfall und nannte mich einen Feigling.

Sie stellte klar, daß ich, falls ich nicht rechtzeitig zu Ostern, für den Petersplatz eine Bombe zusammenbekam, erschossen würde. Selbst wenn wir beim Bau der Bombe alle vergiftet würden, so spielte das keine Rolle; es gab andere, die in die vordersten Reihen der revolutionären Justiz aufrücken würden. Verrücktes Weib.

Es gab da noch ein anderes Problem, nämlich die Sache mit dem Petersplatz. Vermutlich würden Sybil, Ida und Tom sich dort aufhalten. Die Bombe hochgehen zu lassen, kam für mich überhaupt nicht in Frage. Beatrice würde ich schon noch zeigen, wer hier ein Feigling war. Bei Licht besehen war ich ja praktisch schon ein toter Mann. Oder fast. Ich hoffte nur, daß ich dem noch entgehen konnte.

Am Abend saßen wir in der kleinen Wohnung vorm Fernseher. Erst erschien mein Paßphoto auf dem Bildschirm, dann Lafcadios. Beatrice übersetzte für mich. Lafcadio hatte in einem Labor unter dem Mont Blanc irgendwelche Protonenzerfallsexperimente durchgeführt. Ein Unfall hatte sich ereignet, und Zsuzsi Szabo, Lafcadios geliebte Mitarbeiterin, war dabei getötet worden. Lafcadio hatte den Verstand verloren und sich abgesetzt. Bei seinem Verschwinden hatte er eine Probe irgendeiner degenerierten Hypermaterie aus dem Labor mitgehen lassen. Daß man ihn tot aufgefunden hatte, war der Polizei nur zu recht, aber die Hypermaterie war noch immer verschwunden.

Ich wurde als radikaler Atomphysiker beschrieben, der enge Verbindungen zur US-Botschaft unterhielt. Ein Photo der Botschaft, ein Photo unseres Hotels. Ein altes Zeitungsbild von mir bei einer Demonstration. Dann machte sich jemand daran, die Nachricht zu übersetzen, die Virgilio mich gezwungen hatte zu verfassen.

Plötzlich wurde mir klar, daß man mich hereingelegt hatte. *Il Archimedes Anarchisti.* Die Maschinenpistole wurde gezeigt, die meine Fingerabdrücke trug. So wie es in den Nachrichten dargestellt wurde, hatte ich Lafcadio getroffen, um die Hypermaterie zu kaufen; vielleicht für die CIA, vielleicht aber auch für die Terroristen. Demnach konnte ich Doppel- oder sogar Dreifachagent sein. Jedenfalls hatte ich Lafcadio Caron ermordet.

Plötzlich erschien Sybil auf dem Bildschirm. Sie machte einen verzweifelten Eindruck und biß sich auf die Lippen. Im Maschinengewehrgeratter des Dolmetschers konnte man ihre schwache Stimme kaum heraushören. Für den Bruchteil einer Sekunde blickte sie mir direkt in die Augen, und mir blieb das Herz stehen. Dann brachten die Schweine die Kinder ins Bild... so klein, ernst und verwirrt. Ich fing an zu toben und zu schreien.

Die drei Terroristen übermannten mich mühelos, brachten mich aus der kleinen Wohnung und sperrten mich in das Büro nebenan. Ich warf ein paar Blumentöpfe an die Wand und ließ mich dann erschöpft auf die Couch sinken. Dies sollte mein Schlafplatz sein. Alle Türen – zur Wohnung, nach draußen, zur Werkstatt – waren abgeschlossen. Ich versuchte mit dem Denken aufzuhören; versuchte, Toms betroffenes Gesicht nicht mehr zu sehen.

Nach einiger Zeit ertappte ich mich bei dem Gedanken, ob Peter mit den beiden Frauen irgendwas hatte. Und während ich mir verschiedene Dreierpositionen vorstellte, ließ ich eine Hand in meine Hose gleiten. Sybil, Baby. Es war so gut gewesen, letzte Nacht.

Wie sollte ich hier, auf einer Plastikcouch und rundherum vom Tod umgeben, jemals schlafen können? Mein Rücken brachte mich um vor Schmerzen. Mein verletzter Finger und die Wunden im Gesicht pochten. Hatte ich noch Zigaretten?

Und wie ich so durch meine Taschen ging, fand ich das kleine Kügelchen, das Lafcadio mir gegeben hatte. Hatte sich das wirklich heute abgespielt? War dies das fehlende Stück Hypermaterie? In meiner pechschwarzen Umgebung schimmerte die winzige Kugel geheimnisvoll.

»Schmiep«, machte ich und kräuselte meine Lippen. »Schmiep, schmiep.« Das Kügelchen wurde ein ganz klein wenig größer. Kaum erkennbare Muster überzogen es, etwa wie halb sichtbare Kontinente auf einem in Wolken gehüllten Planeten. Ich spürte, wie es in meinen Lenden prickelte. Das Ding verströmte einen unglaublichen sexuellen Duft. *Pheromone* – organische Moleküle, die Menschen an die Luft abgeben, wenn sie sexuell erregt sind. Unsichtbare kleine KOMM SCHLAF MIT MIRs. Und als ich mich über die kleine Kugel beugte, war das, wie mein Gesicht zwischen Sybils Beine zu legen. Ohne recht zu wissen, warum, fing ich an, mir die Lippen zu lecken und die winzige Kugel mit Küssen zu bedecken. Ich war ja so einsam. Die Kugel wurde größer, wurde warm, wenn man sie berührte, und wuchs und wuchs. Was lief da bloß ab?

Mit einiger Mühe hob ich das Gesicht von der magischen Kugel und betrachtete sie von allen Seiten. Die mir zugewandte Seite wies die Andeutung einer von oben nach unten verlaufenden Spalte auf, wie bei einem Pfirsich... wie der hübsche Hintern einer Frau. Vor lauter Verwunderung nahm ich meine Hände von ihr. Gewichtslos hing die sanft schimmernde Kugel in der Luft. Dann drehte sie sich und stellte sich zur Schau.

Die perfekt geformten Hinterbacken schwenkten außer Sicht, und ich fand mich dem lieblichen, mit einem Nabel versehenen runden Bauch einer Schwangeren gegenüber. Ich streckte eine Hand aus, um sie zu streicheln, und ließ die Hand durch das drahtige Schamhaar nach unten gleiten, um die schmollenden Schamlippen zu liebkosen. Die Kugel summte leise und kam näher heran. Obendrauf befanden sich die Hügel zweier Brüste mit steifen Brustwarzen. Zwischen den Brüsten kuschelte sich ein perfekter, vollippiger Mund.

Meine Hände schienen wie aus Holz und zitterten vor Erregung, vor in gewohnte Bahnen gelenkter Hysterie. Mit fliegenden Fingern öffnete ich meinen Hosenstall und zog die Sexkugel hinab, auf meinen geschwollenen Penis. Dies war der helle Wahn, aber ich konnte nicht anders.

Mein Schwanz glitt mühelos hinein. Der Mund der Kugel lächelte voller Begierde und zeigte weiße Zähne und eine rosa Zunge. Ich beugte mich vor, um ihn zu küssen, aber er war gerade zu weit weg, als daß ich ihn hätte erreichen können. Gehorsam wurde die Kugel ein wenig größer und pflasterte ihre wohlriechenden nassen Lippen auf meinen Mund und stieß mir ihre Zunge in den Rachen.

Ich kam.

In der plötzlichen Stille konnte ich hören, wie einer meiner Fänger sich nebenan im Bett bewegte. Passierte dies alles wirklich? Ich starrte auf den Gegenstand auf meinem Schoß. Eine hautfarbene Kugel von der Größe eines übergroßen Völkerballs, mit Brüsten obendrauf und einem Mund zwischen den Brüsten. Unten befanden sich die großzügigen Hinterbakken, eine verknitterte Hintertür und ein Scheidengang, in dem mein rasch schlaffwerdender Penis steckte. War das überhaupt sicher?

Die Kugel kicherte, entließ mich mit einem Schulterzucken und drehte sich um hundertachtzig Grad um die Horizontale. Der betäubende Geruch ihres Südpols füllte meine Nasenlöcher. Pheromone trafen auf Re-

zeptoren meines Geruchsorgans. Ihre weichen Lippen und eine sandige Zunge machten sich über meine Genitalien her. Ich seufzte vor Wonne und drückte mein Gesicht tiefer in ihr tiefgefurchtes Hinterteil.
Je mehr ich leckte, desto größer wurde sie... sie wuchs über die Größe eines Völkerballs hinaus, über die Größe eines Bibliotheksglobus hinaus, über jede vernünftige Dimension hinaus. Meine Arme konnten sie nicht länger umfassen. Der riesige Mund hielt meine Hoden wie auch meinen Penis, und ihre Vagina bedeckte mein ganzes Gesicht.
Wieder kam ich.
Wieder drehte die Kugel sich, und ich merkte ein mir zuzwinkerndes braunes Auge, das an ihrer Seite saß, gleich unter der Falte, wo ihre Brust endete. Und neben dem Auge befand sich die zierliche Muschel eines Ohrs.
»Wer sind Sie?« hauchte ich. »Wo kommen Sie her?«
Die enorme Brust stubste mich an, und ich umspielte die Kaubonbonbrustwarze mit meiner Zungenspitze.
»Wer sind Sie?« wiederholte ich. »So reden Sie doch.«
Der lächelnde Mund schwang erneut herum und drückte ein paar klebrige Küsse auf mein Gesicht. Der Mund war jetzt bald dreißig Zentimeter lang. Die Zähne sahen sehr groß aus und sehr stark.
»Bitte, schrumpfen Sie ein bißchen«, bettelte ich, »so machen Sie mich einfach zu nervös.«
Gehorsam schrumpfte sie auf eine besser handzuhabende Größe zusammen... auf vielleicht einen Meter im Durchmesser. Während sie kleiner wurde, hielt ich zufällig ihre Brüste, und es war ein ganz eigenartiges Gefühl... nicht wie bei einem Ballon, dem die Luft entwich, sondern eher so, als würde sie meinen Händen entgleiten. Doch waren ihre Brüste, als sie mit dem Schrumpfen fertig war, trotzdem immer noch in meinen Händen.
»Danke«, sagte ich und küßte sie erneut auf den Mund. »Bitte, erzähl mir was.«
Sie preßte ihre Lippen aufeinander und schaukelte behutsam, einmal hin, einmal her, von links nach rechts, von rechts nach links. Schüttelte ein Nein. Dann warf sie mir einen letzten Kuß zu und schrumpfte mit fließender Bewegung auf die Größe eines Apfelsinenkerns zurück.
Eine Zeitlang schmiepte ich noch. Ohne Erfolg. Dann steckte ich das glänzende Kügelchen wieder in die Hosentasche. Die beiden Orgasmen hatten mich müde gemacht und entspannt. Ich streckte mich auf der Couch aus und schlief ein.

Beatrice stocherte mit dem Lauf ihrer Maschinenpistole an mir herum, das weckte mich auf.
»An die Arbeit, Alwin. Ich will, daß das Osterei morgen fertig ist. Heute gibt's viel zu tun für dich.«
Mein Schwanz hing mir immer noch aus der Hose. Ich packte ihn ein. Beatrice verzichtete darauf, eine Bemerkung zu machen. Die Erinnerung an... an die Orgie der vergangenen Nacht erfüllte mich mit Schrecken und Scham. Was hatte ich nur getan? Mein Weib vergessen und mich auf Sex mit einer Außerirdischen eingelassen? Einem bösen Geist? Einem Sukkubus? Ich konnte von Glück reden, noch am Leben zu sein.
Peter brachte mir einen Becher Kaffee und ein Käsebrötchen.
»Alwin, ich habe mit Rectelli gesprochen. Er wird uns ein paar Strahlenschutzanzüge besorgen.«
Mein Mut sank. Diese Leute meinten es wirklich ernst. Waren wirklich verrückt. »Wir sollten auch Handschuhboxen haben. Oder Manipulatoren. Ihr habt ja keine Ahnung, wie giftig Plutonium ist.«
»Halt den Mund!« sagte Beatrice kurz angebunden. »Halt den Mund, oder ich werde dich zwingen, splitternackt zu arbeiten.« Die Fingerknöchel um den Drahtbügelkolben ihrer Maschinenpistole waren weiß.
Es klopfte an der Tür. Giulia wogte aus der kleinen Wohnung heraus und öffnete. Es war einer der beiden Schnoiden. Er reichte ihr zwei flache Schachteln.
»Okay, Bitter«, knurrte Beatrice, »solltest du nicht zufällig mal wieder abspritzen müssen, könntest du dann diesen verdammten Anzug anziehen?«
Peter und ich zogen die Anzüge über unsere Kleidung an. Sie waren aus weißem Plastik, luftdicht und hatten Gesichtsfenster. Das Atmen besorgte man durch ein Mundstück, das mit einem auf dem Rücken angebrachten Filtersystem verbunden war. In den Anzügen war es heiß und unbequem. Was als nächstes passieren sollte, davon hatte ich nur eine vage Idee.
Beatrice aber war bereit, mich umzulegen, also hastete ich mit Peter in den Werkstattraum.
Es war ein großer Raum, etwa zehn mal zwanzig Meter, mit Zementfußboden und zementierten Wänden. Die sechs Brennstoffbehälter standen in der Mitte aufgereiht wie gigantische Steinsärge. Oder wie die Werbepackungen Zigaretten, die man an Bord von Passagiermaschinen erhält, mit je zwei Stück drin; in diesem Fall waren die Krebsstengel zwei lange metallene Brennstäbe.
In der Werkstatt befanden sich alle möglichen Geräte: Schweißapparate, Geigerzähler, Kisten mit Plastiksprengstoff, ganze Stapel Metallteile von

Autowracks. Soweit ich mitbekommen hatte, ermutigten Orali und Recelli den Grünen Tod, gegen jene Umweltverschmutzer vorzugehen, die zufälligerweise auch mit Schutzgeldzahlungen im Verzug waren. Sie hofften mit diesem Bombenstreich zusätzlich 10^{10} Lire an sich zu bringen. Offensichtlich waren sie ebenfalls nicht ganz dicht.

Die Werkstatt war mit dicken Lüftungsrohren ausgestattet, die in der Decke verschwanden. Das bedeutete, daß, wenn wir die Brennstäbe auseinandernahmen, sich in der gesamten *Supercortemaggiore*-Garage Plutoniumstaub ausbreiten würde. Inhaliert man eine Plutoniummenge von einem Zehnmillionstelgramm Gewicht, steigt das Risiko einer eventuellen Lungenkrebserkrankung auf siebzig Prozent. Ein Fünfhundertstelgramm führt binnen zweier Wochen zum sicheren Tod durch Fibrose. Gestern hatte ich versucht, Beatrice das klarzumachen, aber entweder glaubte sie mir nicht oder... was gut möglich war... es scherte sie einen feuchten Dreck.

Die Brennstäbe glitten mühelos heraus. Wir legten sie nebeneinander hin. Natürlich nicht *zu* dicht nebeneinander. Den Frachtpapieren nach, die Peter im Transporter gefunden hatte, enthielt jeder Stab vierzig kleine Hundertgrammkügelchen: dreißig aus schwachangereichertem Uranoxyd und zehn aus dem heavy Zeug, PuO_2, Plutoniumoxyd.

Peter nahm einen Schneidbrenner zur Hand und löste die Metallkappe am Ende eines Brennstabes. Ich kippte ihn ein wenig, und die Kügelchen glitten heraus wie rußbeschmierte Murmeln. Ein wenig Staub hob sich in die Luft, und ich hörte eine Sekunde lang auf zu atmen... und machte dann mit dem Zischen weiter, das meine Atemluft durch den Filter hinein- und hinausbeförderte.

Peter stieß die Kügelchen mit dem Fuß an. »Wie sollen wir feststellen, welche aus Plutonium sind?« Der Widerhall seiner Stimme vermischte sich mit dem Summen seines Atemgeräts. Er hörte sich an wie Darth Vader mit deutschem Akzent.

Ohne meine Überlegungen zu unterbrechen, sagte ich es ihm. »Nimm einen Geigerzähler. Das Plutonium gibt mehr Alpha-Strahlung ab.«

Es war schon komisch. Ich wußte, ich wollte nicht, daß das Basteln der Bombe erfolgreich wurde. Und trotzdem, ich hatte so viele Jahre im Labor zugebracht, daß mir der Gedanke, es nicht richtig zu machen, unerträglich war.

Na ja! So ganz stimmte das nicht. Irgendwo, tief in meinem Innern, *wollte* ich eine funktionierende Atombombe bauen. Sie bauen und zuschauen, wie sie in die Luft geht. Todeswunsch? Vielleicht. Oder man denke an ein paar gelangweilte Zwölfjährige, die sich einen langen Sonntagnachmittag vertreiben, indem sie Feuerwerkskörper zünden. Der

Nervenkitzel bei Explosionen. Der Geruch nach Ozon, das Brüllen der Wolke. Ich habe gehört, daß wenn eine A-Bombe hochgeht, die Luft rundherum Feuer fängt. Man sieht alle Regenbogenfarben. Vor allem Gottes Farben: Purpurrot und Gold. Das wollte ich selber mal sehen.
Ich nahm einen Geigerzähler und sortierte das Plutonium aus den Urankügelchen aus. Ich benutzte meine Schutzhandschuhe... wirkliche Strahlungsgefahr bestand eigentlich auch nicht. Bevor nicht eine nukleare Reaktion einsetzt, ist man der Neutronen- und der harten Gamma-Strahlung auch nicht ausgesetzt. Bei der Sache mit dem Plutonium geht es in Wirklichkeit auch nur darum, das Einatmen irgendwelcher Partikel zu vermeiden... und das würden die Schutzanzüge aller Voraussicht nach verhindern. Ich nahm mir vor, meinen Anzug so lange anzubehalten, bis ich weit weg genug war von hier.
Die nächste Stunde verging mit der einfachen, sich wiederholenden Arbeit, die zwölf Brennstäbe zu öffnen und die PuO_2-Kügelchen von den anderen zu trennen. Mehr und mehr kam mir das alles unwirklich vor. Meine Gedanken wanderten zu der Begegnung mit der Sexkugel zurück. Hatte ich mir das alles nur ausgedacht? An den Zutaten für eine gute Halluzination hatte es nicht gefehlt: physische Verletzungen, geistiger Streß, Isolation bis zum Sinnesentzug. Blödsinn: Es war wirklich passiert.
Da ich den Anzug anhatte, konnte ich nicht an meine Hosentaschen kommen, aber den leichten Druck der winzigen Kugel darin, den konnte ich spüren. Wenn ich sie rief, würde sie dann zurückkommen? Natürlich würde sie das. Immerhin waren wir *Liebhaber*.
Dies brachte das unwohle, schamvolle Gefühl zurück, mit dem ich erwacht war. Ich war nicht besser als irgendein Freak mit einem weiblichen Schaumgummikörper, wie sie im HUSTLER angeboten werden. Welch eine pathetische, verdrehte Sicht von Fraulichkeit: *Naturgetreue Plastikhaut. Abwaschbar. Griechische und französische Merkmale.*
Und trotzdem, verkörperte die Sexkugel nicht irgendwo das, was ich mir schon immer gewünscht hatte? Eine häßliche Wahrheit lag darin.
»Na?« sagte Peter und holte mich aus meinen Gedanken. »Was nun?«
Was nun. Wir hatten zwölf kleine Haufen Plutoniumkügelchen, ungefähr ein Kilogramm pro Häufchen. Soweit ich mich erinnern konnte, lag die kritische Masse von PuO_2 bei zehn.
»Schubs sie nur zusammen, und sie buchstabieren MAMA!« sang ich mit brüchiger Stimme. »Und klatschen mit einer Hand Applaus.«
»Welches ist der nächste Schritt, Alwin?« Peter hielt den Schneidbrenner dicht an meinen Schutzanzug. »Zum Sprücheklopfen haben wir keine Zeit.«

»Okay, okay. Was wir als nächstes tun müssen, ist, das Plutonium in die Form von zwei Halbkugeln zu bringen. Dann die beiden Halbkugeln mit Styropor oder Ähnlichem auseinanderhalten, und dann die ganze Angelegenheit in einen dicken Ball aus Plastiksprengstoff packen. Mit ein wenig Glück wird in dem Moment, wenn die Explosion die beiden Halbkugeln zusammenpreßt, eine schnelle Reaktion einsetzen.«

»Warum sprichst du von Glück, Alwin? Wir brauchen deine wissenschaftliche Gewißheit.«

Ich zuckte die Achseln. »Soweit uns bekannt ist, hat noch niemals jemand eine Atombombe gebaut, die nicht funktioniert hat. Bringen wir den Job zu Ende. Hast du irgend etwas, in das wir das Plutonium packen können?«

»In der Küche gibt es zwei Mixerschüsseln aus Edelstahl«, schlug Peter vor.

»Gut. Hol sie her.«

»Du holst sie. Dir allein hier drin trauen wir nicht.«

Ich ging also und klopfte an die Werkstattür.

»Was willst du?« brüllte Beatrice auf der anderen Seite.

»Wir brauchen die Stahlschüsseln vom Küchenmixer.«

»Was werdet ihr sonst noch brauchen? Ich habe keine Lust, diese Tür häufiger zu öffnen, als nötig ist.«

Ich überlegte einen Augenblick. »Leg ein paar Tuben Äthylenkleber bereit. Und einen Styroporeinsatz für Eiswürfel. U-und eine kleine Kiste, um die ganze Sache hineinzutun.« Ich brach ab und überlegte weiter. »Haben wir Drähte und Zeitzünder für eine normale Bombe schon bereit?«

»Ja, ja«, fiel Peter mir ins Wort. Er stand neben mir. »Haben wir alles.«

»Okay«, rief Beatrice; ihre Stimme war vor Aufregung auf einmal ganz jungmädchenhaft geworden. »Wir besorgen euch das alles.«

Während Peter jetzt die Strahlung überwachte, teilte ich die Plutoniumoxydkügelchen in zwei Haufen zu je sechs Kilogramm. Als ich die letzten wenigen Kügelchen hinzufügte, zögerte ich, aus Angst, ich könne die kritische Masse erreichen. Aber der Geigerzähler tickte gleichmäßig vor sich hin.

»Gut«, sagte ich zu Peter. »Und jetzt wollen wir einen Weg finden, das Zeug zu verdichten.«

»Weshalb schlagen wir die Kügelchen nicht mit dem Hammer zu Staub?« meinte Peter. »Brüchig genug sind sie.«

Ein leises Stöhnen entrang sich meiner Brust. »Peter, eine Wolke Plutoniumstaub aufzuwirbeln ist das letzte, was wir wollen. Wie die Dinge stehen, habe ich vor, meinen Schutzanzug anzubehalten, bis ich einen oder zwei Kilometer von hier weg bin. Denk dir was anderes aus.«

»Es schmelzen? Wir haben hier einen Sauerstoff-Azetylen-Schneidbrenner, mit dem man Panzerstahl knackt.«

»Erst große Reden, dann wieder mit Wasser kochen. O Boy! Alles, was wir brauchen, ist ein Schmelztiegel.«

Wir kramten in der Werkhalle herum, bis wir auf ein Faß mit Sand stießen.

»Das ist genau das Richtige«, sagte ich zu Peter. »Wir werden eine halbkreisförmige Gußform machen, und zwar...« Rasch höhlte ich den Sand aus und grub eine ungefähr zehn Zentimeter breite und fünf Zentimeter tiefe Kuhle. »Nimm den Schneidbrenner in die Hand.«

Peter stellte den Schneidbrenner auf starke Flamme und brachte die oberste Schicht Sand zum Schmelzen. Dies würde verhindern, daß das Plutonium versickerte. Ich holte sechs Kilogramm von dem üblen Zeug und füllte es vorsichtig in die Form. Ich bestand darauf, daß Peter vor dem nächsten Schritt Schneidbrenner und Faß mit einer Plastikplane abdeckte.

»Das ist unsere Räucherhaube, Peter.«

Gerade als er anfing, das Plutonium zu erhitzen, kam Beatrice zurück. Ich ging an die Tür.

»Ist es sicher dort drin?« rief sie.

»Aber klar. Wir machen nichts Besonderes. Komm rein.«

Das Türschloß klickte, und die Tür glitt auf. Beatrice blickte an mir vorbei auf das lodernde Licht vor Peter. Ein dickes Plutoniumklümpchen spritzte hoch und brannte ein Loch in die Plastikabdeckung.

»Hol schön tief Luft«, mokierte ich mich. »Gute reine Landluft hier drin.«

Beatrice wirkte ein bißchen blaß um die Nase. »Nimm diesen Mist und laß mich die Tür schließen. Über die Deckenlüftung braucht ihr euch keine Gedanken zu machen, ich habe Orali gesagt, er soll sie heute nicht einschalten.«

»Nun komm schon, Beatrice. Bleib doch nicht im Flachen stehen, komm ganz rein. Das ist gesund, Baby.« Ich streckte eine Hand nach ihr aus und rieb meine staubigen Finger aneinander.

Es gab einen lauten Knall, und irgendwas zischte an meinem Gesicht vorbei. Giulia. Sie stand hinter Beatrice und feuerte ihre Uzi auf mich ab.

Ich weiß, wann meine Anwesenheit unerwünscht ist. Ich trat zurück. Beatrice schob ein paar Pakete durch die Tür, dann wurde die Tür zugeschlagen.

»Die erste Schicht ist schon mal geschmolzen«, sagte Peter, stellte den Schneidbrenner ab und kam auf mich zu. »Warum versuchst du, Beatrice zu verseuchen?«

»Ich kann sie nicht leiden. Ich mag nicht entführt werden. Ich mag nicht Tausende von Pilgern mit einer Bombe hochgehen lassen.«

»Nun mal sachte, Alwin. Bis jetzt hast du so musterhaft kooperiert. Nur noch ein Weilchen, und dann lassen wir dich laufen.«

»Wann? Wann laßt ihr mich laufen?«

»Nachdem die Bombe gezündet wurde. Kurz danach.«

Würden sie das tun? Würden sie mich dann laufen lassen? Natürlich nicht. Wie könnte der Grüne Tod Lösegeld für eine in der Phantasie bestehende zweite Bombe erpressen, wenn ich auf freiem Fuß wäre und ihre Namen und die Örtlichkeit ihres Verstecks preisgeben könnte? Außerdem hatte Beatrice jetzt mit ziemlicher Sicherheit Krebs. Meine Hände waren über und über mit Plutoniumstaub bedeckt. Wäre es wahrscheinlich, daß sie mich, wenn sie erst einmal anfing, grauen Broccoli zu spukken, freiließ?

»Komm jetzt«, drängte Peter erneut. »Laß uns die Bombe fertigmachen.«

Mit Hilfe von Stemmeisen hoben wir die Halbkugel aus geschmolzenem PuO_2 hoch und entfernten glasige Sandtröpfchen, die außen hängengeblieben waren. Das ganze Ding war ein wenig klumpig, aber es würde schon gehen. Ich holte eine der stählernen Mixschüsseln herbei und versuchte, ob sie paßte. Gar nicht übel. Peter bereitete die Sandform vor für den nächsten Guß.

Ich trug die anderen sechs Kilo Plutoniumkügelchen herüber und trat einen Schritt zur Seite, während Peter sie zusammenschmolz. Angestrengt dachte ich nach.

Die Hauptsache war, den Grünen Tod davon abzuhalten, die Bombe zu zünden, solange Sybil und die Kinder noch in der Nähe waren. Eine Möglichkeit wäre, die beiden Plutoniumklumpen einfach aneinanderzuknallen. Gleich jetzt. Bumm.

Doch es mußte eine bessere Möglichkeit geben. Was wäre, wenn ich die Bombe falsch zusammenbastelte... sie so zusammensetzte, daß sie gar nicht explodierte? Dafür war es fast schon zu spät. Davon, daß sie einen Stößer und eine Zündladung benutzen sollten, hatte ich nichts gesagt... eine Hülle aus Uran, um die Neutronen nicht entfliehen zu lassen, und eine zentrale Neutronenquelle, um die Reaktion in Gang zu bringen... aber die Bombe würde auch ohne das funktionieren. Wir hatten ja eine irrwitzige Menge Plutonium.

Selbst wenn ich nicht weiter mithalf, würde Peter wahrscheinlich in der

Lage sein, in den nächsten paar Stunden eine funktionierende Bombe zusammenzukriegen. Vielleicht sollte ich ihn umbringen. Ich nahm ein Stemmeisen vom Boden und ging auf ihn zu. Er hatte mir seinen Rücken zugewandt und würde niemals...

Eine Glocke fing an zu schrillen. Peter wirbelte herum und hielt den Schneidbrenner auf mich gerichtet. Die Tür polterte auf, und ein Gewehrlauf wurde sichtbar. Wir wurden beobachtet.

Ich versuchte, heiter und gelassen dreinzublicken. »Mach mich grad bereit, Peter zu helfen, die Scheibe da rauszuheben.«

Peters Stimme klang rauh. »Setz dich dort drüben hin.« Er machte ein Zeichen mit dem Schneidbrenner. »Setz dich, wo ich dich im Auge behalten kann. Mach keine Dummheiten. Du bist bereits jetzt schon entbehrlich.«

Ich ging um ihn herum und setzte mich auf den Fußboden. Ob ich nun weiterhalf oder nicht, die Bombe würde zusammengebaut werden. Somit blieb nur eine Alternative. Bumm.

Mutlos saß ich da und wartete, bis Peter soweit war. Ich half ihm, die zweite Plutoniumhalbkugel herauszuwuchten. Wir paßten die beiden grauen Metallscheiben in die zwei Stahlschüsseln und hafteten sie mit Äthylenkleber fest. Peter schnitt aus den Seitenwänden des Eisbehälters zwei Styroporscheiben zurecht und klebte je eine auf die jeweils flache Seite der beiden Halbkugeln. Dann fügte er, während ich das Ganze mit dem Geigerzähler überwachte, die zwei Stahlschüsseln zusammen und stellte sie so auf, daß sie zu einer plutoniumgefüllten Stahlkugel vereint waren.

Der Geigerzähler knisterte nervös, aber nicht hysterisch. Er hörte sich wie eine Abteilung Fallschirmjäger an, die sich zum Absprung bereit machten. Peter schmierte dicke Tropfen Äthylen die Ritze entlang, wo die beiden Schüsseln sich trafen. Und dann war es soweit... die Atombombe des Grünen Todes, eine stählerne Kugel von der Größe eines Fußballs war im Kern fertig. Alles, was uns jetzt zu tun blieb, war, sie in eine symmetrisch angeordnete Ladung Plastiksprengstoff zu packen, Sprengkapseln über die Oberfläche der Sprengladung zu verteilen und die Drähte an einen Zeitzünder anzuschließen. Dann die ganze Chose in eine Kiste und irgendwo stehenlassen. Ich kicherte.

»Ich will, daß du gehst, Alwin. Jetzt gleich. Den Rest kann ich alleine. Bin nicht erpicht darauf, daß du mit dem Sprengstoff rumspielst.«

Beatrice bekam das mit und schob die Tür auf. »Laß den Anzug da drinnen, Bitter.«

»Kommt gar nicht in Frage.«

BRATTATTATT. Eine Herde Kugeln zischte vorbei. Ohne überhaupt nachzudenken, lief ich los und schnappte mir die Bombe. Ich hielt sie hoch über meinen Kopf.

»Hört auf mit dem Scheiß, oder ich lasse das hier fallen. Das Styropor wird nachgeben.«

Dann Schweigen. Unsere Luftfilter ratterten leise. Peter stand viel zu dicht. Ich bewegte mich seitwärts von ihm vor und in Richtung Tür.

»Peter, soll ich ihn umlegen?«

»*Nein*!« Ein Angstschrei. »Die könnte hochgehen. Wenn er sie fallen läßt, könnte sie hochgehen.«

»Ich will weiter nichts«, sagte ich bestimmt, »als den Dreck von mir spülen.«

»Ich werd dich mit dem Schlauch abspritzen«, schlug Peter vor. »Stell dich dort drüben auf den Abfluß.«

Am anderen Ende war ein Eisenrost in den Boden der Werkstatt eingelassen. Beatrice schloß die Tür, und Peter befestigte einen Schlauch am Wasserhahn.

»Komm mir nicht zu dicht ran«, warnte ich und hielt das Herzstück der Bombe hoch über meinen Kopf. »Spritz mich einfach nur ab. Mich und die Todeskugel.«

Er stellte die Düse ein und spielte mit einem scharfen Wasserstrahl auf meinem Schutzanzug. Spuren von schwarzem Staub liefen mit dem klaren Wasser ab. Ich hob erst den einen, dann den anderen Fuß und ließ ihn meine Sohlen säubern.

»Vergiß meine Hände nicht.« Der platschende Wasserdruck bewegte sich meine Arme hinauf und tänzelte über meine Hände. Einen Augenblick lang kam das Wasser zwischen meine Finger und die stählerne Hülle der Bombe. Ich schwankte ein ganz klein wenig und unterdrückte einen Schrei.

Wenn sie von hier oben auf den Boden hinabfiel, würde das Styropor in jedem Fall zertrümmert. Die Masse würde hyperkritisch werden. Die Luft würde brennen, und wir alle würden Gott erblicken. Schlecht organisiert, aber wirkungsvoll. Ich fragte mich, ob ich sie einfach fallen lassen und das ganze Theater hinter mich bringen sollte. Aber nein, vielleicht gelang es mir ja noch, von hier wegzukommen.

Peter drehte den Wasserhahn zu. »Okay, mein Junge. Du bist sauber.«

Die Todeskugel wurde schwer. Während ich sie immer noch in die Höhe hielt, tänzelte ich mit ihr auf der Stelle wie ein Basketballstar, im Begriff, einen gewagten Weitwurf zu starten.

»Beatrice«, rief Peter mit lauter Stimme. »Mach die Tür auf. Nicht schießen. Nicht auf ihn schießen.«

Die Tür wurde geöffnet. Dahinter konnte ich Beatrice und Giulia mit schußbereiten Waffen sehen. Ich schritt auf sie zu wie Godzilla mit seinem gigantischen Felsbrocken.

»Zurück! Sperrt die Ausgänge auf. Du, Giulia, bringst den Maserati in Gang.« Sie bewegten sich. Verblüffend, welchen Respekt man sich mit nuklearen Waffen verschaffen kann.

Und so ließ ich dann die *Supercortemaggiore*-Garage hinter mir, aufrecht in einem Convertible stehend und eine Atombombe umklammernd. Genauso wie der Präsident der Vereinigten Staaten.

Der gigantische Arsch geht zum Angriff über

Sybil stieg vor dem Gebäude der HERALD TRIBUNE aus dem Taxi. Die Kinder befanden sich bei ihren Eltern im Savoy in Sicherheit. Die Eltern waren spätabends mit Sorrel eingetroffen. Sybil war im Begriff, Susan Spangle wegen der Story, die sie veröffentlicht hatte, mal ordentlich den Kopf zu waschen. Darin behauptete sie, daß *Atomic Alwin*, der Archimedes der Anarchie, aus freien Stücken ins Lager des Grünen Todes übergewechselt war.

Sie bezahlte gerade den Taxifahrer, als ihre Blicke auf etwas Sonderbares gelenkt wurden: Auf ein langsam dahingleitendes purpurrotes Auto mit heruntergeklapptem Verdeck, in dem jemand aufrecht stand... ein Mann in weißem Plastikanzug und mit einer glänzenden Metallkugel, die er hoch über den Kopf hielt. Die Kugel leuchtete in der heißen Nachmittagssonne. Ein Politiker? Eine Art Werbekampagne?

Nee. Ich war's. Ich erkannte sie aus fünfzig Metern Entfernung und rief Giulia zu, anzuhalten und mich aussteigen zu lassen. Den giftigen Anzug wollte ich loswerden, bevor ich meine Frau berührte.

»Okay«, sagte Giulia und warf aus dick getuschten Augen einen Blick zu mir herauf. »Arrivederci.« Während dieser gesamten Episode war sie niemals anders als gleichgültig und unparteiisch gewesen, wie es schien. Ich hatte wirklich nicht die geringste Vorstellung davon, was in ihrem Kopf vor sich ging.

Aber wen kümmert das schon. Ich war wieder frei und in Sicherheit. Auf wackligen Beinen stieg ich aus dem Maserati. Giulia wendete in scharfem Bogen und raste in Richtung Garage davon. Viel Zeit zum Handeln blieb uns nicht. Rasch setzte ich die Bombe auf dem heißen Straßenpflaster ab und riß den Reißverschluß meines Strahlenschutzanzugs auf. Welch eine Erleichterung, wieder richtige Luft zu atmen!

Sybil erkannte mich und kam den Gehsteig entlang auf mich zugelaufen. »Alwin, Alwin.«

»Sybil!« Ich ergriff die Bombe und lief, so schnell die gebotene Vorsicht es zuließ, ihr entgegen. Stolpern durfte ich jetzt nicht. Ich hoffte nur, daß der Plutoniumstaub vollständig von der Bombenhülle abgewaschen war. »Ruf das Taxi zurück, Sybil, die sind hinter uns her!«

Sybil erkannte die Angst in meiner Stimme und rief das Taxi zurück. Sie

hatte dem Fahrer ein großzügiges Trinkgeld gegeben, und gehorsam rö-rö-rö-rö-röhrte er dreißig Meter im Rückwärtsgang auf uns zu. Die rückwärtige Tür ging auf. Sybil drückte und küßte mich. Ich schnappte mir die Bombe, und wir stiegen ein.
»Zum Savoy zurück«, instruierte Sybil den Fahrer.
»*Bene.*«
»Was für'n Savoy? Wo sind die Kinder?«
»Meine Eltern sind da. Sie haben eine ganze Zimmersuite belegt, und die Kids und ich sind zu ihnen gezogen. Aber, Alwin, wie geht es *dir* denn?« Ängstlich blickte sie aus dem rückwärtigen Fenster. »Sind sie immer noch hinter dir her?«
»Ich schätze, sie können gar nicht anders. Ich hab ja ihre Bombe.« Ich tätschelte meinen stählernen Fußball. »Ob du's mir glaubst oder nicht, das hier ist eine Atombombe. Hast du jemals mit diesen kleinen Knallerbsen gespielt, die explodieren, wenn man sie auf die Erde wirft? Dies ist ungefähr dasselbe. Dies Ding hier ist voller Plutonium.«
»O mein Gott!« Sybil rutschte so weit wie möglich von der Bombe weg. »Ist das nicht radioaktiv?«
»Solange dies Ding gut versiegelt ist, ist es okay. Wobei das Plutonium da drin wirklich giftig ist. Um es auseinanderzunehmen, müßte man schon einen dieser weißen Schutzanzüge tragen. Sobald wir beim Hotel sind, können wir die Bombe der Polizei oder sonstwem übergeben.« Ich gab Sybil einen Kuß. Die Berührung mit ihrer pfirsichweichen Wange brachte mir die Sexkugel wieder in Erinnerung.
Beim Gedanken an die Sexkugel kam mir plötzlich ein Bild aus Edwin Abbotts FLÄCHENLAND in den Sinn: Eine dreidimensionale Kugel, die sich den zweidimensionalen Flächenländern zeigt, indem sie durch die Ebenen, auf denen sie leben, hindurchgeht. Die Flächenländer sind Quadrate und Dreiecke, die auf einer einzigen Ebene herumrutschen, und als die Kugel sich durch diese Ebene hindurchbewegt, nehmen die Flächenländer einen Kreis wahr, der erst wächst und dann wieder schrumpft.
»Ich kann es noch gar nicht glauben, daß du entkommen bist, Alwin«, sagte Sybil und gab mir ebenfalls einen Kuß. »Laß uns so schnell wie möglich aus Italien verschwinden. Laß uns heute abend fahren. Wir könnten zu meinen Eltern.«
»Ich würde am liebsten nach Heidelberg zurück. Für ein Familientreffen fühle ich mich noch ein bißchen zu wacklig auf den Beinen, zu fertig.« Ich stieß einen Seufzer aus und betrachtete meine zitternden Hände. »Vielleicht kann ich die Rechte an meiner lebensnahen Abenteuerstory an irgendeine Zeitschrift verhökern, und wir können nach Amerika zurückkehren. Dort ist es um so vieles sicherer.«

»Ich weiß«, sagte Sybil und legte einen Arm um mich. »Ich fühle mich in... in Europa so preisgegeben.« Schweigend fuhren wir weiter. Es war Spätnachmittag und Ostersamstag.
Viel Verkehr gab es nicht, aber jede Menge Touristen. Ein Obelisk glitt vorüber, über und über mit Hieroglyphen bedeckt.
»Wie ist es dir nur gelungen, überhaupt entführt zu werden, Alwin?«
»Tja, diese Typen haben mich ausgetrickst. So ein großer Kerl namens Virgilio gab vor, Zuhälter zu sein. Und irgendwie gelang es ihm, mich in ein Taxi zu kriegen, das...« Meine Stimme geriet ins Stocken. Der warzenähnliche Kopf unseres Taxifahrers hatte etwas schrecklich Vertrautes an sich.
Hinter uns ertönte eine laute Autohupe, und das Taxi fuhr an den Straßenrand. »Was machen Sie da?« wollte Sybil wissen. »Dies ist nicht das Savoy!«
Der Fahrer wandte sich um – dieselbe kleine Warze wie das letzte Mal. Die Beifahrertür ging auf, und Virgilio stieg ein mit einer Pistole in der Hand. Das Taxi reihte sich wieder in den Verkehr ein.
»Es sind dieselben Typen«, stöhnte ich. »Wo zum Teufel hast du dieses Taxi gefunden?«
»Der Mann an der Rezeption hat es mir gerufen. Nun tu doch was, Alwin!«
»Ich werde euch miteinander bekanntmachen. Sybil, dies sind Virgilio Bruno und die Warze. Warze, dies ist Bruno. Virgil, dies ist Sybil. Alwin, dies ist die Atombombe des Grünen Todes. Hier, Virgilio, könnten Sie nicht einfach die Bombe übernehmen und uns am Savoy absetzen?«
»Du hast etwas vergessen, Alvino«, schnurrte Virgilio. »Etwas von Lafcadio.«
Er meinte die Sexkugel. Die würde ich allerdings nicht kampflos aufgeben. »Ich weiß nicht, wovon du da sprichst.«
»Jeder weiß das«, ließ Virgilio nicht locker. »Aus den Nachrichten weiß jeder, daß Lafcadio aus dem Mont-Blanc-Labor etwas hat mitgehen lassen. Bis zu diesem Diebstahl war er Physiker dort. Seither sprach er nur von Dante und über Kugeln. Ich bin neugierig, was er hatte.«
Sybil starrte Virgilio krankhaft fasziniert an. Er hatte einen ausnehmend schönen weißen Leinenanzug an, dazu ein hellrosa Seidenhemd und einen dunkellachsfarbenen Strickschlips. Sein fein geschnittenes Kinn war blau von Bartstoppeln, er hatte eine brutal wirkende Hakennase, und seine Augen blickten sanft und mit brutaler Sinnlichkeit. Kurz gesagt, war er der Mann, von dem sie sich am liebsten entführen lassen würde. Er schenkte ihr ein träges Lächeln. Sie strengte sich an,

nicht zurückzulächeln. Dieser Mann war böse, ein rücksichtsloser Krimineller. Und trotzdem...

»Virgilio hat recht«, hörte Sybil sich sagen. »Ich hab's heute morgen selbst in der Zeitung gelesen. Der Tote hatte irgend etwas Besonderes gestohlen, was im Mont-Blanc-Labor fabriziert wurde. Irgendeine Art degenierter Supermaterie?«

»Hypermaterie«, korrigierte ich automatisch und versetzte Sybil einen scharfen Rippenstoß.

»Du hast es also gesehen?« fragte Virgilio.

»Nein, nein. Ich korrigiere nur das Wort. Ich tue das bei Sybil immerzu. Viele ihrer höheren Gedächtnisfunktionen hat sie auf mich übertragen. Wir leben in Symbiose. Bleiben wir aber beim Thema. Hier ist die Bombe. Ist vielleicht zehn Millionen Dollar wert. Ob Lafcadio ein Hypermateriemuster hatte, weiß ich nicht. Laß uns einfach hier raus. Gleich jetzt.«

Wir fuhren durch den Park der Villa Borghese, nicht weit weg vom Kunstmuseum. Die Via Veneto war höchstens einen Kilometer von hier entfernt.

»Komm schon«, wiederholt ich. »Laß uns aussteigen.« Ihm zu drohen, daß ich die Bombe hochgehen lassen würde, schlug ich mir aus dem Sinn, weil ich wußte, daß Virgilio mir das nicht abnehmen würde. Weder er noch ich gehörten zu den Leuten, die so etwas tun würden. Er würde die Bombe an die Regierung oder an die Terroristen verkaufen, je nachdem, wer mehr bot.

Es gab ein plötzlich knackendes Geräusch, und das Rückfenster zerplatzte. Ich duckte mich auf den Rücksitz und zog Sybil mit herunter. Irgendwer schoß auf uns. Ein Reifen platzte, und das Auto geriet ins Schlingern.

»Sybil«, flüsterte ich. »Sollte mir etwas zustoßen, nimm Lafcadios Sexkugel an dich. Ich habe sie in der Hosentasche. Es handelt sich um eine winzige Kugel, die wachsen kann.«

Virgilio zielte mit seiner Pistole über uns hinweg und feuerte wie wild vier Schüsse durch das gezackte Loch, wo einmal das Rückfenster gewesen war. Eine Antwortkugel erwischte die Warze im Hinterkopf, und das Auto geriet außer Kontrolle. Ich drückte die Bombe ins Sitzpolster und klammerte mich fest.

Glücklicherweise gab es keinen Zusammenstoß. Der Wagen kam lediglich von der Straße ab auf die glatte Rasenfläche, schlingerte hin und her und blieb mit einem Ruck stehen. Virgilio feuerte einen weiteren Schuß ab und schrie befriedigt auf. Als er den Abzug aber ein weiteres Mal drücken wollte, klickte seine Pistole leer.

»*Fotte*«, brummelte Virgilio. »Keine Patronen mehr.«
Sybil setzte sich auf und blickte sich um. Der purpurrote Maserati hatte neben uns gehalten. Auch er hatte einen zerschossenen Reifen. Eine hochaufgewachsene Italienerin hielt eine Art Maschinenpistole auf uns gerichtet. Der Mann auf dem Beifahrersitz sackte mit offenem Mund nach hinten und verschied. Eine von Virgilios Kugeln muß ihn erledigt haben.
Ich setzte mich ebenfalls auf und erkannte Giulia und den sterbenden Schnoiden, sein zerfetztes, blutbeschmiertes Gebiß glitzerte in der Nachmittagssonne. Jammerschade, daß es nicht Beatrice erwischt hatte. In der Ferne sirente ein Polizeiauto, und Giulia sah aufgeregt aus. Ich hoffte nur, sie würde nicht anfangen zu schießen.
Virgilio warf seine leergeschossene Pistole auf den Rasen und stieg aus unserem Taxi aus. »Treffen wir eine Vereinbarung«, schlug er Giulia vor. »Wir sind in deiner Gewalt. Aber die Carabinieri sind uns auf den Fersen. Ich kenne ein Versteck. In der Villa Borghese. Du hast eine Knarre, ich ein Versteck, und wir machen fifty-fifty.«
»Und was wird aus uns?« warf Sybil ein.
Virgilio musterte sie abschätzend, ihr hellbraunes Haar, ihre breiten Hüften, ihre leicht fettige Haut. »Ihr seid unsere Geiseln. Du und Alvino... und Pauline Borghese. Beeilen wir uns.«
Ich hatte meine Tagesration Initiative längst verbraucht und erhob nicht einmal Einspruch, als Virgilio die Bombe vom Rücksitz hob. »Paß auf, daß sie nicht runterfällt«, war alles, womit ich aufwarten konnte. »Sie könnte losgehen.«
»*Bene*«, knurrte Virgilio. Er ging voran, Sybil und ich in der Mitte, und Giulia hielt uns von hinten in Schach. Die Villa Borghese war bereits geschlossen, die Touristenbusse waren weg. Wir liefen mit klappernden Absätzen über den leeren Parkplatz. Die Polizeisirenen hatten sich bedenklich genähert.
Virgilio zog einen Schlüssel aus der Tasche und sprang die Stufen hinauf. Der alte Wärter, der in der Eingangshalle saß, erkannte ihn und legte einen Finger an seine Mütze.
»Mein Bruder ist Vorsitzender der Museumswärtergewerkschaft«, sagte Virgilio mit liebenswürdiger Stimme zu Sybil. »Du wirst Gelegenheit haben, dich ungestört hier umzusehen. Ohne das übliche...« Und indem er die Bombe in der linken Hand im Gleichgewicht hielt, pumpte er mit den Ellenbogen wie mit Flügeln, um Menschengedränge anzudeuten.
Giulia richtete ihre Kanone auf den Wärter und machte dann eine ruckartige Bewegung in Richtung Parkplatz. Mit einem gleichgültigen Ach-

selzucken packte der alte Mann seine Stullendose und seine Zeitung in eine Ledertasche und ging. Während ich hinter ihm herblickte, sah ich die rotierenden Blaulichter von Polizeiautos. Sie versammelten sich um die beiden unbrauchbaren Autos und die Leichen. Es würde eine Weile dauern, bis sie auf die Idee kämen, sich auch hier mal umzusehen. Der alte Wärter, der hielt dicht. Gemächlichen Schritts ging er über den Rasen auf eine Bushaltestelle zu. Es sah aus, als stünden jedes Baudenkmal, jedes Museum zu Virgilios freier Verfügung.
Er war mit Sybil bereits im nächsten Raum zur Rechten; er hielt sie beim Arm und zeigte ihr die auf eine Couch aufgestützte Skulptur der Pauline Borghese. Ich mußte diesen Kerl im Auge behalten. Aber, wozu sollte er sich mit Sybil überhaupt abgeben, wo doch Giulia hier war?
Ich blickte zu ihr auf. Mit ihren langen Beinen und den hochhackigen Absätzen war sie volle fünf Zentimeter größer als ich. Ihre Hüften befanden sich praktisch in meiner Schulterhöhe. Unbeholfen legte ich meinen Arm um sie. Ihr gradliniger Mund zuckte in der Andeutung eines Lächelns. Und als ich so dicht neben ihr stand, bemerkte ich zum ersten Mal, daß ihre unter Make-up verborgene Haut ein wenig rauh war. Die Sexkugel zuckte in meiner Hosentasche. Ich spürte direkt, wie die Pheromone sich aufbauten.
»Was bin ich froh, dich wiederzusehen, Giulia. Auch mit einer Maschinenpistole im Arm.« Die Sexkugel pulsierte ununterbrochen und pumpte und pumpte die magischen Moleküle der Lust.
»Komm«, sagte Giulia gebieterisch und schlug die entgegengesetzte Richtung von Sybil und Virgilio ein. Ich wußte, eigentlich sollte ich bei meiner Frau bleiben, aber ich konnte nicht anders und ging hinter ihr her.
Das Geräusch von Giulias Pfennigabsätzen auf dem Marmorboden ging mir durch und durch. Ich mußte fast laufen, um mit ihr Schritt halten zu können. Wir gingen durch zwei Räume hindurch, und Giulia warf jedesmal einen raschen Blick ringsrum. Was suchten wir eigentlich? Ein einsames Plätzchen, hoffte ich. Die Pheromone mußten bestimmt ebenso auf sie wirken wie auf mich.
Wir gelangten an eine Treppe, die sie hinaufstieg. Ich blieb stehen und lauschte angestrengt, um zu hören, was die beiden anderen machten. Mir war, als vernähme ich, wie Sybil sich schwach gegen das eindringliche Blubbern Virgilios wehrte, das sich zu einem Liebesgemurmel abgeschwächt hatte. Damit hatte ich nun überhaupt nicht gerechnet. Aber, wenn die Sexkugel es fertigbrachte, Giulia und mich in sexuelle Raserei zu versetzen, dann gelang ihr das wohl bei Sybil und Virgilio ebenso. Ich haßte mich von ganzem Herzen und stieg die Treppe hinauf, hinter Giu-

lia her. Am oberen Treppenabsatz holte ich sie ein und legte erneut meinen Arm um ihre Hüften. Sie lächelte kurz auf mich herab und blieb dann in einem der Zimmer stehen. Viele Bilder an den Wänden und ein glatter Holzfußboden.
»Komm, bitter. Komm *amore* machen.«
Ich nickte fest mit dem Kopf. Sie schleuderte ihre Uzi quer durchs Zimmer, stieg aus ihrem Kleid und öffnete ihren BH. Ich riß mir mein Hemd vom Leib, ließ meine Hose rutschen und streifte meine Unterwäsche ab. Ohne daß ich sie darum bitten mußte, wußte sie, daß sie Schuhe, Strümpfe und Strumpfhalter anbehalten sollte – obwohl es sie eine volle Minute kostete, ihren Slip unter dem Strumpfhalter herauszumanövrieren. Währenddessen küßte ich ihren Hals, ihre Brustwarzen, ihren Nabel. Ich kniete nieder und fing an zu lecken. Ich legte meinen Kopf zurück und blickte nach oben, an ihrem Strumpfhalter, an ihren kräftigen Brustwarzen vorbei und studierte ihr unbewegtes Gesicht.
Und schon lagen wir am Boden, und ich war in ihr drin. Sie knickte ihre langen Beine hoch in die Luft und schlug mir ihre Pfennigabsätze in den Rücken. Ich wieherte wie ein Rennpferd und bog in die Zielgerade ein. Süßaufsteigender Druck schwellte meine Lenden. Ich küßte ihr das Gesicht, so dicht, und murmelte... »Giul'... oh, Giul... oh, ich liebe dich... ja... oh, weiter, oh, ah, ah... aaaahhh!«
Aus orgasmusverschleierten Augen nahm ich wahr, wie sich etwas bewegte, gleich neben mir. Es war meine Hose, die auf uns zuglitt. Wie ein Klappmesser stützte ich mich auf meine Ellenbogen. Das rechte Hosenbein beulte sich aus, prall und kugelrund, riß dann ein und auf und ließ die läufige Sexkugel raus. Unter mir konnte ich Sybil stöhnen hören, als sie einem heftigen Höhepunkt zutrieb. Und die Kugel wurde größer und größer.

Virgilio führte Sybil an der Statue der Pauline Borghese vorbei und in den angrenzenden Raum. Er setzte die Bombe ab und legte einen Arm um Sybils Hüfte. Sie konnte sein Rasierwasser und eine entfernte Spur Schweiß riechen. Und es lag noch etwas anderes in der Luft – eine unglaubliche Ladung sexueller Spannung.
Virgilio drückte sich dichter an sie heran. Sybil krante, um zu schauen, ob Alwin zusah. Was würde er von ihr denken, wie sie diesem bildschönen Brutalo von einem Italiener gestattete, daß er mit seinen Händen überall gleichzeitig war? Aber Alwin sah gar nicht zu, nein, er zockelte wie ein Schoßhündchen hinter diesem gigantischen Italienerweib her. Und in die andere Richtung. Um so besser. Warum sollte Sybil sich nicht auch mal ein Vergnügen gönnen?

Virgilios Hand glitt ihren Rücken hinab und griff fest zu. Sie wurde von wohligem Schauder erfaßt, seufzte und leistete Gegendruck.
»Schau mal«, sagte Virgilio. »Dies ist mein Lieblingsstück. ›Der Raub der Persephone‹ des unsterblichen Bernini.« Er zeigte mit seiner freien Hand auf die Statue, ließ die Hand aus der Bewegung heraus fallen, und sie landete auf Sybils Unterleib. Sie sah hinab auf seine kräftige Hand, auf die dichtbehaarten Knöchel, und hob dann folgsam den Kopf, um die Statue zu betrachten. Weit weg hörte sie Alwin und Giulia, wie sie irgendwo oben zu Gange waren.
Die Statue. Ein finster dreinblickender Mann hält Persephone hoch in die Luft. Persephones Gesicht ist fügsam, dumm, auf herkömmliche Weise in Schrecken versetzt. Das Verblüffende ist, wie die Hand des Entführers sich in Persephones weiche warme Marmorhüfte und -oberschenkel senkt. Das Fleisch wird gedrückt und gibt nach, einfach so.
Virgilio ließ seine Hand nach unten gleiten und knetete. Sie fühlte sich unter seinem kraftvollen Zugriff eingeschlossen, vorne und hinten, und paßte sich dem an, angespannt und unzüchtig. Ihre Knie wurden, ach!, so schwach.
Sie glitt auf den kühlen Marmorboden hinab und lag da, Mund und Beine geöffnet, und schwelgte. Es war wie im Traum. Nichts spielte mehr eine Rolle, nichts außer Sex.
Virgilio tanzte aus seinen Kleidern. Er kniete neben ihrem Kopf nieder. Sie machte den Mund weit auf und genoß den Geschmack seiner Haut, den Duft seines Fleisches.
Dann fing Virgilio an, an ihrem Slip zu zerren. Hilfreich hob sie sich ein wenig, und er bekam ihn runter, kroch um sie herum. Sie ließ ihren Mund locker gespitzt offen und stützte sich mit flachen Händen ab.
Sein Gesicht war blutdurchpulst. Er schob und pumpte, was das Zeug hielt. Sie gab Gegendruck, unendlich weich und naß und tief... das Yin zu seinem Yang. Sie erwischten eine gemeinsame Welle Sexrhythmus und ließen sich auf ihr ans Ufer tragen; Surfer und Surfboard, Propeller und Tragfläche; kreischend setzen sie auf... twitsch, twitsch, twitsch.
Virgilio glitt seitwärts ab, küßte sie, hob dann das Haupt und blickte sie anerkennend an. »Du bist die erste Amerikanerin, die ich...«
»Nun, du bist mein erster Italiener. Mein erster Irgendwer, seit meiner Heirat.«
»Wirklich?« Bei dieser Nachricht sah Virgilio ausnehmend zufrieden aus. »Seit wie lange?«
»Im Juni werden es elf Jahre.« Und jetzt hatte ich endlich mal einen Liebhaber, dachte Sybil bei sich. Endlich hab ich's mal gemacht und brauche nicht als Heimchen zu sterben.

Mit einem Mal fing die Italienerin oben an zu zetern. Rasch und katzengleich war Virgilio auf den Beinen. Wie der Blitz war er in seiner Hose und schnappte sich die Bombe. »Komm mit rauf, Sybil.«
Sybil stand auf. Ihr Kleid – sie hatte es nicht mal ausgezogen – rutschte herab und verdeckte ihre Blöße. Virgilio blickte ungeduldig drein, also machte sie sich gar nicht erst die Mühe, ihren Slip wieder anzuziehen, sondern stopfte ihn einfach in ihre Handtasche. Sie ging hinter ihm her nach oben und bewunderte das geschmeidige Spiel seiner Rückenmuskulatur.
Giulias Kreischen wurde immer lauter, kaum daß man Alwins beschwichtigend dröhnende und erklärende Stimme noch hören konnte. Als Sybil dessen, was sich in dem Zimmer befand, ansichtig wurde, fing sie ebenfalls zu kreischen an.
Später beschrieb sie die Szene wie eine Kreuzung zwischen Salvador Dalis »Junge Jungfrau, von den Hörnern ihrer eigenen Keuschheit autosodomisiert« (einem von seinen Beinen gelöster, freischwebender runder Hintern) und René Magrittes »Das Zimmer des Lauschens I« (ein von einem enorm großen Apfel ausgefülltes Zimmer). Der Riesenhintern hatte Giulia und Alwin in einer Ecke in die Enge getrieben. Beide waren unbekleidet. Brennende Eifersucht zuckte in Sybil auf. Virgilio ging, die Bombe hoch über seinen Kopf gehalten, auf den Hintern zu und fing an zu schreien.
Das Gezeter der Italienerin hatte die Polizei auf den Plan gerufen, und jetzt kamen drei der Herren die Treppe hinaufgestürmt. Knurrend wie ein Hund wandte Virgilio sich um, und einer der drei schoß ihm ins Bein. Die Bombe fiel.

Babs die Böse

Als Giulia die Sexkugel gewahrte, regte sie sich unheimlich auf. Ich versuchte ihr zu erklären, daß es eine Freundin von mir sei, die durch Geräusch und Geruch der heißen Nummer, die wir soeben abgezogen hatten, in Erregung versetzt worden war. Sie wollte mir einfach nicht zuhören.
»Kannst du nicht warten?« fuhr ich die Kugel an. »Ich bin völlig fertig! Schrumpf dich zum Teufel, verdammt nochmal. Virgilio wird sich deiner annehmen.«
Aber es war kaum möglich, sich bei Giulias lautem Geschrei Gehör zu verschaffen. Die Sexkugel wuchs einfach weiter. Sie glitt näher und stubste mich unmißverständlich an. Bevor wir noch wußten, wie uns geschah, waren Giulia und ich in die Enge getrieben, und zwar genau unter ein Gemälde der Jungfrau Maria, die dem Jesuskind die Brust gibt.
Giulia war völlig übergeschnappt, und ich bekam es allmählich auch mit der Angst. Ich hatte die verschwommene Idee, daß die Sexkugel eine *Hyperkugel,* war, die sich in die vierte Dimension hinein erstreckte. Was bedeutete, daß, wenn die gigantische Öffnung mich verschlingen würde, ich irgendwo hingeraten könnte, wo es... wo es ganz anders aussehen würde.
Genau in diesem Augenblick kam Virgilio wie ein Berserker ins Zimmer gestürmt. Er hatte sogar das Hemd abgelegt, der geile Bock. Ich krante ein bißchen, um Sybil in Augenschein zu nehmen, und, klar, ihr Gesicht war gerötet, wie es nach einem vollendeten Orgasmus eben gerötet ist. Eifersucht und Gewissensbisse fielen wie Zwillingsfurien über mich her. Auf was hatten wir uns nur eingelassen? Elf Jahre ehelicher Treue waren den Bach hinab.
Die Öffnung der Sexkugel war jetzt noch größer, sie öffnete und schloß sich wie irgend so'n venendurchzogener schlabbernder Menschenfresser aus den übelriechenden Sümpfen auf Heinleins Venus. Ich war so niedergeschlagen, daß es mir völlig egal war, ob sie mich kriegte oder nicht.
Virgilio führte sich mordsmäßig auf und wedelte mit der Atombombe in der Luft herum. Ich schrie ihn an, er solle endlich halblang machen. Und dann kamen mehrere Leute die Treppe heraufgerannt. Sie trugen Uniformen und sahen aus wie von der Polizei. Waren sie aber nicht. Es war der Grüne Tod. Peter und Beatrice und der Schnoide Orali.

Virgilio wurde von einer Kugel am Bein erwischt. Schitt. Die Bombe entglitt seinen Händen. Ich nahm den einzig möglich Fluchtweg. Mit den Füßen voran sprang ich in die Sexkugel.

Die Kugel machte sich aus dem Staub wie ein Wirbelwind. Wir hauten ab in die vierte Dimension. Und als wir den normalen Raum verließen, verspürte ich eine entsetzliche, an meinem ganzen Körper zerrende Empfindung, als würde ich vollends in Stücke gerissen. Die kräftigen Innenwände der Öffnung traten in Aktion, sie drückten und hielten mich zusammen.

Obwohl ich mich tief in ihrem Innern kuschelte, konnte ich aus der Kugel hinausblinzeln. Sobald wir uns von den Fesseln des herkömmlichen 3D-Raums gelöst hatten, spürte ich, wie ich eine außerordentliche Mobilität erlangte. Meine Augen rollten hierhin und dorthin und auch woandershin. In der einen Richtung konnte ich in das mit einem Holzfußboden versehene Zimmer in der Villa Borghese hinunterblicken.

»Hinunter« ist vielleicht nicht das richtige Wort. Ich konnte das Zimmer aus einiger Entfernung betrachten... trotzdem aber nicht aus einer bestimmten Richtung. Fußboden, Deckenboden und die vier Wände, alles lag vor mir ausgebreitet. Die Bombe war nicht detoniert. Peter machte sich an ihr zu schaffen, während Beatrice und der Schnoide Giulia angafften, wie sie sich in ihr Kleid schlängelte. Virgilio lag stöhnend am Boden.

Aber Sybil... meine Sybil schritt quer durchs Zimmer und hob den winzigen Sexkugelquerschnitt auf, der sich am weitentfernten unteren Ende der Hyperkurve befand, dessen praller Teil mich umschloß. Niemand bemerkte es. Das kleine Kügelchen ließ sie in ihre Tasche gleiten. Ich hoffte nur, daß sie darauf käme, mich zurückzu*schmiepen*. Hoffte, die Gelegenheit dazu würde sich ihr bieten.

Der Grüne Tod verweilte auf einer Seite des Zimmers, steckte die Köpfe zusammen und beriet sich. Es erweckte den Eindruck, als wollte Peter nur die Bombe mitnehmen, aber Beatrice wollte Virgilio und Sybil als Geiseln nehmen. Giulia gestikulierte heftig mit den Armen und hatte offenbar große Mühe, zu erklären, wo ich abgeblieben war.

Und dann nahm die Situation abermals eine Wende zum Schlechten. Die richtige Polizei traf ein. Ich konnte sie draußen vor dem kleinen Museum ausmachen, wo die Uniformierten hinter kugelsicheren Schilden hockten und durch ein Megaphon riefen. Ich wünschte, ich hätte verstehen können, was sie sagten. Der Nachrichtensendung zufolge, die ich gesehen hatte, waren sie der Annahme, ich sei einer von den Bösewichtern. Im Augenblick war ich im Hyperraum besser aufgehoben.

Von meinem Beobachtungsposten aus sahen alle sehr komisch aus. Ich konnte durch Sybils Kleid hindurchsehen, konnte sehen, daß sie keinen Schlüpfer trug; ich konnte sogar ihre Innereien und die Knochen sehen. Es war ein wenig so, als wäre alles durchsichtig. Ich betete, daß sie das nahende Spektakel überleben würde.

Aber unterdessen gab es so viel anderes zu sehen! Ich rollte einmal die Augen, und die Villa Borghese war nicht mehr da. Ich blickte in den umgestalteten Hyperraum. Alle möglichen fließenden Formen bewegten sich da dichtgedrängt, manche rund wie meine Freundin, die Hyperkugel, manche eckig, wieder andere verästelten sich. Die Bewegungen, die sie beschrieben, waren weitaus vielfältiger als die, die unser 3D-Raum bietet. Die üblichen Bewegungsrichtungen, links/rechts, vorwärts/rückwärts, nach oben/nach unten, gab es natürlich... allerdings existierte noch ein vierter Typ von Bewegung, nennen wir sie *ana/kata*. Anstatt also zu sagen, daß ich auf die Villa Borghese *unten* blicken konnte, ziehe ich vor, zu sagen, daß ich sie *kata* sehen konnte. Anstatt zu sagen, die Sexkugel bewegte sich aus dem normalen Raum weg *nach oben*, sagen ich, daß sie sich *ana* aus ihr herausbewegte.

Die Hyperformen um uns herum schienen das Innere nach außen zu kehren, aber nicht, indem sie sich wirklich ausstülpten, sondern indem... indem sie die Perspektive, die sie boten, veränderten; vergleichbar jenen Rißzeichnungen von Würfeln oder von Treppen. Für meine 3D-Augäpfel war es kein leichtes Unterfangen, mit all dem Schritt zu halten. Nur dadurch, daß ich meine Augen mit raschen Bewegungen *ana* und *kata* gleiten ließ, gelang es allmählich, mir ein Bild des Ganzen zu machen.

Vorsichtig schob ich meinen Kopf ein bißchen weiter nach draußen und versuchte einen vollständigen Überblick über die Sexhyperkugel zu gewinnen. Solange ich meine Augen in eine bestimmte Stellung brachte, sah ich nichts weiter als die Sektion, in die ich hineingesprungen war. Brüste und Hintern von gigantischen Ausmaßen sowie eine Sesamöffne-dich-Spalte. Wenn ich meinen Hals aber *kata* drehte, konnte ich über eine der Brustwarzen hinwegblicken und sie als einen einzelnen Ausschnitt aus einer langen Gratlinie aus Brustwarzengewebe sehen, die sich immer mehr verjüngte, bis hin zu einem winzigen Punkt auf dem Kügelchen in Sybils Handtasche.

Wenn ich meinen Hals *kata* gewandt hielt, meine Augen aber nach links rollte, konnte ich die ununterbrochene Furche der Hyperkugel sehen, die ebenfalls in Sybils Handtasche endete. Ich fragte mich, was diese spezielle Hyperkugel wohl daran hinderte, unserem normalen Raum gänzlich zu entfliehen. Hatte die ganze Sache irgendeinen Haken, den Lafcadio Caron angebracht hatte? Mir schien, als erinnerte ich mich einer

Abhandlung über sein dreidimensionales Verknoten von Hyperraum-Objekten.

Es vermittelte mir ein seltsames, reichlich ausgestiegenes Feeling, meinen Kopf in vier Dimensionen zu bewegen. Seltsam lebhafte Erinnerungen an Dinge aus der Vergangenheit strömten ununterbrochen auf mich ein, und ich hatte einige Mühe, mich darauf zu besinnen, was tatsächlich vor sich ging. Ich hatte davon gehört, daß dreidimensionale Formen im Hyperraum offenliegen, und ich machte mir Sorgen, mein Gehirn könnte herausfallen. Aber gegenwärtig ereignete sich nichts in dieser Richtung.

Als ich mich ein wenig selbstsicherer fühlte, zwängte ich meine Schultern und Arme aus der Sexkugel heraus. Die Arme zu bewegen war ein unglaublicher Akt. Durch leichte *kata/ana*-Bewegungen konnte ich den einen tatsächlich durch den anderen schieben: wie zwei Münzen auf einer Tischplatte, die sich verpassen, wenn eine ein ganz klein wenig hochgehoben wird. Der Hyperraum um mich herum wurde von seltsamem die Nerven kitzelnden Vibrieren erfüllt... als würden Hunderte von Liedern auf einmal gesungen. Indem ich den Kopf hierhin und dorthin bewegte, kam mal diese, mal jene Melodie in den Vordergrund und wurde dann, wenn ich mich erneut bewegte, wieder überblendet. Meine Arme wedelten sich selbst überlassen umher. Ich vergaß meine Sorgen und tanzte.

Die Zeit verstrich. Als ich daran dachte, wieder *kata* zu sehen, entdeckte ich, daß Sybil sich in einer Zwickmühle befand. Der Grüne Tod hatte sie und Virgilio aneinandergefesselt, aber inzwischen hatte die richtige Polizei auch den Grünen Tod im Museum festgenagelt. Beatrice muß damit gedroht haben, die Bombe zu zünden, da die Bullen keine Anstalten machten, den Laden zu stürmen ... sie begnügten sich damit, mittels einer Flüstertüte Krach zu machen. Aus unerfindlichem Grund waren Sybil und Virgilio splitternackt und von Angesicht zu Angesicht gefesselt. Ich konnte es nicht ertragen zuzuschauen. *Kata* dorthin zurückzukehren, stand, zumindest jetzt, völlig außer Frage.

Ich drehte meinen Kopf *ana* und versuchte angestrengt zu beobachten, was es in der vom normalen Raum abgewandten Hyperraum-Richtung zu sehen gab. Ich war keineswegs in die größte Sektion der Hyperkugel eingebettet. Bevor sie ihre maximale Ausdehnung erreichte, wölbte sie sich noch mehrere Dutzend Meter weiter aus. Von dort aus *ana* verschwammen ihre Merkmale und wurden durch eine andere Art Muster ersetzt.

Ich schlängelte mich aus dem letzten Stück heraus. In einer höheren Welt wiedergeboren. Gelobet sei Jesus Christus. Ich stand auf der Kugel und schwankte ein wenig.

Meine Körperteile schienen sich auf beunruhigende Art und Weise immer wieder radikal zu verändern, je nachdem von welchem Winkel aus ich sie betrachtete. Manchmal waren meine Beine nackt, manchmal bekleidet. Und welch ein Abwechslungsreichtum! Ich unterschied Jeans, Anzughosen, Knickerbocker und Shorts. In einem erschütternden Augenblick blickte ich an mir hinab auf wurstige Babybeine, die aus einer vollen Windel ragten. Zartes Gelb. Einen Augenblick später war meine Hand eine knöcherne Kralle. Ich drückte ganz fest die Augen zu und konzentrierte mich auf die Gegenwart.

Als ich sie wieder öffnete, sah alles ein wenig geordneter aus. Meine Glieder schienen nicht länger in der Zeit hin- und herzuwandern. Wenn ich sie jetzt in einem bestimmten Winkel hielt, verschwanden sie einfach. Ich beschloß, mir einen Weg zum ausgedehnteren Teil der Hyperkugel zu bahnen und ein Gespräch zu verlangen. *Ana*: weiter nach draußen. *Kata* lagen der Grüne Tod, die treulose Sybil und die Bullen, die es auf den Archimedes der Anarchie abgesehen hatten.

Auf allen vieren kroch ich hinauf zum Gipfel der einen Brust meiner Sexkugel. Dann drehte ich meine Hände und Füße so, daß sie unsichtbar wurden. Dann drückte ich. Die Brust unter mir wurde eine Spur größer. Ich hatte mich *ana*, auf eine neue Sektion zubewegt. Damit fuhr ich fort... drückte mich in eine unsichtbare Richtung weiter... und ganz allmählich flachte der Brusthügel sich ab. Noch ein paar Stöße, und die Brustwarze ging in einen Saum, dann einen Leberfleck, dann in blanke Haut über. Ich näherte mich der größten Sektion der Hyperkugel, der äquatorialen Kugel.

Die aber nicht wirklich eine Kugel war. Alle möglichen seltsamen Formen stiegen um mich herum auf. Lehnstühle, Höhleneingänge, Kandelaber-Kakteen. Augenscheinlich losgelöste Klumpen hautüberzogenen Gewebes trieben vorüber. Meinen Kopf bewegte ich immerzu, mal in diese Richtung, mal in jene, und versuchte, nicht die Orientierung zu verlieren.

Die himmlische Musik, die ich zuvor vernommen hatte, schwächte sich ab, und ein gleichförmig stotterndes Murmeln setzte ein, wie ein auf Tonband aufgenommenes, neu zusammengeschnittenes und mit falscher Geschwindigkeit abgespieltes Gespräch. War es endlich soweit, daß die Sexkugel mit mir sprach?

Genau an diesem Punkt wölbte sich die Hautlandschaft um mich herum nach oben und außen. Ich verlor den Halt. Einen Augenblick lang taumelte ich, meine Glieder trieben vor mir her, jetzt jung, dann wieder alt. Ohne jede Orientierung stellte ich mich hin. Ich schien in einem kleinen rosa Zimmer zu sein, einer sepiafarbenen Nachbildung unseres Heidelberger Apartments. Hinter mir erhob sich ein Stuhl und schob sich mir

in die Kniekehlen. Schwer setzte ich mich nieder. Sybil trat ins Zimmer.
Sie hatte zunächst kein Gesicht; als ich dies aber dachte, schoben sich auf dem blanken Flecken Haut ihre Gesichtszüge zusammen. Sofort schrie sie mich an. Mir war wie bei einem Déjà-vu.
»Alles, woran du denken kannst, bist du«, ließ sich Sybils mißtönende, wütende Stimme vernehmen. »Ich halt das nicht mehr aus.«
»Was willst du eigentlich?« brummelte ich wie auf ein Stichwort. »Reg dich nicht auf.«
Was hier ablief, war eine Auseinandersetzung, die wir vor einem Monat hatten. Und noch einen Monat zuvor, und noch einen, und noch einen, und noch einen, und noch einen, und...
»Dir kann's ja nur recht sein«, keifte das Phantom. »Du gehst in dein Büro, du fährst zu deinen Konferenzen. Und was mache *ich*? Ich ernte nichts weiter als Haß und Undank für die tägliche Schinderei.«
Mein Gott, konnte einen das runterbringen. Die Hyperkugel mußte einen Blick in mein Gehirn geworfen und meine Erinnerungen abgelesen haben. Ich war mit Sybil nach Rom gefahren, um genau diesem Theater zu entrinnen. Mir kam zu Bewußtsein, daß sobald unsere Reise zu Ende war, alles wieder von vorn beginnen würde.
Die Pseudo-Sybil weinte jetzt. Ich wußte, daß die Tränen nicht echt waren, aber die Macht der Gewohnheit brachte mich auf meine Füße. »Nun wein doch nicht, Sybil. Es ist doch alles halb so schlimm.«
»Ha!« Ihr Gesicht war feuerrot und tränennaß. »Wann hast du das letzte Mal den Finger gerührt und abgewaschen? Du behandelst mich wie eine Magd, wie den letzten Dreck! Es dreht sich alles nur um Alwin Bitter, Alwin Bitter, Alwin Bitter.« So, wie sie das aussprach, geriet mein Name zu einem Fluch.
»Das stimmt einfach nicht«, protestierte ich. »Ich hatte nur zuviel zu tun. Ich sorge mich *wirklich*. Du weißt das auch.«
»Das tust du nicht. Du willst nur, daß ich den Mund halte. Warum habe ich dich nur geheiratet? Es ist schon Jahre her, daß wir zwei mal richtig ausgelassen miteinander waren. Ich kann mich gar nicht mehr erinnern, wann du mich das letzte Mal angelächelt hast.«
»Und letzte Woche? Als wir dieses Restaurant besucht und Forelle gegessen haben?« Es fiel mir schwer, mir vor Augen zu halten, daß das alles in Wirklichkeit gar nicht stattfand.
»O ja: wenn wir nur ausgehen und uns dumm und dämlich saufen, dann kannst du ein glückliches Gesicht aufsetzen. Wann aber haben wir das letzte Mal was ganz Normales gemacht oder einfach nur *geredet*?«
»Hör zu, hättest du Lust auf einen Spaziergang oder so was?«

»Und was ist mit den Kindern?«
»Die nehmen wir mit.«
»Du weißt, daß sie nicht mitwollen. Sorrel wird einen Wutanfall kriegen.«
»Dann nehmen wir das Auto.«
»Und du wirst die Beherrschung verlieren und den armen Tommy wieder schlagen. Ich konnte es einfach nicht fassen, als du ihn letzte Woche geschlagen hast. Bei dir stimmt was nicht! Weißt du das, Alwin? Bei dir stimmt was nicht, und du bist selbstsüchtig. Immer nur ich, ich, ich, und jeder andere könnte ebensogut tot sein.«
Mir langte es jetzt. »Also hör zu, Sybil. Einen solchen Scheiß muß ich mir nicht anhören.«
»Natürlich. Dreh nur durch und scheuer mir 'n paar. Das ist eh' alles, was du zu sagen hast. Stimmt's?«
»Ich habe nicht die Absicht, dich zu schlagen.« Ich nahm mich zusammen, um nicht die Kontrolle zu verlieren. »Wenn's dir nichts ausmacht, werde ich jetzt mal ein bißchen Luft schöpfen.« Ich ging um sie herum und zur Tür.
»Du meinst wohl, dich davonschleichen und dich betrinken, nicht wahr, Alwin? Und ich bleibe den ganzen Samstag in diesem entsetzlichen Apartment eingepfercht, und dazu die ganzen Kinder im Haus.«
»Ich nehm die Kinder mit, ich nehm die Kinder mit.«
Die »Tür« streckte mir eine rosa Hand entgegen, und ich zog an ihr. Sie ploppte auf und schloß sich wieder, und ich befand mich in einem anderen Raum, dem kleinen Schlafzimmer, das sich unsere drei Kinder teilten. Ich fühlte mich benommen und wie an einem ganz normalen Samstag vor lauter Katzenjammer halb durchgedreht. Ich hatte vergessen, wie man sich *ana* und *kata* bewegte. Ich war blockiert im wiederholten Abspielen eines schlechten Trips, den die Sexkugel aus den Windungen meines Gehirns abgelesen hatte.
»Hey, Kids!« rief ich. »Lust auf einen Spaziergang?«
Ich konnte sie kichern hören, aber nicht sehen, wo sie steckten. Das Zimmer sah wie immer aus: Idas Schlafcouch links, und Tom und Sorrels Kajütenbett rechts. Aber die Pulte waren umgestoßen, und überall lagen Kleider und Spielsachen herum. Diese verfluchten Bälger hatten das ganze Zimmer auf den Kopf gestellt.
Hinter mir kreischte es auf. Ich drehte mich um und öffnete den Kleiderschrank der Kinder. Die drei hatten sich hineingezwängt und verdrehten aus schmutzigen Gesichtern die Augen. Tom zeterte um irgendwas, das ihm Ida oder Sorrel angetan hatte. Alle drei blickten drein, als hätten sie vor mir Angst.

»Kommt her, Kinder. Kommt da raus.« Ich ging einen Schritt auf sie zu, und irgendwas glitschte unter meinem Fuß. Ein durchdringender Früchtegeruch erfüllte die Luft.
»Ida war's«, frohlockte Sorrel. »Ida hat Banane auf die Erde gemacht.«
Ida versetzte Tom einen Nierenhaken, und Tom ging mit Peitschenarmen auf sie los.
Eines nach dem anderen zog ich sie aus dem Schrank.
»Verdammt noch mal, Sorrel. Komm jetzt aus dem Schrank und räum' das Zimmer auf. Warum mußt du auf der Erde essen, Ida? Was für ein Ferkel bist du bloß? Und du, beruhige dich, Tom.« Das Haar hing ihm in die Augen, und er hatte Schaum vorm Mund. »Zur Abwechslung versuch' mal, ein Mensch zu sein.«
Ich fand ein Stück Pappe und schabte die Banane von meinem nackten Fuß und vom Fußboden.
»Psssst«, machte Sorrel und zeigte auf meinen Penis. Mir fiel mit einem Mal auf, daß ich nackt war. Warum war ich in unserem schäbigen Heidelberger Apartment an diesem entsetzlichen Samstagmorgen nur nackt? In diesem Augenblick konnte ich mich nicht erinnern. »Pssssst«, machte Ida. Ich fragte mich, ob von gestern abend noch Bier übrig war.
Und jetzt kam auch noch Sybil ins Zimmer. »Habe ich euch Kindern nicht gesagt, hier drin sauberzumachen?«
Tom lachte auf, unkontrolliert und unglücklich. »Wir machen sauber, sauber, sauber«, schrie er, schnappte sich einen Besen und fuchtelte damit in der Luft herum. »Ich werd's den Spinnen zeigen.« Er schlug unter die Decke. Der Besen traf den papiernen Lampenschirm um die nackte Glühbirne. Der Lampenschirm fiel herunter.
Offensichtlich war dies alles meine Schuld. »Warum kommst du nur nackt hier herein, um sie aufzuwiegeln?« wollte Sybil wissen.
»Psssssst«, machten Sorrel und Ida, und jedes hielt einen Bleistift zwischen den Beinen. Wie einen Penis. Ich fischte ein nasses Handtuch vom Boden und wickelte es mir um die Hüften.
»Du bringst den Lampenschirm wieder an, Tom«, befahl Sybil. »Sorrel, du stellst die Tische wieder auf. Ida, du fängst mit Aufräumen an.«
Ich sprang hinzu, um alles selber zu machen, denn ich wußte, die Kinder würden es doch nicht tun. Aber der Lampenschirm ging in meinen Händen entzwei, und als ich das erste Schreibpult wieder aufrichtete, fielen alle Schubladen heraus. Eine Schublade landete auf meinem nackten Fuß.
Ich brüllte auf und warf mit Gegenständen. RUMMS! flog ein Pult gegen die Wand und riß ein Loch hinein! WUMM! fiel das Pult herab, und ein Bein ging ab. KRACH! weg mit der verdammten Schachtel Lego!

Die Kinder kreischten vor Entsetzen. Sybil kauerte sich hellwach und mit ausgebreiteten Fittichen vor sie hin. Mit diesem Zornausbruch war ich derart tief ins Fettnäpfchen getreten, daß es eine Woche dauern würde, um das wieder zu bereinigen. Vielleicht verließ Sybil mich sogar. Schrott, Schrott, mein ganzes Leben war Schrott. Mit angstverzerrtem Gesicht schoß ich aus der Tür.
Und als ich hinausschoß, empfing mich der Raum draußen mit einem seltsamen Ruck. Nichts war um mich herum. Ich trieb dahin im Nichtsein. Die Tür war verschwunden. Ich wirbelte mit Händen und Füßen. Es gab nichts, von dem man sich hätte abstoßen können. Allmählich kam mir zu Bewußtsein, daß ich nicht wirklich in Heidelberg war. Ich war irgendwo draußen im Hyperraum. Aber, warum konnte ich nichts sehen?
»Alfin?« Das süße Geräusch kam von überallher zu mir. »Alfin, dizs izs Babzs.«
»Bist du die Sexkugel?«
»Ich bin Babzs, die bözse Hyperkugel, die, die dich gegezsen hat.« Der Tonfall war reine Zsa Zsa Gabor.
»Bin ich in dir drin?«
»Deine Vrau, die verzsteht dich nicht. Du zsolltest mich alleine lieben.«
»Was willst du von mir, Babs?«
»Ich will meine Vreiheit.«
Also, hiermit kam ich gar nicht klar. Ich hatte immer noch nicht meine Fähigkeit zurückerlangt, mich vierdimensional zu bewegen. Als Physiker kam mir in den Sinn, daß ich womöglich auf der Hyperoberfläche einer hyperkugelförmigen Vakuole in Babs' Körper gefangen sein mochte.
Um mich herum war nichts – nichts außer leerem gekrümmtem Raum. In der Ferne konnte ich ein schwaches Leuchten ausmachen, eine ins Ungeheuerliche verzerrte menschliche Gestalt. Das war ich. Ich sah mich selbst, und zwar um die Rundung eines hyperkugelförmigen Raums, in den Babs mich gesetzt hatte, herum.
Um diese Hypothese zu beweisen, nahm ich das Handtuch von der Hüfte, knüllte es zusammen und schleuderte es davon. Es flog, langsam sich drehend und kleiner werdend, von mir weg. Und in gerade dem Augenblick, da es die in der Ferne schimmernde Gestalt zu erreichen schien, spürte ich, wie mir etwas gegen den Nacken flog. Das Handtuch hatte meine enge Hyperzelle einmal umsegelt.
»Laß mich raus«, bettelte ich. »Bitte, laß mich hier raus.«
Ich kann es nicht ertragen, eingeschlossen zu sein. Und zur Zeit war

meine Lage so wie die einer Ameise in einem Luftballon. Kein Ausgang. Das erinnerte mich an eine Thermosflasche, die ich besessen hatte, als ich noch Universitätslehrer gewesen war. Auf der Flasche befand sich die Abbildung eines Schulbusses. Donald Duck war gerade im Begriff auszusteigen, und direkt davor stand die bescheuerte Micky Maus und hielt ein Stop-Zeichen in die Luft. Ging Donald nach rechts, so lief er geradewegs in Mickys *Stop*. Ging er linksherum, stand er direkt vorm hinteren Ende des Busses und würde dann an ihm entlang weitergehen und wieder vor dem Langweiler Micky stehen. *Im wirklichen Leben*, schien mir dies Bild sagen zu wollen, *gibt es kein Entrinnen von dem beknackten Faschisto-Micky-Maus-Stop-Stop-Stop*. Obwohl D. D. natürlich auch nach oben hätte rutschen *können*, über die Kante hinweg, und ab in die Milch.
Ich flippte das Handtuch über meinem Kopf in die Luft, einfach so. Ehe ich's mich versah, landete es unter meinen Fußsohlen. *Die Eingeschlossenen von Altona*.
»Hörzst du überhaupt zu, Darling?« schrillte die volle Stimme der Sexkugel. Ihre letzten paar Sätze hatte ich gar nicht gehört.
»Was, Babs?«
»Ich fill, dazß du mir hilfzst, mich zu befreien.«
»Ich wäre auch gerne frei. Auf Anhieb würde ich sagen, daß du sehr viel freier bist als ich.«
»Aber Lafcadio hat ein Stück von mir in einer Valle eingeklemmt. Wazs deine Vrau jetzt in der Tazsche hat. Einen häzßlichen Knoten in meinem Zschwanz. Oh!!« Ein kleiner Wutausbruch. »Zsprechen ist zu langsam. Hier, lazß mich einvach mal ...«
Ein Tastarm kam ungesehen *kata* und stöpselte sich in mein Gehirn. Babs fütterte die Story ihrer Gefangennahme dort hinein: Zsuzsi und Lafcadio unter dem Mont Blanc bei der Arbeit, ihr Assistent Jimmy Hu, Lafcadios »vakuumloses Vakuum«.
Offensichtlich hatte Lafcadio unseren Raum so weit hochgewölbt, daß er ihn mit einem Stück von Babs' Körpergewebe verknoten konnte. Sie war an unseren Raum angebunden, und das mochte sie überhaupt nicht. Als erstes hatte sie mal Zsuzsi Szabo umgebracht. Ich konnte die kleine Bohne auf dem Zementboden unter dem Mont Blanc erkennen, in einer Blutlache liegend, wo sie zornig vor sich hin summte. *Argh*! Mit einer ungeheuerlichen Willensanstrengung brachte ich mich in die Gegenwart zurück. Ich trieb irgendwo am Innern der Hyperkugel herum und betrachtete die Bilder, die sie mir ins Hirn fütterte.
»Du meinst, du hättest Zsuzsi Szabo *verspeist*?« fragte ich. »Hast sie einfach aufgefressen?«
Der Raum um mich herum stimmte ein kräuseliges Kichern an. »Nun,

klar. Ich far firklich ganz bözse, feizßt du. Aber Zsuzsis Gehirnmuster befahrte ich auf. Fazs gerade zu dir zspricht, Alfin, ist Zsuzsis Zsoftfare.«
»Du meinst, du bist Zsuzsi?«
»Ha! Diezse Kuh? Nichts da. Habe nur ein fenig Magyar in mir, das izst alles.«
»Und du wirst mich nicht auffressen, oder?«
»Fozu zsich damit aufhalten? Deine Zsoftfare liegt vor mir wie ein Vliezßboden. Hauptzsache ist, dazß du mir hilfzst, den gottverdammten Knoten wegzublazsen.«
»Aber sicher. Nur wie?«
»Mit der automizschen Bombe, die ich zseit zfei Monaten gebaut hab!«
»Du? Ich und der Grüne Tod waren es, die sie gebaut haben.«
»Zsicher. Dazs denkzst du. Aber ich hab'zs organizsiert. Zschau dir noch ein paar Bilder an.«

Montage: Lafcadio erschlägt Jimmy Hu. Hastet zurück, um die Babsi-Bohne aufzuheben. Rennt auf den Parkplatz hinaus. Der kleine Fiat, wie er die Serpentinen talwärts schliddert. Dann die gerade Autostrada entlangprescht. Autobahnschilder in schneller Folge: *Torino, Milano, Brescia, Verona, Padova, Venezia.* Lafcadio, wie er in seinem Auto sitzt und sich angeregt mit niemandem unterhält.
Nacht: Lafcadio in einem billigen Hotelzimmer. Eine halbvolle Flasche Rotwein auf einem Tisch, der mit roten Ringen bedeckt ist. Lafcadio hat sich auf seinem Stuhl nach hinten gelehnt und liest, beim Licht einer nackten Glühbirne. Dantes INFERNO. Er kichert leise vor sich hin. Von irgendwoher draußen dringen Glockenschläge herein, Mitternacht. Lafcadio springt auf die Füße, nimmt die Weinflasche vom Tisch und zerschlägt in einer einzigen, fließenden Bewegung die Glühbirne der Deckenlampe. Ein kleiner Blitz und Funkengestotter. In der Nähe seines Bettes können wir das schwache Funkeln Babsis ausmachen. Lafcadios dunkle Gestalt gleitet hinüber und streckt sich auf dem weißen Federbett aus. Er zittert ein wenig und schluchzt. »*Zsuzsi*«, hört man ihn murmeln. *»O Zsuzsi, non voglio dormire solo.«* Beim Geräusch seiner Stimme zuckt die leuchtende kleine Kugel ein bißchen und wächst. Schon kann man die Falte eines Hinterteils erkennen sowie zwei Brüste obendrauf... »Zsuzsi!« ruft Lafcadio aus. Seine Augen schimmern weiß und durchgedreht durch die Dunkelheit. »*Cara mia!*« Er nimmt die Sexkugel in die Hand und fängt an, sie zu küssen. Sein Gesicht ist in strahlenden Glanz getaucht.
Morgen: Lafcadio frühstückt in einem Café. Er kaut mit offenem Mund.

Eine Hand in der Hosentasche, ist er unaufhörlich dabei, irgend etwas zu kraulen. Eine Zeitung liegt auf dem Tisch. Auf der Titelseite eine Abbildung von Beatrice und die Überschrift *Morte Verdi Terroristi*. Lafcadio ist wie gebannt in den Artikel vertieft und liest, mit offenem Mund weiterkauend, laut vor sich hin. Schließlich erhebt er sich, durchquert das Café und geht auf eine Telephonkabine zu. Wir sehen sein Gesicht durchs Glas der Kabine. Er spricht. Dann schreibt er etwas auf eine Papierserviette.
Nachmittag: Lafcadio auf der Polizeiwache. Er ist heftig erregt und weint. »*Mia povera figlia.*« Die Bullen mit ihren steifen Schirmmützen zeigen Mitgefühl. Sie gestatten ihm, Beatrice zu besuchen. Angst und Kalkül auf ihrem harten, verbissenen Antlitz. Er flüstert eine Botschaft, steckt ihr die Papierserviette zu und geht. Er entschuldigt sich bei den Polizisten, »*No che mia figlia.*«

»Also nutzte er seine Verbindungen, um herauszufinden, wie man an Reaktorbrennstoff kommen konnte«, überlegte ich. »Und gab diese Information an die Terroristen weiter. Wie ist er aber dann nach Rom gelangt?«
»Er fuhr dem Grünen Tod nach. Dann ging er zu Firgilio, um mit ihm zu arbeiten und Auzszschau zu halten nach einem Mann wie dich. Dazs allezs hat er nur auzs Liebe gemacht. Deine Frau izst gemein, Alfin. Hazst du mich nicht am liebzsten?«
In meinem hyperkugelförmigen Gefängnis wurde mir zunehmend unwohl zumute. Ohne sichtbare Gegenstände außer mir selbst und dem Handtuch fing ich an, unter Halluzinationen zu leiden. Vielleicht war es aber auch Babs, die mir weiterhin Sachen ins Gehirn träufelte. Böse, heavy Visionen, von denen das Blut nur so triefte. Doch verstand ich jetzt, was sie verlangte.
»Ich werde dir helfen«, platzte es aus mir heraus. »Ich werde diesen einen Teil von dir – die kleine Babsi-Bohne –, ich werde sie zum Plutonium packen und die Bombe zünden. Das sollte reichen, um den Knoten zu lösen. Das sollte langen.«
»Fundervoll. Alzso ferde ich dich jetzt rauzslazssen.«
Eine von kompliziertem Muster überzogene Kugel formte sich vor mir in der Luft. Ein Windstoß drang heraus. Ich griff nach ihr und fühlte im Raum um die Kugel herum eine Art Felsvorsprung. Ich krallte meine Finger fest und zog. Die kleine Kugel war eine Art Einstiegsluke. Ich schlüpfte hindurch und landete wieder auf der rosa Außenhaut von Babs, der bösen Sexkugel. Wieder einmal konnte ich meine Glieder *ana* und *kata* bewegen, wieder einmal war ich frei im Hyperraum.

Der Film brennt durch

Das durch die Fenster eindringende Scheinwerferlicht bedeckte die Zimmerdecke mit einem ausgekügelten Muster aus Vierecken und Dreiecken. Sybil sah sich die Muster an und versuchte, die Schmerzen zu vergessen, die die Fesseln, dort, wo sie sich in Arme und Beine gruben, verursachten. Unter dem drückenden Gewicht Virgilios war es kaum möglich, richtig zu atmen. Beatrice, die hartgesottene amerikanische Terroristin, hatte sich gedacht, es wäre lustig, ihre zwei Geiseln in einer »Stellung« zu fesseln: nackt, Fuß an Fuß, Handgelenk an Handgelenk, dazu eine feste Schnur, die beide Hüften aneinanderband.

Die erste halbe Stunde war es noch einigermaßen aufregend gewesen... sie hatten es sogar ein zweites Mal getrieben. Ironischerweise war dies eine der bevorzugten Teenagerphantasien Sybils gewesen, die Vorstellung, einen Mann *auf sich gebunden* zu haben, nackt. Inzwischen mußten aber mehrere Stunden vergangen sein, und ihre Gelenke waren taub. Sie wünschte sich wirklich nichts sehnsüchtiger, als von ihm wegzukommen.

»Nun komm schon, Virgilio«, zischelte sie. »Laß mich mal nach oben.«

»Ich kann mich nicht bewegen«, stöhnte er. »Mein Bein tut so weh.«

Der rothaarige Deutsche, Peter Roth, hatte irgendeinen Lappen um Virgilios Wunde gewickelt. Es war ein glatter Durchschuß gewesen. An der rechten Wade. Es hatte nicht einmal viel geblutet, und zunächst sah es so aus, als erholte Virgilio sich. Er war zu ihrer kleinen Laster-Zurschaustellung ebenso bereit gewesen wie Sybil, so viel war gewiß. Aber jetzt war er schwach und wimmerte. *Im Grunde genommen sind Frauen viel stärker als Männer*, dachte Sybil bei sich. Heftig bewegte sie ihr linkes Bein.

»Nicht!« bettelte Virgilio. »Beweg dich nicht!«

Sybil bewegte noch mal das Bein. »Laß mich obenauf.«

»*Malditti Americana putana!*« Er keuchte vor stechendem Schmerz, als er sich zur Seite rollte, von seinem schlimmen Bein weg. Sybil rollte mit ihm mit. Obenauf war es gleich viel schöner – wie auf einem Bärenfell. Sie drückte Virgilio einen Kuß auf seine zusammengepreßten Lippen. Irgendwo draußen dröhnte ein Megaphon. Im Zimmer nebenan brüllte Beatrice eine heisere Antwort.

»Was sagen sie, Virgilio?«

»Sie haben jetzt einen professionellen Verhandlungsführer herbeigeschafft. Und der versucht, das Vertrauen des Grünen Todes zu gewinnen. Er sagt, sie seien sehr gescheit gewesen, eine Atombombe zu bauen. Aber er bietet nichts weiter an als einen fairen Prozeß.«
Virgilio wand sich unter Sybil hin und her und versuchte, bequem zu liegen. »Heb deinen Fuß ein wenig, *cara.*«
Sybil zog ihr Bein ein bißchen an, um den Druck auf Virgilios Wunde zu verringern. »Ist es besser so, Kleiner?« Jetzt, da sie obenauf war, konnte sie es sich leisten, Mitgefühl zu zeigen. Als sie ihr Bein angezogen hatte, hatte die Bewegung ihr Geschlecht geöffnet und es gegen seinen Schlaffen gepreßt. Gut fühlte sich das an. Sie küßte Virgilio und schob ihm dann ihre Zunge in den Mund. Er versteifte sich gegen sie. Sie machte ein paar ruckartige Bewegungen aus den Hüften heraus und suchte blind nach ihm. Jetzt verströmten sie ihre eigenen Pheromone.
Virgilio stöhnte. Diesmal nicht vor Schmerzen, und er ruckelte sich ein bißchen weiter nach unten. Und als Sybil ihn fest fühlte, senkte sie sich auf ihn hinab und verschlang seine Männlichkeit in einer einzigen fließenden Bewegung. Dabei mußte sie wieder an Alwin denken, und was ihm wohl zugestoßen war. Er war in den gigantischen Hintern hineingesprungen, und der war zu einem Kügelchen geschrumpft. Das Kügelchen befand sich in ihrer Tasche. Und wo war ihre Tasche? Die Terroristen hatten sie zusammen mit ihren Kleidern mitgenommen in ein anderes Zimmer, ein Verbindungszimmer mit nur einem Fenster. Von dort aus schrien sie in die Nacht hinaus, und hier waren Sybil und Virgilio, nackt und ganz allein.
Während ihr all dies durch den Kopf ging, blieb Sybil in Bewegung, ganz vorsichtig natürlich, um Virgilios angeschlagenes Bein nicht zu quetschen. Sie legte ihr Gesicht an seinen Halsansatz. Was war das *gut.* Es war schlecht von ihr, damit anzufangen – sie hätte sich gegen Virgilio wehren sollen –, trotzdem machte es im Augenblick noch Spaß. Schuldgefühle konnten warten. Sybil fragte sich, was über sie gekommen war, daß sie sich gleich neben dem »Raub der Persephone« von Virgilio nehmen ließ. Sie hatte davon gehört, daß der drohende Tod einen verrückt machte... oder hatte die Sexkugel etwas damit zu tun? Virgilio kam, sie konnte das Zucken spüren und den weitentfernten Schrei. Sie drückte sich fest an ihn heran und kam ebenfalls zum Höhepunkt.
Die Geräusche von draußen drangen wieder bis an ihre Ohren. Mit rauher, spröder Stimme brüllte Beatrice irgendwas auf italienisch. Sybil hob den Kopf und versuchte zu verstehen.
»Was geht da vor?«

»Sie verlangt«, sagte Virgilio, lauschte einen Augenblick und fuhr fort: »Sie verlangt ein gepanzertes Fahrzeug, das sie zum Airport fahren soll. Sie will nach Libyen fliegen. Mit zehn Millionen Dollar und der Bombe an Bord.« Beatrices Stimme ratterte weiter, rhythmisch und mit Musik. »Sie verlangt, daß alle eingesperrten Terroristen der *Brigate Rossi* freigelassen werden. Auch Mehmet Ali Agca.«
»Wer ist das?«
»Weißt du das nicht mehr? Der Mann, der auf den Papst geschossen hat. Sie spinnt.«
»Was aber ist, wenn sie die Bombe hochgehen läßt?«
»Ich glaube, das hat sie im Sinn. Es ist eine Schande, daß ich mit solchen Leuten zu tun habe.« Virgilio schien entspannt, es schien ihm wieder gutzugehen. Sex als Anästhetikum. »Verrückte und Terroristen. Ich versuche ja nur, ein bißchen Geld für meine Familie zu verdienen.«
»Du bist verheiratet?« Sybil spürte, wie plötzlich Eifersucht in ihr aufwallte. Hier und jetzt nackt aneinander gefesselt, meinte sie, daß sie alles sagen konnte. »Bin ich besser als sie?«
Virgilio zuckte unter ihr die Achseln. Sein Schlaffgewordener glitt heraus. »*E possibile.* Aber wo ist dein Mann? Was ist mit ihm passiert?«
»Diese riesige Hautkugel«, sagte Sybil. »Die muß etwas mit dem zu tun haben, was im Fernsehen über Lafcadio Caron berichtet wurde. Eine Raumverzerrung oder so was. Supermaterie. Alwin sprang mitten hinein. Vielleicht sah er, wie die Bombe fiel.« Da sie nicht wußte, ob Alwin nun tot war oder sich nur versteckte, konnte Sybil sich nicht entscheiden, welche Gefühle sie über Alwins Verschwinden hegen sollte. Er hatte sie im Angesicht der Gefahr verlassen, oder etwa nicht? Und hatte sie mit dieser Strumpfhalter-Giulia betrogen. Die Erinnerung an Alwin schien so unwirklich – als würde sie sich eines Traums erinnern. Virgilio war keine Halluzination – so viel stand mal fest. Ein Freund, ein berufsmäßiger Kidnapper. Sybils Gedanken wurden von erneutem Geschrei Beatrices unterbrochen.
»Sie nennt einen Termin«, flüsterte Virgilio. »Eine halbe Stunde. Aber die Polizei pockert um Zeit. Ich glaube nicht, daß sie nachgeben werden.«
»Oh, Gott«, stöhnte Sybil. »Wir *müssen* hier raus. Ich will nicht sterben. Komm jetzt, verdammt noch mal. Steh auf.«
Sie rollte sie beide auf Virgilios gute Seite und zog dann das Bein an. Dann machten sie eine leichte, hüpfende Bewegung, und indem sie die Hände gegen den Fußboden drückten, gelang es ihnen aufzustehen. Von seinem dunklen Gesicht umrahmt, bildeten Virgilios Zähne ein glitzendweißes Gitter.

»Ein braver Junge«, murmelte Sybil. »Und jetzt laß uns nach unten gehen und uns der Polizei stellen.«
Sie waren immer noch an Hand- und Fußgelenken zusammengebunden. Ein großes Stück Stoff war ihnen um die Taille gezurrt. Die Bestie mit den zwei Rücken. Jetzt, wo sie standen, war es relativ einfach, sich voranzubewegen. Langsam schoben sie sich aus dem Zimmer mit dem Holzfußboden hinaus auf den Marmorflur.
Die Treppe befand sich am anderen Ende des Ganges. Sie schlurften leise weiter und blieben an der Tür zum Zimmer mit Peter, Giulia und Beatrice stehen. Sollten sie einfach flink wie ein Blitz vorbei und das Beste hoffen? Es schmerzte fast zu sehen, wieviel Zeit Sybil brauchte, bis sie einen Blick ins Zimmer schaffte. Die drei hatten sich wie typische Gangster an die gegenüberliegende Wand gepreßt.
Beatrice hielt die Bombe und stand auf der einen Seite des Fensters. Giulia stand auf der anderen Seite, hielt ihre Uzi im Arm und hatte das Gesicht halb der Tür zugewandt. Peter duckte sich am Fußboden. Beatrice schalt ihn auf englisch.
»Warum ist diese gottverdammte Bombe nicht losgegangen? Zum Henker noch mal, ich *wollte* das, als ich auf Virgilio geschossen habe! Erzähl mir bloß nicht, daß ich von so einem Blindgänger eine Plutoniumvergiftung bekommen habe!« Sie hustete heiser. »Ich fühle es schon, zur Hölle noch mal, ich spucke Blut.«
»Wahrscheinlich war das Styropor zu fest«, sagte Peter in Gedanken. »Man braucht schon die Energie eines herkömmlichen Sprengkörpers, um diese Geschichte ausreichend zu komprimieren.«
»Die Bullen bereiten sich auf den Sturm des Gebäudes vor, und ich sitze hier mit 'm Blindgänger.« Beatrice spuckte auf den Boden. »Guck dir das *Blut* an, Peter. So hilf mir doch, Baby.« Peter blieb stumm.
Das Megaphon brüllte, und Giulia brüllte zurück. Wieder Stille. Dann ein plötzlicher harter Aufschlag, als Beatrice die Bombe durchs Zimmer schleuderte. Sybil zog den Kopf zurück, und Virgilio machte einen ungeschickten Schritt von der Tür weg.
Aber es gab wieder keine Detonation. Lediglich das gongige *Röing-röing-röing* der stählernen Mixerkugeln, die herumrollten.
»Paß auf!« schrie Peter jetzt. »Du hast die Schweißnaht aufgebrochen.«
»Genau das wollte ich«, knarrte Beatrice. »Ich werde jetzt die Zimbeln schlagen, mein Lieber. Ich bin bereit zum Rocken und zum Rollen. Ich werde das Plutonium da rausholen und...«
»Giulia! Hilf mir, sie festzuhalten!«
Wie Spinnen passierten Sybil und Virgilio die Tür. Sybil blickte aus den Augenwinkeln und vermeinte Beatrice zu sehen, wie sie Giulia die Uzi

aus den Händen wand. Aber schon hatten sie die Treppe erreicht und krabbelten wie die Krebse hinab. Bei jeder Stufe gab Virgilio einen verhaltenen kleinen Schmerzensschrei von sich.
Auf einmal Maschinenpistolenfeuer und ein durchdringender Schrei. Giulia. Peter brüllte laut und lauter. Noch eine Salve, und er verstummte.
»Schnell«, zischte Sybil. »Nichts wie raus hier.«
»Nein!« Virgilios Stimme hatte einen scharfen Unterton. »Wir gehen raus, die schnappen uns, die Bombe geht los, und wir sterben. Oder sie geht nicht los, aber ich wandere ins Kittchen. Nein! Komm, hier entlang.«
Er walzerte Sybil herum zu einer Tür, die sich unter der Treppe befand. »Hier hinab!«
»... uns im Keller vor einer Atombombe verbergen?« Sybil hatte Mühe, nicht laut herauszuplatzen. »Bist du verrückt?«
»*Lacrime de Christo*! Dort unten ist ein Gang, du Kalb, ein unterirdischer Gang zum Zoo. Ich *weiß* das.«
Einen Augenblick lang sträubte sie sich noch, dann gab sie nach. Er war zu stark, als daß sie ihn hätte zur Vordertür hinauszerren können. Sie hörte, wie Beatrice oben Metall aufeinanderschlug. Als ein Frau/Mann-Wesen eilten Sybil und Virgilio die Kellertreppe hinab.
In die Kellerwand war eine Stahltür eingelassen, genau so, wie Virgilio es versprochen hatte. Er hob seine Hände und fummelte an einem Riegel herum. Dann zerrten sie die Tür auf. Rostiges Metall kreischte auf dem Steinfußboden. Dahinter war es stockfinster.
Spinnen, dachte Sybil, *Glasscherben, Verliese*. »Ich will da nicht rein, Virgilio.«
Er verzichtete auf eine Antwort. Es gab keine Alternative, und sie wußte das. Also ging's im Tangoschritt hinein. Und indem sie Meter um Meter tiefster Finsternis durchhumpelten, hielten keine anderen Bilder Sybils Vorstellungsvermögen fest als Bilder von Beatrice, was sie mit der Bombe anstellen mochte.

Der Marmorfußboden ist voller Blut. Im Dunkel ist alles schwarz/weiß. Schwarze Pfützen, weiße Bodenplatten, graue Fleischtöne.
Giulia: direkt unter dem Fenster hingestreckt, kampfunfähig durch zerschmetterten Oberschenkelknochen. Ihre langgliedrigen Hände versuchen, herausspritzendes Blut aufzuhalten. Ihre Augen sind weit geöffnet und leuchten, ihr Mund ist nur eine dünne Linie. Ihre Uzi liegt außer Reichweite am Boden.
Peter: zu einer Scheuerlappengestalt verkrümmt, die kein lebender Körper annimmt. Mitten im Raum. Mausetot.

Beatrice ist auf allen vieren und krabbelt im Zimmer herum. Die Haare hängen ihr in die Augen. Man sieht nur ihr Gottesanbeterinnenkinn, ihren barbarischen Mund. Dunkles Blut auf ihren Lippen, Lippen, die sich bewegen und Gesangsfetzen zu ungehörtem Neo-Rock summen.
Sie hat beide Mixerkugeln aus Stahl und hämmert mit einer auf dem Fußboden herum.
»... und kommt dann die Flut...« RRUMMMS!
»... kalt und tot der Götterberg...« BÄNNNG!
»... fegen geborstene Engel zu einer Samenbeetwolke...« WUMMMS!
Sie hebt die lose Plutoniumhalbkugel in die Luft, hält sie mit beiden Händen wie ein Gefäß. Ihren Kelch. Berührt damit schwarze Lippen, hustet, fängt an, mit der anderen Stahlkugel auf den Boden zu schlagen.
»... plötzlich im Innern eines Spiegels...« BLÄNNNG!
»... die Priesterin fröhlich Intrigen spinnt...« RRUMMMS!
»... Hahnenschrei durchkreischt mein Mitternacht...« BLAMMP!
Jetzt sind beide Plutoniumklumpen aus ihren Gehäusen befreit, und sie hält einen in jeder Hand: Justitia mit verbundenen Augen. Im Hintergrund Giulia. Sie schaut zu. Leer und schwarz / weiß. Neben ihr Kleider, Sybils Handtasche obenauf. Die Tasche öffnet sich behutsam wie eine verstohlene Muschel. Drinnen erhaschen wir einen Blick auf die glückstrahlende Babs.
Die Flüstertüte draußen redet. Nach dem Schußwechsel und nach der drauffolgenden Stille klingt sie ein wenig nervös. »BE-A-TRI-TCHEE!« fleht die aufgeblasene Stimme. »*Arriva l'autoblinda!*« Das gepanzerte Fahrzeug kommt zu spät.
Beatrice ist jetzt auf den Knien. Sie kniet und beugt sich über ihren gefallenen Liebhaber, eine halbe Atombombe in jeder Hand. Die Blicke von Beatrice und Giulia treffen sich. Ganz kurz. Ja. Ein kaum wahrnehmbares Nicken. Ja.
Beatrices Hände fahren langsam in die Luft, erhöhen die Geschwindigkeit zu einem Beckenschlag. Ihr Grabesgesicht. Weißes Licht: der Film brennt durch.

Sybil *spürte* mehr die Detonation, denn daß sie sie hörte, spürte sie mit dem ganzen Körper. Es war, als setzte sie sich unheimlich lange fort. Ein Teil des Getöses kam von dem unterirdischen Gang, der hinter ihnen einstürzte. Die Atemluft wurde dicht und staubgeladen. Sybil hustete und lachte und weinte. Kaum, daß sie sich an Alwins Namen erinnern konnte.
»*Avanti!*« dränge Virgilio. »Dieser Tunnel führt zum Zoo. Es ist nicht mehr weit.«

An mehreren Stellen war loses Gestein von der Tunneldecke heruntergebrochen. Sie bissen die Zähne aufeinander, um den Staub zu filtern, und stolperten blindlings voran. Und dann erreichten sie endlich eine Tür. Ihre vermählten Hände – ihre linke, seine rechte – zerrten sie auf. Eine Treppe hinauf, eine weitere Tür entriegelt. Nachtluft.
Feuerwehr und Polizeisirenen überall. Sybil blickte über die Zoo-Gebäude hinweg und erkannte eine kleine pilzförmige Wolke. Sie glühte wie Röntgenpurpur. Die Unterseite war orangerot und spiegelte die Brände, die die Detonation ausgelöst hatte.
Irgendwas pickte an Sybils Oberschenkel. Ein Pinguin. Sie waren ins Pinguingehege gelangt. Die besonnenen kleinwüchsigen Vögel scharten sich um sie und drehten die Köpfe mal hierhin, mal dorthin. Entlang der einen Gehegemauer war Stacheldraht befestigt. Sybil und Virgilio benutzten ihn, den Strick um ihre Handgelenke durchzusägen, und lösten dann die übrigen Fesseln. Endlich standen sie da, frei und nackt unter den Gestirnen.
»Wir sollten uns von hier verdrücken«, sagte Sybil nach einer Weile und löste sachte Virgilios Arm von ihrer Taille. »Es wird radioaktiven Niederschlag geben.«
»›Der Raub der Persephone‹«, sagte Virgilio und schüttelte das Haupt. »Zu radioaktivem Staub zerblasen.«
»Und all die braven Polizisten.«
»*E vero.*«
Einer der gefiederten kleinen Gentlemen pickte mit seinem Schnabel an Sybils Hand. »Pschhht«, sagte sie. Irgendwie erinnerte dieser Vogel sie an Tom mit einer Baseballkappe auf dem Kopf. Die gleiche Höhe.
»Auf Wiedersehen, Virgilio.«
»Auf Wiedersehen. Aber, ich hoffe, daß wir uns wiedersehen, *eh?*«
»Ich weiß es noch nicht. Ich werde im Savoy sein, unter Burton.«
»Burton?«
»Mein Mädchenname.«
Sie küßten sich beinahe zärtlich und waren sich dann gegenseitig behilflich, aus dem Gehege zu steigen. Einer der Pinguine arrkte ein *Arrivederci.*
»Hier entlang«, sagte Virgilio. »Ich habe einen Mann am Haupteingang. Der kann dir was zum Anziehen geben.«
»Und du?«
Sie marschierten durch den Garten, den Zoologischen Garten, splitternackt und in den warmen Hauch der Nacht gehüllt. Sybil hatte ein so unwirkliches Gefühl, ein Gefühl über das Leben hinaus... als wäre sie eine Figur in einem Roman.

Im Zauber des Augenblicks erriet Virgilio ihre Gefühle und meinte: »Wir sind ein zum Leben erwecktes Gemälde. Der Staub hat sich gesenkt.«
Sybil fühlte die Wahrheit des Gesagten. Die Seele irgendeiner friedvollen Szenerie zog vorüber, eines mittelalterlichen, in atomare Energie aufgegangenen Garten Edens.
Und dann gelangten sie an die Pforten. Hinter ihnen das Angstgebrüll verschreckter Tiere. Virgilio hämmerte an die Tür des Wärterhäuschens. Keine Antwort. Er trat einmal, zweimal, dreimal gegen die Tür und hörte dann auf, um seinen Fuß zu reiben. Die Tür ging auf.
Sybil war zuerst erleichtert... hatte sie doch befürchtet, der Wärter wäre tot. Aber dann wandte er sich um, und Licht fiel auf sein Gesicht. Verbrannt und geblendet. Virgilio stellte eine knappe Frage, der Mann krächzte irgendwas zur Antwort.
»Er hat aus dem Fenster gesehen«, sagte Virgilio. »Er hat versucht zu sehen, was die Polizei dort drüben gemacht hat.«
Die aufgerissene Haut des Mannes weinte Lymphe, die Augäpfel ein leuchtendes Rot.
»Laß uns fortgehen von hier«, bat Sybil.
Virgilio ging an den Wärterspind und fand einen dünnen Plastikregenmantel. »Nimm das.« Er kramte in den Taschen des Blinden und zog eine Zehntausendlirenote hervor. »Beeil dich. Der rechte Torflügel ist offen. Ich werde meinem Freund in sein Auto helfen. – Luigi!«
Der blinde Luigi lehnte sich an Virgilio an, er lallte und tätschelte seinen Arm. Sybil schlüpfte in den Regenmantel, schenkte Virgilio ein letztes Abschiedslächeln und eilte hinaus in die radioaktive Nacht.
Der Haupteingang wurde von zwei Säulen flankiert, auf denen schlangengleich weiße Elefanten standen. Rechterhand fand sie, wie Virgilio es gesagt hatte, einen Torflügel, der sich öffnen ließ.
Mehrere hundert Meter ging Sybil an der Zoomauer entlang. Dann kam eine Straße mit Verkehr. Ein Taxi hielt, diesmal ein richtiges. Der aufgeregte Fahrer mußte eine umständliche Route nehmen, um die abgesperrten Straßen in der Nähe des Bodennullpunktes zu umgehen. Er wollte sprechen... sprach aber glücklicherweise kein Englisch, und Sybil versuchte, ihre Gedanken zu ordnen.
Das Schlimmste, an das sie denken konnte... Alwin? Sein Gesicht, seine Stimme waren verschwunden... war sie verheiratet gewesen? Aber sie hatte doch drei Kinder... oder nicht? Sorrel, Tom... und... Ida?
Sybil benutzte den Seiteneingang des Savoy, für den Fall, daß Reporter in der Halle warteten, und nahm den Fahrstuhl zu ihrem Stockwerk. Ihre Eltern hatten den Fernseher so laut gestellt, daß sie es den ganzen Gang entlang hören konnte.

»Laßt mich rein!« schrie sie und hämmerte gegen die Tür. »Ich bin's, Sybil!«
Ein Kind öffnete, ein tränennasses Kleinmädchengesicht und ein gelbes Kleid. »Mama!« weinte sie. »Mama, warum warst du so lange fort? Da war eine Bombe!«
»Ich weiß, Ida.« Sybil beugte sich herab, um das ernste Gesichtchen ihrer Jüngsten zu küssen. »Ich war dort. Ich habe es kaum hierher geschafft.«
»Ich heiße nicht Ida, Mama. Ich heiße Sorrel.«
Sorrel? Sorrel war elf und nicht sechs. Oder...? »Nun, sag mal, wo ist Tom?«
»Großmama hat ihn mit seiner Flasche in die Krippe gelegt. Wo sind deine Anziehsachen?«
»Sybil!« Lotte Burton, Sybils Mutter, kam aus dem Wohnzimmer ihrer Suite geeilt.
Sie war eine zerbrechliche, pessimistische Frau und stammte ursprünglich aus Wien. Cortland Burton, Sybils Vater, hatte sie im Laufe einer Jugendreise in Amerika kennengelernt. Er hatte sie umworben und gewonnen, und sie waren gemeinsam nach Baltimore gezogen. Und jetzt hatte Cortland diesen tollen Job im Maschinenbau in Frankfurt.
»Sybil, wo bist du gewesen? Du könntest tot sein! Hast du schon gehört? Hast du gehört, was dein anarchistischer Archimedes angerichtet hat?«
Ein Schub Erinnerung. »Mein... Alwin? Sie geben ihm die Schuld an der Bombe?«
»Hast du ihn gekannt? Ach, was sollen wir nur mit dir tun? Und wo hast du diesen entsetzlichen Regenmantel her?«
»Ich... ein Mann hat ihn mir gegeben.«
»Und nahm deine Kleider dafür? Sybil, auch wenn du unverheiratet bist: Du hast immer noch ein Kind!« Lotte zeigte auf das kleine Mädchen in Windeln, das über den Fußboden krabbelte.
Sybil fühlte sich wie benommen, sie legte eine Hand an die Stirn. Hatte nicht...? Sie blickte auf das kleine Kindchen hinab. Sorrel? Das Baby schrumpfte und schrumpfte, lag auf seinem Bauch und gab den wimmernden Schrei eines Neugeborenen von sich. Dann verschwand es. Die Kinder waren alle weg. Sie hatten niemals existiert.

Das Triebwerk der Welt

Ich kroch gerade *kata* auf unseren Raum zu, als die Bombe losging. Ob Sybil davongekommen war, konnte ich nicht sagen. Aber im Augenblick hatte ich meine eigenen Probleme... große Probleme.

Tatsächlich hatte die Atombombe ein flüchtiges Loch in die Raumschleife gebrannt, die Babs gefangenhielt. Mit einem Ruck hatte sie ihren festgeknoteten Zipfel frei und schoß davon wie eine Luftblase in tiefem Wasser. Ich verlor den Halt und taumelte *ana*.

Beim Umhertorkeln hatte ich zunächst die Orientierung verloren. Mit jedem Grad Drehung veränderten sich die Bilder um mich her und nahmen andere Formen an. Drei Objekte mochten sich zu vier Objekten aufsplitten oder zu zwei Objekten verschmelzen, und die Begrenzungsflächen einer anderen Form wuchsen zu ineinander verschachtelten Kristallen. Es war ein bißchen so, als versuchte man einen menschlichen Körper wahrzunehmen, indem man einer Dia-Show beiwohnte und ein Karussell mit dreihundertsechzig mikroskopischen Präparaten mit Gewebequerschnitten betrachtete.

Aber es dauerte nicht lange, und höher entwickelte Gehirnzentren schalteten sich ein. Und so konnte ich vom Verstand her die rasch sich ändernde Szenerie in ein zusammenhängendes vierdimensionales Ganzes bringen. Dieser Vorgang war nicht ungewöhnlicher, als wenn man die 625 Zeilen eines Fernsehbilds zu einem zweidimensionalen Einzelbild integriert... welches wiederum als dreidimensionale Szene verstanden wird. Es ist lediglich eine Frage, wie man Informationen auswertet. Unmöglich? Nein, *ich sah*.

Rom sah ich unter mir ausgebreitet wie ein gläsernes Modell, das gegen die vierte Dimension geöffnet ist. Indem ich das Bild weiter abtastete, vermochte ich Italien zu sehen, Asien und die Einöden der Antarktis... die gesamte Erdoberfläche auf einen Blick.

Und des weiteren den Mond und die Sonne auf ihrem Lauf und die Planeten, hell und winzig. Die Sterne verteilten sich in geflochtenen Strängen, die sich zu Galaxien knoteten. Die versprengten Spiralen des Sternenlichts füllten den weltlichen Raum des Menschen; und über allem die himmlische Kurve, die ich beschrieb.

Der Raum unseres Universums besteht aus der Hyperoberfläche einer weit sich ausdehnenden Hyperkugel. Babs hatte mich außerhalb des Ganzen segeln lassen, mich mit allem Drum und Dran.

Mit allem Drum und Dran. »Was ist der Mensch, außer einem armselig gefurchten Radieschen?« fragt der Barde. Aber Babs, die Sexkugel, hatte mich aus der Geschichte herausgezogen wie eine Karotte. Betrachtete ich meine linke Hand, so konnte ich sie durch alle Zeit hindurch sehen: als speckiges Babyfäustchen, als Schmutzfinger eines Kleinkindes, als Tintenfinger eines Schuljungen, als zitternde Klaue eines Alten. Ich sah die genähte Wunde aus der neunten Klasse, den Ring, den ich als Student getragen hatte, den schicken Nagellack, den ich in 2010 probieren werde. Alles auf einmal.

Vorher, als ich Babs' Brustlinie *ana* entlanggekrabbelt war, hatte ich bereits einiges von dem gesehen. Mein kompletter Raumzeitkörper war vorhanden, jeder einzelne der Alwin Bitters war zu einem langen, vierdimensionalen Stapel zusammengenäht. Meine bewußte Wahrnehmung war in erster Linie an der Zweiunddreißig-Jahre-Marke festgemacht. Aber dennoch empfand ich mein ganzes Leben, auf und ab, in entfernter Weise real.

Der verschiedenen Stadien meines vergangenen Selbst war ich mir mit Hilfe einer Reihe eidetischer Erinnerungsblitze bewußt... Erinnerungen, die so klar und so deutlich waren, daß sie sich von den ursprünglichen Ereignissen nicht unterscheiden ließen.

Meine Wahrnehmung der Stadien meines zukünftigen Selbst waren dagegen etwas anders. Die Zukunft ist nicht festgelegt. Meistens ist der ungelebte Lebenswurm eines Menschen nichts als ein verschwommenes Geißeltierchen, nichts als ein ununterbrochenes Dahinflattern zwischen zig Möglichkeiten. Als ich den Versuch machte, in meine Zukunft zu blicken, war es, als sähe ich alle Fernsehprogramme der Welt auf einmal: ein Gewirr vielfältigster Information, die weißem Lärm hinzugefügt wurde.

Ich flog hoch *ana*... oder *später* als in... normalem Raum. Der Raum war in Bewegung und dehnte sich aus wie eine Riesenblase. Als der Raum über alle Sektionen hinauswuchs, bemerkte ich, daß die Ebene der Würmer aufhörte, wie Geißeltierchen zu rudern, und als bekannte Geschichte einfror. *Ana*, wo ich mich befand, waren die unzähligen Würmer noch aktiv und zischten immer noch zwischen allen möglichen Zuständen hin und her.

Und indem ich mich frei in der Hyperzeit bewegte, schlängelte und schlüpfte ich zwischen den Formen umher und war mir des Überschreitens jeglicher Erfahrung bewußt. All die unterschiedlichsten Zukünfte liefen synchron ab, tanzten zur Musik verrückter kosmischer Heiterkeit, tanzten die Freude der Welt an ihrem Istsein.

Meine Wahrnehmung drehte auf und wurde schneller, und ich blinzelte auf eine der in meiner Nähe schwebenden Formen und versuchte zu erkennen, was es war. Es war Sybil, ein paar Tage in der Zukunft, unbestimmt, hyperjetzt glücklich, hyperjetzt traurig. Indem ich ihre Gestalt ein wenig mehr aus der Nähe betrachtete, konnte ich das feine Gefüge ihrer Haut erkennen, jedes einzelne Atom.

Der Lebenswurm eines Menschen setzt sich aus einem Gewirr atomischer Weltlinien zusammen. Die pünktchenförmigen kleinen Atome zeichnen glatte Linien in der Raumzeit: du bist das Muster, das diese Linien bilden. Es gibt kein einziges Atom, das dir ganz allein gehört. Ich atme ein Atom aus, du atmest es ein. Deine Abfälle helfen meinen Tomaten wachsen. Und auf diese Weise verweben uns die kleinen Raumzeitfädchen miteinander. Die menschliche Rasse ist eine einzige große Tapisserie, die geknüpft ist aus der Nahrung, die wir verzehren, und aus der Luft, die wir gemeinsam atmen.

Es gibt auch größere Verbindungsglieder: Sperma, Eier und Nabelschnur. Jeder Stammbaum ist ein organisches Ganzes. Dein Raumzeitkörper führt, sich verjüngend, zurück zu den Fäden des Eis deiner Mutter und zum Sperma des Vaters. Und Kinder, sofern du welche hast, sind auf immer und ewig in deinem Fleisch verwurzelt.

Ich hatte jede Menge Fäden hinter mir hergezogen. Weit unten am dünnsten Ende meines Raumzeitkörpers waren meine Eltern, völlig durcheinander. Und auf halbem Wege zu mir herauf baumelten die drei Kinder: Wurzelhärchen am langen Stamm meiner Vergangenheit. Es gab ein gewisses Nachlassen, aber jetzt war ich weit genug hinausgetrieben, um sie wie mich aus dem normalen Raum herauszuziehen. Ich spürte direkt, wie es in meinen Lenden zerrte.

Wir vier hätten möglicherweise noch weiter *ana* taumeln, immer weiter weg von der sich bewegenden Gegenwart, und dabei alle Spuren unserer Vergangenheit mit uns ziehen können. Aber Sybil hielt fest. Unzerreißbare Stränge erstreckten sich von ihr zu den Kindern und von ihnen wieder zu mir. Einen Augenblick lang zerrten die Kinder und ich an Sybils widerstandsfähigem Leib. Und dann war mein ganzer Schwung dahin. Alle vier spiralten wir zurück und auf die leuchtend sich nähernde Krümmung des Raums zu.

Die Kinder setzten wohlbehalten auf und fielen genau in die Löcher zurück, die sie verlassen hatten, aber ich... ich landete nicht so gut. Ich brauchte eine volle Minute, mich wurmgleich zurückzubohren in den Kompost der Geschichte.

Das unvermittelte Plumpsen ließ Sybil aufrecht im Bett sitzen. Die Kinder! Sie tastete sich ihren Weg durchs Dunkel und eilte ins Schlafzimmer nebenan. Da waren sie, die Kleinen. Ihr teuerster Besitz. Sorrel und Tom schliefen gemeinsam im großen Doppelbett, und Ida hatte sich auf einem Klappbettchen ins knisternde Weiß frischer Leintücher gekuschelt. Alles war...

»Ssshibyl?«

Das heisere Flüstern schien vom Fußboden zu kommen. Irgendwas Langes und Dickes wand sich dort. Eine Schlange!

»Ssshibyl, isch bin's, Alwin.«

Alwin? Eine Fleischspirale, dick wie ein Männerarm, lag vor ihren Füßen. Eine lange Reihe Lippenpaare säumte die eine Seite des Wesens. Seltsam gleichförmige Lippen, die sich öffneten, um einen einzigen unnatürlich breiten Zahn zu zeigen.

»Ich bin sscheitwärtsch«, schlabberte der lange Mund. Nahe einem Ende erhob sich eine Art Augenstiel, ein mit einer Schlitziris versehenes, etwas über zwei Meter langes Auge. Ein breiter Fuß, lang wie ein Eßzimmertisch, lehnte gegen Idas Bett, und ein mächtig aufgedunsener Bierbauch hing mitten in der Luft.

»Was ist denn mit dir los? Die Kinder...« Sie zählte noch einmal die Köpfe. »Waren sie mit dir zusammen unterwegs?«

»Jasch. Jetssst, lauf nicht weg. Ich musss misch entwirren.«

Der Mund und das Auge wichen zurück. Neben der dicken zitternden Wampe erschienen zwei Stapel Hände. Der Fuß neben Idas Bett rutschte seitwärts... und auf einmal waren alle Klumpen weg. Sybil saß da und war still. Ihre Erinnerungen an Alwin verfestigten sich wieder. Und auf einmal war er da, genau wie sonst.

A: Hallo.

S: Grüß dich. Da bist du ja wieder.

A: Wie bist du der Atombombe entronnen?

S: Das weißt du nicht? Virgilio hat mich gerettet. Er hat mich durch einen unterirdischen Gang nach draußen geführt, und schon landeten wir im Zoo.

A: Na, so was. Virgilio. Ich hoffe, du hast dich nicht in ihn verknallt, nur weil er es mal mit dir getrieben hat.

S: Ich darf niemanden lieben, nicht einmal dich.

A: Warum redest du nur solches Zeug? Du weißt doch, wo ich war.

S: In einem Riesenhintern. Mitten hineingesprungen bist du. Das muß dich an Giulia erinnert haben.

A: Lebt sie noch?

S: Alle drei sind tot. Mausetot. Und viele Polizisten dazu.

A: Und ich?

S: Was *und ich*?

A: Gibt man mir die Schuld?

S: Ich bin nicht sicher. Inzwischen werden sie's wahrscheinlich. Die letzten paar Stunden hatten alle irgendwie vergessen, daß du überhaupt existiert hast. Wir haben überlebt.

A: Die Kinder haben mich zurückgezogen.

S: Ja. Schrecklich war das. Sie wurden immer jünger, und auf einmal waren sie verschwunden. Ich hoffe nur, daß du nicht noch mal so was machst.

A: Bist du gar nicht neugierig, wo ich gewesen bin?

S: Erzähl's mir doch.

A: Ich war in der Zukunft. Das Universum ist lediglich ein Abschnitt, der sich durch den Hyperraum erstreckt. Durch die vierdimensionale Raumzeit hindurch. Babs hat mich dort oben hineingezogen, und die Weltlinien meiner Spermienzellen haben die Kinder hinter mir hergezerrt. Ich bin überrascht, daß es dich nicht auch losgerissen hat.

S: Wer ist Babs?

A: Babs, die böse Hyperkugel. Aber warum...

S: Nennt sich der Riesenhintern etwa so? Redet er?

A: Ich vermag nicht zu fassen, wohin sie verschwunden ist. Nachdem die Bombe hochging, habe ich sie nirgends mehr gesehen.

S: Laß uns morgen nach Heidelberg zurückkehren. Mein Vater wird uns Flugtickets kaufen.

A: Es muß eine *fünfte* Dimension geben, eine Richtung, in der man sich frei bewegen kann, ohne sich Sorgen zu machen um die Zeit und sein vergangenes Selbst. Ja. Genau so. Als ich das erste Mal aus Babs herausblinzelte, war es um vieles komplizierter als Zeitwürmer. Das bist du jetzt nämlich, weißt du.

S: Ein Zeitwurm?

A: Wir alle bestehen aus winzigen Härchen, die zusammengeflochten sind. Alle Männer sind Brüder, alle Frauen sind Schwestern... es ist wirklich wahr. Wir sind Muster in einer riesigen Tapisserie, die sich selbst webt. Aber es muß noch andere Tapisserien geben. Stapelweise wie in einem Teppichladen. Die flatternden *Ana*-Enden könnten...

S: Ruf den Flughafen an, Alwin.

A: Meinst du, die haben so spät noch geöffnet? Wie spät ist es eigentlich?

S: Halb zwölf. Oh, Mist.

A: Was?

S: Mir ist gerade klargeworden, daß es unmöglich sein wird, Tickets zu kriegen.

A: Die Bombe?

S: Ja, genau. Wegen des Fallouts sind eine Menge Leute in Panik geraten, auch wenn es im Fernsehen hieß, daß das unbedenklich wäre.

A: Natürlich wird so was im Fernsehen gesagt. Das heißt noch lange nicht, daß es auch stimmt. Jeder Schwachkopf weiß das.

S: Fang noch an, mich zu beschimpfen, Alwin, und ich lasse dich auf der Stelle sitzen.

A: Und dann, was? Zu deinen Eltern nach Hause?

S: Ich habe keine Lust, mir deine häßlichen Bemerkungen über meine Eltern anzuhören. Nur ihnen haben wir's zu verdanken, daß wir dieses hübsche Zimmer haben.

A: Und was ist mit dem anderen hübschen Zimmer? Das, für das ich bezahlt habe.

S: Diese Müllkippe? Dort sind wir raus, nachdem du dich hast entführen lassen. *Falls* ...

A: Falls?

S: Vielleicht hatten die Zeitungen ja recht. *Du* bist der Bursche, der sich der Anarchistische Archimedes genannt hat, oder etwa nicht? Kein Mensch hat dich gezwungen, die Bombe zu bauen. Du wolltest das. Ich wette, du hast dich freiwillig gemeldet.

A: Du hast sie ja nicht alle.

S: Ich weiß nur so viel, daß jeden Augenblick die Polizei hier aufkreuzen kann.

A: Mein Gott, geht mir das auf die Nerven. Babs hatte recht.

S: Das ist mal wieder typisch für dich, Alwin, dich in einen Riesenhintern zu verkriechen. Ich seh's dir doch an.

A: Ich weiß überhaupt nicht, weshalb ich mich hier verteidige. Dieser blöde Schmierer Virgilio hat's dir wirklich gegeben, soviel ich gesehen habe. Und du warst ganz weg. Wahrscheinlich denkst du dir, er wär was Besonderes, nur weil er mit Akzent spricht.

S: Er hat mir das Leben gerettet, Alwin. *Du* hast mich in Schwierigkeiten gebracht und dann sitzenlassen. Virgilio ist geblieben und ist mir beigestanden.

A: Der hat dir nur geholfen, weil er mußte. Der Grüne Tod hatte dich an ihm *festgebunden*, Himmel noch mal.

S: Wie konntest du überhaupt sehen, was wir gemacht haben?

A: Ich war draußen im Hyperraum. Zuerst muß es gar die fünfte Dimension gewesen sein. Als Babs sich aber aus dem Staube machte, bin ich in die vierdimensionale Raumzeit hinabgeglitten. Es gibt einen großartigen Ausspruch in FLÄCHENLAND, weißt du, als Das Quadrat im richtigen Raum draußen gewesen ist und auf seine 2D-Welt zurückfällt und erkennt, wie fürchterlich es dort ist.

S: Es muß schon eine Bürde sein, Alwin, die Familie wieder am Hals zu haben.

A: Er lautet so: »Ein flüchtiger Blick, ein letzter und unvergeßlicher Blick, der mir auf jene trübe ebene Wildnis gewährt ist – die jetzt wieder mein Universum werden sollte.« *Jene trübe ebene Wildnis.* Kannst du das begreifen?

S: Nein.

A: Mein Gott. Kein Wunder, daß du nicht losgelassen hast, als die Kinder und ich an dir zogen. Intellektuelles Abenteuer bedeutet dir ungefähr ebensoviel wie...

S: Halt schon den Mund, Alwin. Laß uns zu Bett geh'n.

A: Wo ist mein Schlafanzug?

S: Dein Koffer steht dort drüben.

A: Danke. Danke, daß du ihn mitgebracht hast.

S: Weißt du, wir haben immer noch nicht das Forum besichtigt.

A: Das Forum.

S: Meinst du, es wird sicher sein draußen? Oder meinst du, daß der Fallout...?

A: Ich habe gar nicht mitbekommen, wie stark die Explosion war. Hat sie einen Krater hinterlassen?

S: Ich glaube nicht. Es gab Bilder im Fernsehen. Das kleine Museum ist natürlich größtenteils hinüber, aber Teile der Grundmauern stehen noch. Auch die Eingangstreppe. Auch regnet es jetzt. Das ist doch gut, oder?

A: Sollte gut sein. Sollte alles in den Fluß spülen. Was immer du machst, trink hier kein Wasser mehr. Könnte Plutonium drin sein. Und iß keine frischen Meeresfrüchte. Haben sie mich im Fernsehen nicht erwähnt?

S: Nur zu Anfang, als den Anarchistischen Archimedes. Solange du mit dieser *Babs* zusammenwarst, schienst du nicht gerade wirklich zu sein. Es war, als würde man sich an einen Traum erinnern oder an einen Film. Ich kann immer noch nicht fertig werden damit. Es war, als wäre ich dir niemals begegnet oder so. Ich fühlte mich so...

A: Was? Glücklich, glücklich und befreit? Die moderne Frau von heute?

S: Vergiß es.

A: Hör zu. Wenn du mich nicht zurückgezerrt hättest, wäre ich jetzt immer noch im Hyperraum. Ich hätte mich Babs anschließen sollen. Sie bewegte sich seitwärts, irgendwie. In die fünfte Dimension. Die Bombe hat sie befreit.

S: Wie ging das?

A: Dieser Typ, dieser Physiker namens Lafcadio Caron...

S: Der Mann, den du im Kolosseum umgebracht hast. Hattest du vorher von ihm gehört?

A: Ich hab ihn nicht umgebracht, die Schnoiden war'n es. Er war durchgedreht. Ja, seinen Namen hatte ich verschiedentlich mitbekommen. Geschehen ist folgendes: Er hat ein Protonenzerfallsexperiment durchgeführt und dabei ein Hyperartikel, ein Stück von Babs eingefangen. Er stabilisierte das mit einem höherdimensionalen Kraftfeld. Also, in der Physik haben wir es auf der Mikro-Ebene mit unendlich vielen Dimensionen zu tun, aber jetzt...

S: Kann ich das Licht ausschalten? Es ist schon Mitternacht vorüber.

A: Klar. Schau mal, dieser Regen.

S: Können wir das Forum morgen besichtigen? Nachdem wir den Papst gesehen haben?

A: Und was ist mit der Polizei? Meinst du wirklich, die wären hinter mir her?

S: Wahrscheinlich denken die, die Bombe hätte dich erwischt, zusammen mit den anderen.

A: Großartig. Wundervoll. Ich kann tun, was ich will.

S: Was meinst du damit?

A: Nun, wenn jedermann denkt, ich sei tot, dann kann ich eine neue Identität annehmen und ein neues Leben beginnen.

S: Und wenn ich dich jetzt umbrächte und die Leiche verschwinden ließe? Das wäre das perfekte Verbrechen.

A: Aber du willst mich doch nicht wirklich um die Ecke bringen?

S: Nein. Ich bin sogar froh, daß du wieder da bist. Es fühlt sich schön an mit dir im Bett. Fröhliche Ostern.

A: Dir auch. Willst du noch...

S: Vielleicht. Aber ich möchte, daß du vorher eine Dusche nimmst.

A: Wegen Giulia?

S: Und wegen dem Riesenhintern.

A: Hast *du* denn geduscht? Und was ist, wenn du schwanger bist? Einen Gummi hat Virgilio nicht benutzt, oder? Wahrscheinlich bin ich der einzige Mann auf der ganzen Welt, der bei seiner Frau Gummis tragen muß. Und dann läßt du dieses schmierige Halunkenschwein...

S: Nein, Alwin, einen Gummi hat er nicht benutzt. Aber du brauchst dich gar nicht so aufzuregen. Morgen sollte meine Periode anfangen.

A: Das sollte sie auch. Virgilios Kind werde ich nicht großzieh'n. Wenn du schwanger bist, heißt das Abtreibung. Abtreibung oder Scheidung.

S: Wenn du schon so anfängst, woher soll ich dann wissen, ob du dir nicht 'n Tripper eingefangen hast. Sie sah ganz so aus.

A: Sie ist tot. Also nimm sie nicht mehr in den Mund.

S: Du hast dich da bestimmt nicht dran gehalten.

A: Laß uns jetzt schlafen.

S: Wegen morgen, Alwin. Wir werden den Kindern ihre Süßigkeiten geben und dann auf den Petersplatz gehen, um den Papst zu sehen. Und zum Forum Romanum. Einverstanden?

A: Aber dann laß uns den Nachtzug nach Heidelberg nehmen.

S: Schon?

A: Morgen wird ein guter Tag sein. Immer noch Ferien und volle Züge, da werden sie keine Paßkontrolle machen. Für den Fall, daß die Bullen hinter mir her sind.

S: Und was ist dann in Deutschland? Du weißt, wie gut die organisiert sind.

A: Ich weiß nicht. Hauptsache, aus Italien raus.

S: Wußtest du, daß, wenn man den Papst zu Ostern sieht, das eine Todsünde gutmacht?

A: Das kommt ja wie gerufen. Was hast du denn für die Kinder?

S: Drei große Schokoladeneier mit Spielzeug drin. Und meine Mutter hat auch noch was.

A: Gib mir 'n Kuß.

S: Ich wollte, du nähmst erst deine Dusche, Alwin. Du riechst so komisch.

A: Na gut, ich geh unter die Dusche. Aber schlaf mir nicht ein. Gibt's Bier?

S: Sicher. Siehst du den Kühlschrank unterm Fernseher? Mein Vater hat eine ganze Ladung *Heineken* besorgt. Für deine Rückkehr. Er ist so nett gewesen. Warum gehst du ihn nicht wecken und erzählst ihm, daß du sicher zurück bist?

A: Morgen früh, morgen früh. Willst du eins.

S: Okay. Und bring meine Zigaretten mit.

A: Ich wünsche mir wirklich, du würdest nicht im Schlafzimmer rauchen. Das ist ungefähr das Superungesündeste.

S: Da hör mal einer her, was der Anarchistische Archimedes faselt.

A: Virgilio stand mit einer Pistole vor mir, als ich das geschrieben habe, meine schöne Xanthippe. Ich werde ebenfalls rauchen. Schieb mal den Aschenbecher rüber. Mein Gott, dies Bier ist gut. Und es gibt einen ganzen Kasten voll.

S: Also brauchst du dich nicht auf nächtlichen Straßen herumzutreiben.

A: Genau, so fing alles an. Ich ging, um noch ein Bier zu trinken. Erinnerst du dich? Erst hatten wir Wein getrunken, dann Neunundsechzig und dann bist du eingeschlafen. Ich hoffe nur, du erwartest nicht, daß ich dir jemals wieder ... na, du weißt schon.

S: Vorher wirst du duschen müssen.

A: Ich meine, was ich sage.

S: Ich auch. Weißt du, wo wir aus dem Gang herauskamen? Bei den Pinguinen.

A: Ich frage mich, ob sie zurückkommen wird – die Sexkugel.

Kugel, Kugel, Kugel, Kugel

Joe Bone warf die leere Sprudelflasche hoch in die Luft, und Udo pfefferte einen Stein hinterher. Daneben. Jetzt war Joe dran.

Er suchte ein geeignetes Geschoß, während Udo zwischen die dunklen, gehäufelten Reihen des Spargelfeldes ging und die Flasche wieder holte. In Heidelberg lassen die Bauern, damit ihr Spargel auch weiß wird, ihn durch einen halben Meter lichtundurchlässiger Komposterde wachsen.

»Okay, Joe«, rief Udo. »Raketen los!« Pfeifend wirbelte die große Literflasche hoch durch die Luft. Mit vollendeter Synchronizität schleuderte Joe seinen Asphaltbrocken. Er traf, aber die Flasche ging nicht entzwei. Ein solides deutsches Produkt.

In diesem Augenblick rief Udos Mutter vom Haus her. Joe konnte zwar ihren Dialekt nicht verstehen, aber er mochte ihre Stimme. Sie hatte stämmige Beine, einen vollen Busen und rotes Haar. Schade, daß er nicht eine solche Mutter hatte. Schade, daß er keine Mutter hatte.

»Ich muß jetzt essen«, erläuterte Udo in dem sauberen Hochdeutsch, das sie in der Schule lernten. »Die Flasche kannst du haben, immerhin hast du sie zuerst getroffen.«

»Danke. Hast du nicht Lust, heute abend zur Kaserne rüberzukommen? *Grease* wird gezeigt.« Neben Science-Fiction-Filmen war das Joes Lieblingsfilm. Dunkel und drahtig, wie er war, sah er selber wie einer von Travoltas Freunden aus.

»*Schmiere*? In englisch?«

»Natürlich. *Amerikanisch,* Mann. Im Patrick Henry Village, im NCO-Club. Ich nehm dich mit rein.«

Nachdem Udo gegangen war, spazierte Joe auf das Spargelfeld, um die Flasche zu holen. Dafür bekam man zwanzig Pfennig Pfand und konnte in dem kleinen Supermarkt, an dem er auf seinem Weg zur U.S.-Army-Base vorbeikam, ein Rosinenbrötchen kaufen.

Die Komposthügel über dem Spargel waren mit der Hand glattgedrückt. Hier und da konnte man einen kleinen Höcker sehen; da, wo ein reifer Stiel im Begriff war, durch die Erde zu brechen. Die wässrige, beharrliche Aprilsonne ließ von dem fruchtbaren Boden einen kräftigen Erdgeruch aufsteigen. Ab und zu wischte ein Auto vorüber und betonte die Stille.

Als Joe die Flasche aufnahm, bemerkte er auf dem übernächsten Hügel etwas Glänzendes. Eine hell schimmernde kleine Kugel, wie eine große

Kugellagerkugel oder eine silberne Weihnachtsbaumkugel. Komisch, so was auf einem Spargelfeld zu finden. Irgendwo aber auch nicht überraschend. Als eifriger Science-Fiction-Leser hatte Joe sich schon immer vorgestellt, eines Tages einen außerirdischen Artefact zu finden. Sollte das hier einer sein?

Er hopste über den dazwischenliegenden Hügel und beugte sich über die kleine spiegelnde Kugel. Der Himmel war darinnen und sein Gesicht und der Horizont und das Feld. Toll. Aber, Moment mal. Es war nicht *dasselbe*. Das Feld in dem kleinen Spiegelbild war pink mit eng beieinanderstehenden, sich hoch in die Luft türmenden... Maschinenanlagen, wunderschönen außerirdischen Maschinenanlagen, die sich zur Bildmitte hin verjüngten. Irgendwie sah das Ganze wie der Rummelplatz aus, auf dem Joe und Udo gerade den Tag verbracht hatten... Ostermontag hatten sie ja keine Schule.

Aber, ein außerirdischer Rummelplatz mit Anlagen, die wie Zeitmaschinen und Materietransmitter aussahen und... mein Gott! Da tauchte eine Frau auf, die ihr Gesicht an die Kugeloberfläche drückte. Sie schürzte die Lippen, als wollte sie ihm einen Kuß zuwerfen.

Joe untersuchte ihre Gesichtszüge. Sie hatte dunkles Haar, einen geraden Mund mit vollen Lippen, hohe Wangenknochen und eine vornehme römische Nase. Sie war die Frau seiner Träume. Es war, als hätte jemand in sein Innerstes geblickt, um sie zu entwerfen.

Rätselhaft lächelnd machte sie mehreren, sich hinter ihr bewegenden Gestalten Zeichen, rief andere herbei. Weitere Gesichter drängten sich vor. Zwei, drei, fünf kleine, in der Spiegelkrümmung verzerrte Gesichter. Frauen. Nackte Frauen.

Joe beugte sich dichter über die Kugel und stubste sie versuchsweise mit seiner Flasche an. Sie rollte den Hügel hinab. Auf dem Bild blieb alles unverändert. Die Gestalt in der Mitte hob ihre Hand und machte Zeichen. Ihre Brüste bewegten sich. Über ihrem Kopf konnte Joe ein winziges Raketenflugzeug erkennen, das sich über den gekrümmten Himmel bewegte, kleiner und kleiner wurde und gegen den unendlich weit entfernten Mittelpunkt hin verschwand. Er konnte ein ganzes Universum darin sehen! Dies war ein Fenster zwischen den Dimensionen, genau wie in einem Science-Fiction-Buch! Die Frau winkte ihn näher zu sich heran.

»Warte«, murmelte Joe. »Ich nehm dich mit nach Hause. Hierbleiben kann ich nicht.«

Aber die Kugel anfassen wollte er nicht. Wenn man sie berührte, konnten die da drinnen ihn womöglich hineinziehen. Er zog seinen Wollschal hervor und legte ihn neben den schimmernden Ball auf die Erde. Er hatte

vor, die Flasche zu benutzen, um die Kugel auf den Schal zu schubsen. Aber das brauchte er gar nicht. Die kleine SF-Kugel rollte, als hätte sie seine Gedanken gelesen, ganz von alleine drauf.
Joe nahm den Schal an seinen Enden auf. Die Kugel schien sehr leicht zu sein. Wenn es sich wirklich nur um eine gekrümmte Raumbrücke zwischen zwei parallelen Welten handelte, kam das hin. Joe versuchte, sich an jenen Artikel über Einstein-Rosen-Brücken in ANALOG zu erinnern, den er gelesen hatte. An der Straße angekommen, verstaute er die Kugel und die Flasche in dem Rucksack, den er als Schulranzen benutzte.
Die Fahrt von Udos Haus zu den Army-Wohnblocks war normalerweise ein berauschendes Erlebnis körperlicher Kraftentfaltung. Joe war gut auf seinem Rad, einem Fahrrad mit Zehngangschaltung, das sein Vater ihm zum fünfzehnten Geburtstag geschenkt hatte.
Aber heute fühlte sich sein Rad wie ein Trimmrad an. Wie ein pedalgetriebener Stromgenerator, der unsichtbare Filmprojektoren speiste, die unentwegt Heidelberger Szenen auf eine kugelförmige Plastikleinwand warfen. Ein nachgemachtes Universum mit drei Metern im Durchmesser und Joes Kopf im Mittelpunkt. Nichts wirklich...
KLA-BRÄNG-BRÄNNG-BRÄNNNG! Au! Beinahe von der Straßenbahn erwischt. Mal sachte, Joe, du drehst ja durch. Kam er denn nie zu Hause an? Es war, als würde er immer nur die Hälfte der verbleibenden Strecke fahren.
Joe fühlte sich zu zittrig, um weiterzufahren, also stieg er ab und schob sein Rad durch die nachmittägliche Menschenmenge auf dem Gehweg. Fremde Gesichter strömten an ihm vorbei. Alle seine Gedanken waren bei dem unendlichen Universum in seinem Rucksack, bei dem Rummelplatz und den nackten Frauen.
»Joey! Hallo, Joey!«
Lächelnd und völlig aus der Puste kam Vernice auf ihn zugehüpft. Ein Plagegeist, der noch nicht mal Teenager war, ein richtiges Army-Gör. Sie wohnte im selben Block wie Joe, gleich nebenan. Ronnie Blevins, ihr Vater, arbeitete als Militärpolizist mit dem alten Bing Bone, Joes Vater, zusammen.
»Was machst du denn außerhalb der Army-Base?« fragte Joe.
Vernices Augen leuchteten auf. »Meine Ma hat mich losgeschickt, Wein zu kaufen. In Deutschland darf ich das. Wie wars heute in der *German school*, Joey?«
Joe war eines von den wenigen Army-Kids, die nicht zur Army-Schule gingen. Es stimmte ihn zuversichtlich, als Kosmopolit aufzuwachsen. Mit einem Vollblutzigeuner als Vater standen die Chancen nicht

schlecht. Vernice meinte jetzt schon, er wäre ein internationaler Playboy.
»Ostermontag gibt es in Deutschland keine Schule, hab' den Tag auf einem Rummelplatz zugebracht. War höchst aufregend. Paßt du mal auf mein Fahrrad auf, während ich in den Laden gehe?« Natürlich hätte er es abschließen können, aber wenn Vernice darauf aufpaßte, konnte sie ihm nicht in den Laden folgen.
»Klar, Joey. Ich hab schon eingekauft. Schau.« Sie hielt ihm ihren Einkaufsbeutel hin. »Richtiger Wein, und *ich* hab ihn gekauft.« Sie streckte ihre Brustknospen hervor und schürzte ihre pinkfarbenen Lippen.
Joe ging an den einladenden Gemüseauslagen vorbei in den Laden hinein. Vernice ahnte überhaupt nicht, daß er, Joe Bone, möglicherweise der wichtigste Mann im Universum war. Er suchte sich ein Zwanzig-Pfennig-Rosinenbrötchen aus und öffnete seinen Rucksack, um die leere Sprudelflasche herauszunehmen.
Ein von weiblichem Bitten erfülltes Gesicht starrte ihm aus der Kugel entgegen. Der Schal hatte sich gelöst. Das andere Universum versorgte sich selbst mit Licht... Joe konnte den helleuchtenden Stecknadelkopf einer weitentfernten Sonne ausmachen. Auf dem Gelände hinter der Frau konnte Joe ein paar Antischwerkraftfahrzeuge herumfahren sehen. *Heraus*, gab sie zu verstehen, indem sie die Hände zusammenhielt und dann schnell auseinandernahm. *Nimm uns aus dem Rucksack raus!*
Joe machte vor seinem Gesicht leichte Bewegungen mit ausgebreiteten Händen... die *Beruhigt-euch-bitte*-Geste. Er tippte auf seine Armbanduhr und hob einen *Nur-einen-Augenblick*-Daumen in die Höhe. Lächelnd und *bis-später*-winkend nahm er die Flasche heraus und schnallte den Rucksack wieder zu.
»Hast du ein kleines Tier da drin?« fragte Frau Weiß, als er die Flasche gegen das Rosinenbrötchen tauschte. Sie war eine gutmütige, hagere Frau, die Joe mochte, weil er Deutsch sprach. Die meisten anderen Deutschen trauten ihm nicht so recht, weil seine Haut so dunkel war. Seitdem Frau Weiß ihn aber ausgequetscht und erfahren hatte, daß seine Mutter Selbstmord begangen hatte, behandelte sie ihn wie einen Enkel.
»Ja«, nickte Joe und sagte, wie aus der Pistole geschossen: »Ein Meerschweinchen.«
»Wie niedlich«, strahlte Frau Weiß. »Nimm dir noch ein Rosinenbrötchen.«
»Danke.«
Vernice stand auf dem Gehsteig und gab sich endlich mal ihrem Alter entsprechend... mit entrücktem Blick starrte sie auf den Verkehr und popelte in der Nase. Joe fühlte sich wie ein größerer Bruder und gab ihr

das Extrabrötchen. Er fragte sich, wie es wohl wäre, Geschwister zu haben... jemanden so Vertrautes, daß man ein Geheimnis loswerden konnte. Vielleicht konnte er das heute abend Udo zeigen... wenn Udos Eltern ihn noch aus dem Hause ließen. Wahrscheinlich würden sie es nicht, die Army mochten sie nicht.

Er sagte Wiedersehen zu Vernice und fuhr das letzte Stück ohne irgendwelche Probleme nach Hause. Er lernte, seine Aufregung über die Kugel unter Kontrolle zu halten. Es war eine außerordentliche Verantwortung, die ihm zugefallen war, und er hatte damit umzugehen wie ein Mann.

Die Wohnung war ein Schweinestall, ein leerer Schweinestall. Sobald er mit seinem Dienst für den Tag fertig war, ging Joes Vater meistens sofort in die Unteroffiziers-Bar. Zur Zeit war er als Wärter des Army-Gefängnisses abgestellt. Joe sah nach, was im Kühlschrank war... nichts als Milch und das Bier für seinen Vater... dann ging er in sein Zimmer.

Joes Zimmer war der einzige ansprechende Platz in der Wohnung. Er hatte eine gute Stereo-Anlage aus dem PX-Laden, Reiseposter an den Wänden, ein paar Pflanzen und seine Modellraketen. Die Möbel waren GI-Möbel, aber wenigstens waren sie ordentlich.

Mit vor Aufregung klopfendem Herzen ließ Joe die SF-Kugel auf sein Bett rollen. Die Frau winkte ihm zur Begrüßung mit der Hand zu. Dann fing sie an, sich alles anzuschauen.

Von ihrer Seite aus konnte sie nur das halbe Zimmer sehen, und Joe war gerade dabei, die Kugel zu drehen, damit sie auch den Rest sehen konnte. Aber dann... dann drehte die Kugel sich selbst.

Es war komisch, dem zuzusehen. Eine ihrer Hände kam immer näher an die Kugeloberfläche, und das Bild ihrer Finger verdeckte fast das ganze übrige Bild. Die Finger schienen die Kugel zu halten und zu drehen, und das andere Universum drehte sich mit. Die Finger ließen los, die Hand zog sich zurück, und schon befand sich die Frau auf der anderen Seite der Kugel. Joe konnte ihren Hinterkopf sehen.

Er beugte sich über die Kugel und blickte von oben auf sie hinab. Das schwarze Haar floß ihr über den halben Rücken hinunter. Völlig humanoid. Verblüffend. Wie hatte sie nur die Kugel gedreht? Joe war fast drauf und dran, es zu begreifen. Sie war ebensowenig in der Kugel wie Joe. Die Kugel bezeichnete lediglich die Region, wo zwei Räume sich berührten. Wie durch eine Linse konnten beide sich gegenseitig sehen. Wenn er die Linse bewegen konnte, dann konnte die Frau es auch. Dies war wirklich unglaublich; dies war die größte wissenschaftliche Entdeckung aller Zeiten.

Wo sie jetzt war, konnte sie das Bücherregal einsehen, und das schien sie ganz besonders zu interessieren. Sie hob einen Arm und zeigte auf etwas. Das Bild des Arms krümmte sich halb um die Kugel herum.
Immer noch argwöhnisch, die SF-Kugel zu berühren, ging Joe ans Regal, zog ein Buch heraus und brachte es her... ein abgegriffenes Exemplar von Heinleins ABENTEUER IM STERNENREICH. Die Frau hielt etwas hoch, das wie eine Kamera aussah, und er blätterte für sie die Seiten um. Vielleicht waren ihre Maschinen in der Lage, Englisch zu lernen und für die anderen zu übersetzen.
Begeistert von dieser Idee zeigte Joe ihr alle seine Science-fiction-Bücher und dann – natürlich – das Lexikon. Nach Ablauf einer Stunde fühlte er sich vor lauter Erregung hungrig und schwach.
In diesem Augenblick waren die Frauen eifrig damit beschäftigt, etwas aufzustellen, das wie ein Fernseher aussah. Wahrscheinlich das Übersetzungsgerät. Joe benutzte die Gelegenheit, um in die Küche zu gehen und etwas Milch zu trinken.
Als er zurückkehrte, hatten die Frauen den Fernsehschirm eingeschaltet. Merkwürdig, daß sie alle nackt waren. Merkwürdig auch, daß es in dieser anderen Welt keine Männer gab. Es war fast zu schön, um wahr zu sein.
Mit einem Mal erschienen auf dem kleinen Fernsehschirm Wörter... englische Wörter, die teils sonderbar falsch geschrieben waren.
HELLO. MY NAME IS BABS. FIE HEIZSST DU?
Mit vor Aufregung fahrigen Händen kramte Joe nach einem Stift und einem seiner kleinen blauen Schulhefte.
HELLO, BABS, schrieb er in Druckbuchstaben. ICH HEISSE JOE. WO KOMMT IHR HER?
ICH BIN IN EINEM RAUMZEITKONTINUUM, PARALLEL ZUM DEINIGEN. FIR KOMMUNIZIEREN DURCH EINEN HÖHERDIMENZSIONALEN TUNNEL MITEINANDER! ICH BIN ZSO VROH, DAZSS DU DA BIZST. ALLEIN EIN MANN WIE DU KANN UNZS HELFEN.
WAS KANN ICH TUN?
ALLE MÄNNER IN UNZSERER FELT FURDEN VON DEN RULL UMGEBRACHT. FIR BRAUCHEN DICH, TCHOE. KÖNNTEZST DU DIR VORZSTELLEN, DICH MIT MIR ZU PAAREN?
Babs streckte ihre Hand aus und drückte zwei Finger an die Kugeloberfläche. Dann... dann packte sie die Oberfläche und drehte sie hin und her. Die Bilder in der Kugel wischten hierhin und dorthin und krümmten sich. Erst sah er ihren Kopf von oben, dann ihre Beine, und dann... oh, und dann... dann legte sie die Kugel hin und stellte sich genau über sie.

Joe konnte ungehindert zu ihr aufblicken, klar und deutlich. Er hatte zuvor noch nicht gewußt, daß ›es‹ so weit hinten zwischen den Beinen war.
In diesem Augenblick fiel die Wohnungstür ins Schloß. Sein Vater!
»Joey?« rief die alkoholisierte Stimme. »Bist du da?«
»Ja, Paps.« Joe legte sein Taschentuch über die Kugel.
»Was für ein Tag«, rief sein Vater. »Was für ein beschissener Tag! Die Heidelberger Polizei hat diesen Typen Bitter festgenommen, der vorgestern diese Atombombe gezündet hat. Und *wir* müssen ihn bei uns einsitzen lassen!«
Die Stimme verlor sich in einem Murmeln. Die Kühlschranktür ging auf, und eine Bierdose zischte. Leichtfüßige Schritte näherten sich. »Was machst du da drin?«
Bing Bone war ein schmächtiger Mann, ein Zigeuner mit Bantamgewicht und metallischer Stimme. Er war Alkoholiker, ein lebenslanger Weltkriegsveteran, ein einsamer Mann, der es seiner Frau niemals verziehen hatte, daß sie in den Selbstmord geflüchtet war. Seine Augen hinter den fleischfarbenen Gläsern der GI-Brille sahen ausdruckslos aus. Ausdruckslos, aber beobachtend.
»Wozu liegen alle Bücher so rum? Und was hast du da unter deiner Fahne? Du rauchst doch nicht etwa Gras?«
Joe schnaubte verächtlich durch die Nase. »Klar, Paps, das ist alles, was die Kids von heute im Kopf haben. Ich bin high auf Junk. Und nebenbei schreibe ich einen Science-fiction-Bericht für den Literatur-Unterricht.«
»Was soll das mit der Rotzfahne? Nun sag schon.«
Bevor Joe ihn davon abhalten konnte, hatte sein Vater das Taschentuch weggezogen. Und da war Babs – zum Glück ihr Gesicht – und eine andere Frau, eine müde wirkende Frau mit rötlichem Haar.
Bing grunzte wie ein Mann, der einen Schlag in die Herzgrube versetzt bekommt. »Das ist sie«, verkündete er mit krächzender Stimme. »Das ist deine Mutter, die Verräterin, die mich alleingelassen hat.«
Die müde aussehende Frau starrte Joes Vater angestrengt an. Ein mokantes Lächeln spielte um ihre Lippen.
»Du bist ja nicht bei Sinnen«, sagte Joe und schüttelte seinen Vater an den Schultern. »Mit dir hat dies hier nichts zu tun.«
Bing packte seinen Sohn und starrte ihm ins Gesicht. »Hat dich etwa deine Tante Rosie die schwarzen Künste gelehrt? Und wo hast du die Kristallkugel her?«
»Das ist reine Wissenschaft«, protestierte Joe. »Das ist kein Zigeuner-Hokuspokus. Das da drin ist ein paralleles Universum.«

»Ist es nicht«, brüllte Bing. »Das ist deine Mutter. Ist sicher im Himmel und lacht über mich.«
Die müde aussehende Frau tat so, als wollte sie Bing anspucken.
»ICH KRIEGE DICH, ARLENE!« brüllte Bing mit einem Mal fuchsteufelswild. Er schnappte sich die Kugel und warf sie gegen die Wand. Die Wand schien sich kurz gegen sie auszubauchen, und dann war die kleine Kugel nicht mehr da.
»Ich hab sie kaputtgemacht«, sagte Bing voller Befriedigung. »Ich habe deine Kristallkugel kaputtgemacht, in tausend Stücke gefetzt.«
Joe war sich da nicht so sicher. Ihm war es gewesen, als hätte die massive Wand... als hätte die Wand der Kugel Platz gemacht und sie hindurchgelassen. Was war doch gleich auf der anderen Seite? Er stöhnte innerlich: Vernices Zimmer.
»Wo hast du das Ding her?« verlangte Bing zu wissen.
»Ich hab's bei einem Türken gekauft«, flunkerte Joe. »Auf dem Jahrmarkt. Es ist schlimm, daß du dir diese Verrücktheit eingebildet hast, du hättest Mom darin gesehen.«
»Nun hör mal zu...«, fing Joes Vater an. Aber dann ließ er seinem Ärger freien Lauf. »Ach, vergisses. Ich will die Nachrichten sehen. Komm mit; vielleicht bin ich auch drin.«
Den deutschen Behörden ist es heute gelungen, einen der meistgesuchten amerikanischen Terroristen zu ergreifen, sagte der AFN-Nachrichtensprecher. *Alwin Bitter, Gastprofessor für theoretische Physik an der Universität Heidelberg, wurde am frühen Morgen in seiner Wohnung festgenommen. Er leistete keinerlei Widerstand. Bitter wurde mit der nuklearen Bombardierung eines römischen Museums am vergangenen Samstag in Verbindung gebracht. Seinen terroristischen Mitstreitern war er als ›Archimedes der Anarchie‹ bekannt. Am heutigen Nachmittag wurde er von der deutschen Sicherheitspolizei in US-Gewahrsam übergeben. Zur Zeit wartet Bitter auf seine Vernehmung im Patrick Henry...*
»Guck mal, Joe«, rief Bing. »Das bin ich, da im Bildhintergrund!« Aber Joe war nicht mehr da. Joe war in der Wohnung nebenan.
»Nun komm schon, Vernice, gib's her.«
»Ich weiß gar nicht, was du willst, Joey. Kommst einfach so in ein Mädchenzimmer geschneit.« Sie stolzierte zu ihrem Frisiertisch und machte sich mit einer Haarbürste an ihrem farblosen Haarschopf zu schaffen. »Angenommen, ich hätte deinen kleinen Bilderball... was gäbst du mir dafür?«
»Ich werd' dir den Hals umdrehn, du dummes Aas!«
Vernice blickte ihn eine Sekunde lang prüfend an, dann fing sie an zu

zetern. »Ma-mieee! Joey ist in meinem Zimmer und hackt auf mir rum!«
»Hör auf, mit Vernice herumzuzanken, Joe. Ron Junior ist nicht zu Hause«, rief Cora Blevins aus der Küche. Ron Senior, ihr Ehemann, war der MP-Mann, der sich mit Bing Bone den Knastdienst teilte. Diese Woche schob Ron Senior Nachtschicht und Bing Tagschicht.
»Ich tu ihr schon nichts, Ma'am«, rief Joe. Vernice setzte sich, zu langwierigen Verhandlungen bereit, auf ihren Tisch.
»Du solltest dir keine schmutzigen Bilder anschauen, Joey«, bemerkte sie affektiert. »Wo hast du das Ding überhaupt her? Aus'm Sex-Shop?«
Joe hätte sich am liebsten die Haare gerauft. Wären es nur Vernices Haare gewesen. Da hatte er eine Art Fenster in ein anderes Universum gefunden, und dieses Gör meinte, das wäre eine Maschine, die schmutzige Bilder zeigte. Nur, weil die Frauen nackt waren. Frauen. Nackt. *Als Babs über ihm gestanden war, hatte er alles gesehen.*
»Gib es mir jetzt, Vernice, und ich werde dich heute abend zu *Grease* einladen. Nur du und ich. Ich werde dich einladen, und anschließend werde ich dir einen Hot dog kaufen; an dem Stand, wo alle deine Freunde es sehen können. Du kannst ihnen erzählen, daß ich dein Boyfriend bin.«
»Wirklich wahr?« Vernices Stimme hob sich zu einem aufgeregten Quietschen. »Wirst du mir einen Gutenachtkuß geben?«
»Gib mir den Ball, und setz dein Glück nicht aufs Spiel, oder ich breche dir...«
»Hier!« Sie zog die Kugel unter ihrem Kopfkissen hervor. »Nimm deine blöden schmutzigen Bilder. Ich hab' sie auf meinem Bett gefunden. Hast du sie dir mit Ron Junior in meinem Zimmer angeschaut?«
»Bitte, Vernice, erzähl niemandem davon. Wir treffen uns um halb acht am Kino.«
»Nein, wir treffen uns *hier*. Ich will, daß Becky James sieht, wie wir zusammen dort hingehen.«
»Na gut. Unten an der Treppe. Viertel nach sieben. Sag deiner Mutter nichts davon; die denkt sonst noch, ich hätte den Verstand verloren.«
»Bis nachher, Joey-Joe.«

Vernice blickte Joe nach, wie er mit seinem kleinen Bilderball mit Maschinen und nackten Frauen davonlief. Jungenzeug. Daß sie einen ganzen Packen der kleinen Kugeln auf ihrem Bett gefunden hatte, hatte sie ihm nicht gesagt. Eine reichte ihr. Die anderen waren davongetrieben.
Leise machte sie ihre Zimmertür zu und nahm ihre Kugel aus der Tischschublade. Ein Mann mit groben Gesichtszügen blickte sie aus der Kugel

heraus verehrend an. Er nannte seinen Namen, Kenny Babs. Er sah ein wenig wie Joe aus, sprach aber mit geheimnisvollem europäischem Tonfall.

»Du bizst meine Vrau, Vernice«, sagte Kenny. »Lazss mich dir unzsere Liebe zeigen.«

Die kleine Szenerie in der Kugel bewölkte sich und wurde wieder klar. Vernice konnte sich selbst erkennen, ausgewachsen und in ein Brautgewand gekleidet. Es war *so* hübsch. Sie beide befanden sich in einem romantischen, von Kerzen beleuchteten Restaurant. Kenny kam um den Tisch herum und küßte sie.

Sie hob die Kugel an ihren Mund und versuchte, sein Abbild zu spüren. Feste, wohlduftende Lippen drückten sich gegen ihre Lippen. Ihr wurde ganz schwindlig zumute. Es war genau so, wie sie es sich immer vorgestellt hatte.

Joe konnte nicht länger an sich halten. Er schloß sich im Badezimmer ein und ließ die Hosen herab.

»Ja«, gab Babs affektiert von sich. Sie lächelte und leckte sich die Lippen. »Komm, Liebling.« Sie legte ihre Hände unter ihre Brüste und bot sie Joe als Geschenk dar. Und dann ließ sie die Kugel langsam, ganz langsam zwischen ihre Beine gleiten.

Uuuutsch. Joe rieb die warme Schönheit der kleinen Kugel gegen sich. Zunächst hatte er gedacht, Babs sähe für so etwas viel zu unschuldig aus, aber jetzt schien es ihm, als wüßte sie, wo es langging. Aber wie sollte sein Samen jemals durch die Festigkeit dieses Hyperraumfensters reisen können?

Babs hielt die Kugel jetzt vor ihren Körper hin; ihre Zunge strich über ihre Lippen, ihre Hüften mahlten. Ihre Finger waren an die Oberfläche der Kugel gepreßt. An die Oberfläche gepreßt und... hindurch. Die Kugel ließ Höcker wachsen, diese wurden zu Babs' rotlackiertfingrigen Händen, die Joe so geschickt, so wissend bearbeiteten.

Selbst als das Blut ihm in den Kopf stieg, fragte Joe sich noch, wie das nur möglich war. Es war insgesamt viel zu schön, um wahr zu sein; Babs mußte ihn die ganze Zeit über belogen haben. Diese Peepshow-Kugel, diese SF-Kugel war kein Fenster in andere Dimensionen... Dies war ein Klumpen Irgendwas aus außerirdischen Gefilden, irgendeine Kreatur, die womöglich gefährlich... er sollte...

Babs' langer Zeigefinger glitt nach unten. Zusammenhängende Gedankengänge wurden unmöglich. Oh, Babs, oh, Babs, oh, puls-puls-puls...

Die glühende Befriedigung, sich selbst im Fernsehen zu sehen, warf einen Schatten über Bings Zorn auf seine tote Frau. Als die Nachrichtensendung vorüber war, ging er in die Küche und riß ein weiteres Bier auf. Oder versuchte es. Der Ring brach von der Dose ab, und er mußte einen Büchsenöffner suchen. *Kein Problem*, dachte Bing überschwenglich. *Kein Problem für Fernsehprominenz wie mich*. Und dann bemerkte er, daß irgendwas an seinem Daumen hing.

Ein glänzender kleiner Kristallsplitter, wahrscheinlich von der Kugel, die Joe gehabt hatte. Und jetzt kam der Bengel in die Wohnung zurückgerannt.

»Hey, Joe! Du hast mich im Fernsehen verpaßt.«

»Tut mir leid, Dad. Kannst du mir gleich erzählen. Ich muß ... ich muß mal aufs Klo.«

Bing zuckte die Achseln und konzentrierte sich wieder auf seinen Daumen. War das ein Glassplitter, der darin steckte, oder was? Mit einem Mal dehnte das kleine Glitzerding sich aus wie ein Luftballon. Bing saß da und sah, wie er eine Kopie vom Kopf seiner verstorbenen Frau Arlene in Händen hielt.

Er versuchte, ihn fallen zu lassen, aber er blieb an seinem Daumen haften. Hing an seinem Daumen wie eine scheußliche Riesenwarze. Bing schwankte zwischen Wut und Entsetzen. Aber dann fing der Kopf zu sprechen an.

»Ich bin zso vroh, dazss ich nichtzs mehr mit dir zu tun hab, du zschäbiger kleiner Zigeuner. Und ezs gibt nichtzs, dazs du daran ändern kannzst.«

»Halt's Maul, Arlene.« Er versetzte dem Kopf mit seiner freien linken Hand einen kräftigen Schlag.

»Du denkzst fohl, dazs täte mir feh, fazs? *Du* kannzst mir nicht feh tun.«

Leicht keuchend schlug Bing noch einmal auf den Kopf ein. Diesmal etwas fester. Mit der Faust. Und noch einmal. Und noch einmal. Wie oft hatte er davon schon geträumt – geträumt, es Arlene heimzuzahlen! Dies war ein Geschenk des Himmels! Der Kopf fühlte sich fest und solide an ... er spürte, wie seine Knöchel zuschlugen. Sein ganzer Körper fing vor Erregung an zu kribbeln.

»Du elender Wurm«, stichelte der Kopf. »Ein Mann bizst du nicht!«

Bing zog eine Küchentischschublade auf und ein Schälmesser heraus. »Dir werd ich's zeigen, Arlene. Jetzt kriegst du, was du seit langem verdient hast.« Und dann hörte er die Toilettenspülung. Nichts wie weg!

»Joe, ich leg mich mal'n bißchen hin«, rief Bing. Und dann schob er mit Arlene ab ins Schlafzimmer und verschloß die Tür.

Nebenan stand Cora Blevins am Herd und sah zu, wie die Kartoffeln kochten. Noch einen Schluck Wein. Der Wasserdampf und die Hitze erinnerten sie an ihren Sommer in Killeville, Virginia. Genau in diesem Augenblick wurde ihr schwarz vor Augen – sie war im siebten Monat schwanger –, und ohne es zu wollen, setzte sie sich auf den Küchenfußboden. Das Brodeln der Kartoffeln umgab sie wie ein heißer Fluß. Sie schloß die Augen und erinnerte sich an Sawyer's Island.
Sawyer's Island im schlammigen James River, das Sommerlager des Moralischen Kreuzzugs Christlicher Kinder. Ein großes Versammlungshaus gab es dort und gitterförmig angelegte kleine Hütten. Cora hatte dort ihre erste Gottesvision gehabt... eine sündhafte Vision, wie sie nicht im Buch der Bücher stand. Sie war ganz allein in ihrer Hütte gewesen, hatte sich selbst berührt, und das sich nähernde, lauter werdende Dröhnen eines Zuges war ihr vorgekommen wie die Stimme des Herrn. Heiß, heiß. Mein Gott, war es heiß.
Schlagartig öffnete sie die Augen. Eine... irgendeine Erscheinung war da. Dort, o dort war, genau vor ihr schwebend war ein weißes Auge. Gottes Auge. Gott wußte um ihre Geheimnisse; Gott sah bei allem zu.
Cora rollte ihre Stützstrumpfhose herab. Das Dröhnen in ihren Ohren nahm zu.

Gedankenland

Was das Thema Terrorismus angeht, da sind die Deutschen nicht ganz dicht. Als wir zu Hause ankamen – gegen Mittag des Ostermontags –, hatten sie unsere Wohnung bereits auf den Kopf gestellt und mich gleich eingelocht. Eine besondere Überraschung war das nicht, Cortland hatte uns gewarnt, daß damit zu rechnen wäre. Doch hatte er bereits einen Heidelberger Rechtsanwalt eingeschaltet, und der Rechtsanwalt bewirkte, daß die Deutschen mich der US-Armee übergaben. Im Kittchen der Armee bekam ich eine 2-Kubikmeter-Zelle ganz für mich allein; gerade groß genug, um darin liegen zu können.

Und ich legte mich hin. Dieses Ostern und die lange Bahnfahrt hatten mich todmüde gemacht. Am Sonntagmorgen hatten wir uns auf die Strategie geeinigt: Ostern genießen, Italien verlassen und mich dann von der Polizei kassieren lassen.

Cortland, Sybils Vater, hatte arrangiert, daß wir das gemeinsame Frühstück in unserer Suite einnahmen: Schinken, Melone, Brötchen, Omelette, heißen Kaffee und kleine Krüge mit schaumig gerührter heißer Milch. Jedes der Kinder bekam ein gigantisches Schokoladenei mit einem Spielzeug darin. Tom erhielt den am höchsten hüpfenden Superball, den ich jemals gesehen habe. Ida erhielt ein flaumiges rundes Mäuschen, das, zog man es am Schwanz auf, eine Weile umherrollte. Und Sorrel bekam ineinander verstaute kugelförmige Puppenköpfchen, von denen jedes, packte man sie aus, einen komischeren Gesichtsausdruck hatte als das vorhergehende.

Dann begaben wir uns zum Petersplatz, um den Papst zu sehen. Im Radio hieß es, der radioaktive Niederschlag sei fortgespült, und niemals hätte der Platz mehr Menschen gesehen. Es war schon seltsam, wie voll die Straßen waren und wie alle in dieselbe Richtung zogen. Man fühlte sich wie ein Eisenspan oder ein Pilger. Den Papst sahen wir, okay. Sie wollen wissen, wie er aussah? Suchen Sie sich einen weißen Zeichenstift und halten Sie ihn auf Armeslänge vors Gesicht. Sehen Sie die winzige Spitze? Das ist der Papst zu Ostern.

Straßenverkäufer waren unterwegs und boten Ballons feil, perfekt gerundet und hochglänzend. Vielleicht aus Mylar oder so was. Als der Papst herauskam, ließen alle ihre Ballons fliegen... alle außer Ida. Ich sprach ein kurzes Gebet für Giulia sowie eines für mich und für meine Familie. Auf dem Petersplatz konnte man sich schon recht wohl fühlen. Die Sonne schien wirklich heiß.

Als der Papst endlich fertig war, waren die Kinder einigermaßen erschöpft, und so mieteten wir eine offene Pferdekutsche für fünfzig Dollar oder so. Lotte und Cortland wollten zurück ins Hotel, also setzten wir sie in der Nähe ab. Sybil und ich beschlossen, uns nicht zu zeigen... für den Fall, daß Polizei und Presse dort herumschnüffelten.
An einem Verkaufsstand deckten wir uns mit Sandwiches ein und veranstalteten im Forum Romanum eine Art Picknick. Es sieht wie eine große Wiese mit Ruinen und herumliegenden Steinbrocken aus. Ein riesiger Ort. Es gab viele Italiener, die es uns gleichtaten. Viele, viele putzmuntere Kinder waren da, alle im Sonntagskleid und alle mit niedlichen runden Spielzeugen aus ihren Schokoladeostereiern.
Wir verbrachten den Großteil des Tages dort, nahmen in einem billigen Restaurant noch eine warme Mahlzeit ein und erwischten dann den Neun-Uhr-Zug in Richtung Norden. Sybil hatte unter ihrem Mädchennamen fünf Liegewagenplätze bestellt, und der gute alte Cortland wartete mit unserem Gepäck und einem seiner Reisepässe am Bahnhof auf uns. Das Paßphoto hatte sogar eine gewisse Ähnlichkeit mit mir. Wobei das gar keine Rolle spielte: der Nachtzug passierte die Grenze in die Schweiz um drei Uhr morgens.
Und als wir in Heidelberg ankamen, wartete die Polizei auf uns, die »Bullen«, wie manche Deutschen ihre Polizei nennen.
Montag nacht lag ich dann in meiner Armee-Zelle, und meine Gedanken rasten eine Meile die Minute. Ich war müde, konnte aber nicht schlafen. Draußen spielte Musik. Ich wollte wissen, woher sie kam.
Wenn ich mich auf meiner Pritsche auf die Zehenspitzen stellte, konnte ich aus dem hohen, mit Drahtgeflecht überzogenen Fenster blicken. Jetzt wußte ich, was für Musik es war. *Grease*. Sie zeigten *Grease* in einer Sondervorstellung für die Angehörigen des Patrick Henry Village. Was da ertönte, war der letzte Song im Film.

»We'll always be to-gether doo-whop-a whop
ram-ram lang-lang
We'll always be to-gether ship-di-dip
bomp-bomp
wang-a-wang
We'll always be to-gether ram-ram
shang-lang
ship-dip
We'll always be to-gether dip-dip lama-lam
dong-dong
We'll always be to-gether bomb-ba-bomp«

Ich zuckte verächtlich mit den Mundwinkeln. Die fünfziger Jahre werden darin als irgendein goldenes Zeitalter dargestellt, als alles so war, wie die am Drücker es haben wollten. Das ist, was Fernsehen und Regierung uns glauben machen möchten: Es gab eine Zeit, in der niemand Ärger machte. Und was ist mit Kerouac, ihr Arschlöcher? Was mit Neal?

Außer dem Nachtschichtwärter war ich der einzige im Kittchen. Der Diensthabende vom Tag, ein lebenslänglicher Alkoholiker namens Bing, hatte mir eine Schachtel Old Gold geschenkt. Ich zündete mir eine an und blickte dann weiter aus dem Fenster.

Die Menge strömte aus dem Vorführsaal und bewegte sich geschmeidig im Rhythmus des Titelsongs. *Grease is the word: it's got rules, it's got meaning*... Irgendwie wünschte ich mir, ich hätte eine zweite Atombombe zur Hand. Naja, auf solche Gedanken kommt man halt, wenn man im Kittchen hockt.

Genau in diesem Augenblick gewahrte ich etwas wirklich Komisches. Fast jeder, der aus dem Kino kam, trug eine glänzende Kugel in der Hand. Kostenlose Christbaumkugeln? Am Ostermontag? Ohne groß darüber nachzudenken, wußte ich jedoch auf Anhieb, daß diese Kugeln etwas mit Babs zu tun hatten. Und die Luftballons auf dem Petersplatz. Und all die kugelförmigen Spielsachen. Sybil und die Kinder waren zu Hause und hatten gleich drei Stück! Verdammt!

Zwei Halbwüchsige blieben unter meinem Fenster stehen. Ich drückte meine verbrecherisch geschärften Ohren an das Drahtgeflecht und versuchte mitzubekommen, was sie sich erzählten.

»Das hättest du nicht tun sollen, Vernice«, sagte der Junge. Ein dunkelhäutiger Bursche von vielleicht sechzehn Jahren. Er hielt seine glänzende Kugel an seinen Körper gedrückt. Wie er sie so liebevoll hielt, mußte ich an Lafcadio denken.

»Ach so?« stichelte das Mädchen. Dreizehn und mit farblosem kurzem Haar. Sie sah aus wie die Tochter eines Pächters, der seine Pacht mit einem Teil der Ernte entrichtet. »Du hast mir ein richtiges Date zum Kino versprochen, und dann hast du nicht mal hingesehn. Du hast nichts anderes gemacht, als dir lauter nackte Frauen in deiner kleinen Kristallkugel angeguckt. Und damit du's weißt: ich hab auch eine zu Hause. Und meine Mutter auch.«

»Inzwischen hat jeder eine«, stöhnte der Junge. »Als du meine Kugel gegen die Leinwand gepfeffert hast, waren's hinterher fast zweihundert. Ich hätte der einzige sein können, der von diesen Kugeln wußte, wenn du dich da nicht eingemischt hättest, du blödes Gör.« Mit seiner freien Hand langte er ihr ein paar.

Sie wich geschickt aus und schlug ihm die Kugel aus der anderen Hand.

»Mach nur weiter so, Joey, guck dir schmutzige Bilder an, und du wirst noch blind. Und ich, ich weiß, wieso!«
In der lauen Nachtluft fiel die Kugel ganz langsam. Und während sie fiel, erschienen andere glänzende Kugeln in ihrem Kielwasser. Es sah aus wie die kleinen Seifenblasen, die sich von einer Seifenblasenspirale lösen, wenn man sie durch die Luft bewegt. Ein plötzlicher Aufwind erfaßte eine der Kugeln und trieb sie gegen mein Fenster. Das Glas zitterte ganz wenig, und dann war die Kugel mitten in meiner Zelle. Ich schnappte sie mir und setzte mich auf mein Bett. Die zankenden Stimmen draußen entfernten sich.
Das erste, was ich sah, war das tierische, schwachsinnige Eidechsengegrinse John Travoltas. Dann die schlampige Porzellanpuppe Cybis, die mehr als ein Auto kostet. Musik klingelte mir ans Ohr. »Summer Lovin'«. Gute, solide abgeblockte Akkorde, das mußte man lassen. Aber...
»Komm schon, Babs, ich weiß, daß du es bist.«
Tell me more, tell me more, was it love at first sight? So die Mädchenstimme.
»Du weißt, daß ich dich liebe.«
Tell me more, tell me more, did she give you a treat? So die Jungenstimme.
»Wer – Sybil? Red mir nicht von Sybil, Babs.« Einladend zog ich meinen Reißverschluß auf. *Goin' trollin'.*
Die kleine Kugel wurde größer und immer mehr rosa. Ein süßlicher Moschusgeruch stieg mir in die Nase, und ich hatte im Handumdrehen Lust. Sie auch, und ab ging die Post. Die Zähne von meinem Reißverschluß nagten wie verrückt an mir, aber für den Augenblick spielte das keine Rolle. Wir küßten uns und schon war es vorüber.
»Leg mal los, Babs: All die anderen Kugeln, bist du das auch?«
»Aber zsicher, Lieblink.« Es war das erste Mal, daß ihre roten Lippen zu mir sprachen. Ich war mir gar nicht sicher gewesen, ob sie das überhaupt konnten. »Ich bin mehr alzs vierdimenzsional, weizss du. Nicht einvach nur eine Hyperkugel. Mein firkliches Zuhause ist der Hiebert-Raum.«
»Unendlichdimensionaler Raum? Könntest du mich dorthin mitnehmen?«
»Nun, dazs follte ich zschon beim letztenmal. Nachdem ich diezsen dummen Knoten gelözst hatte, huzschte ich wie der Blitz in den Hilbertraum, um nachzuzsehen, ob allezs okay war. Vorher legte ich dich aber im 4D-Raum ab. Ich dachte, du fürdezst dort auf mich farten. Aber alzs ich fiederkam, far nichtzs mehr da.«

»Woher sollte ich wissen, daß du zurückkommen würdest? Ich konnte sowieso nicht dort bleiben. Meine Kinder zogen mich zurück.«
»*Kinndär?* Liebzst du mich nicht mehr alzs zsie?«
»Werden sie mich davon abhalten, mit in den Hilbert-Raum zu gehen?«
»Nein, nein, Lieblink. Fir können durch die fünvte Dimenzsion hinauzs oder durch die zsechzste. Dann ist'zs kein Problem mit den Zeitwürmlein. Bizst du zsofeit?« Wieder fing sie an zu wachsen, wurde größer, größer als in der Villa Borghese.
»Aber zurück zu meiner ersten Frage. Warum spaltest du dich in so viele Teile auf? In Rom habe ich eine ganze Menge von dir gesehen, und jetzt im Kino auch.«
»Zso izst dazs eben. Ich bin überall, mein Zsüszer. Allezs vür alle Männer... und vür alle Vrauen auch!«
»Aber was steckt dahinter?«
»Ich möchte, dazss ihr alle zusammenkommt. Ich möchte, dazss ihr alle euch alzs Gruppe lockert. Komm jetzt, mein Zsüszer.«
Ohne weiter nachzudenken, begann ich, mich auszuziehen. Die gigantischen Lippen schlugen über mir zusammen, und ohne mich wehren zu können, war ich weg.
Diesmal mußte Babs mich direkt in ihr Nervensystem eingestöpselt haben. Nachdem sie mich verschluckt hatte, wurde es um mich heller und heller. Ich sah Hunderte, ja Tausende von Bildern gleichzeitig. Ich sah, was Babs aus jeder einzelnen ihrer irdischen Sektionen sah.
Neugierige Kinder, verträumte Mädchen, keuchende Knaben, erregte Frauen, knurrende Männer.
Fummelnde Finger, feuchte Lippen, pumpende Fäuste.
Leute redeten, glotzten, zogen, trieben und rieben Babs, während sie küßte, ihre Zunge kreisen ließ und den anderen zusah. Sie amüsierte sich prächtig.
Aber nicht sonderlich viele von Babs' Partnern waren Frauen. Und nicht jeder freute sich, sie zu sehen. Es gab einige verbissene Gesichter dort draußen, es gab Leute, die vor Angst und Wut schrien. Fäuste und Messer droschen auf sie ein, aber Babs rührte sich niemals von der Stelle.
Die Aggression auf diesen Gesichtern veranlaßte mich zu einer Denkpause. Worauf wollte Babs hinaus? Eine vollständige Invasion der Erde? Tief drinnen in ihr eingeklemmt fühlte ich mich gar nicht wohl. Ich dachte an Wespen, die ihre Eier in gelähmte Beute ablegen. Sollte ich bei der Attacke des Riesenhinterns aus dem Hilbert-Raum das erste Todesopfer sein?

»Hey, Babs!« versuchte ich zu schreien. »Laß mich raus!« Aber mein Schrei wurde durch die stark riechenden Falten ihres Fleischs erstickt. Guter Gott! Warum hatte ich mich hierauf eingelassen?
Das vielfache Bild von all denen, die Babs liebten und haßten, blendete sich aus, und es wurde dunkel. Ein Gefühl der Bewegung! Ich zappelte und strappelte und versuchte, den Weg hinaus, zurück zum Licht zu finden.
Und dann war ich mit einem Mal wieder draußen.

Nun, wie hättet ihr's gern? Musik und eine Lightshow? Stroboskopische Bildmontage? Männer mit witzigen Hüten? Habt ihr Ken Russells Film *Altered States* gesehen? Die für mich aufregendste Passage war, nachdem der Typ in der FSZAAATT! Höhle von dem Pilzsud kostet und SZASZASZASZASZ! und SZABSZZZT aussteigt. 'Ne Eidechse dort draußen. Oder seine Frau. Eidechse. Sphinx. Heftig wehender Sand. Beide sind von grauem Sand bedeckt, das Sphinxding auf den Ellenbogen, er in fötaler Position liegt auf der Seite. Der Wind weht und weht und bläst. Der Sandsturm nagt an den zwei Gestalten, erst sind sie real, dann rudimentär, dann elementar. Und dann bleibt nur der Wind und gekräuselter Wüstenboden.
Fangen wir mit dem Geräusch des Windes an. Ein Geräusch, das ihr möglicherweise schon früher mal gehört habt, irgendwann in der Nacht, wenn eure Gedanken keine Ruhe gaben, obwohl euer Körper bereits schlief. Wie ist ein Traum wirklich beschaffen? Wie kommt's, daß wir ihn so leicht vergessen können?
Wie sieht's im Hilbert-Raum aus? Ihr solltet das wissen. Ihr lebt dort.
Auf der elementarsten Ebene schwindet die Realität in etwas dahin, das Schrödingers Wellengleichung genannt wird: eine mathematische Abstraktion, die am besten als ein Muster im unendlichdimensionalen Raum, dem Hilbert-Raum, dargestellt wird. Jeder Punkt des Hilbert-Raums repräsentiert eine mögliche Zustandsform. Die Wellengleichung nimmt für irgendein körperliches oder geistiges System die Form einer, sagen wir, *Kolorierung* des Hilbert-Raums an. Die grellbunten Teile repräsentieren wahrscheinliche Zustände des Systems, die dunkleren Teile repräsentieren weniger wahrscheinliche Zustandsformen.
Die Sache mit der Farbe ist schon verwirrender. Nicht jede Eigenschaft eines Systems läßt sich als eine endliche raumzeitliche Lage der Dinge definieren. Zum Beispiel die Tendenz eines Systems, sich von Zustand A auf Zustand B zuzubewegen, aber nicht von Zustand B zu Zustand A... eine derartige Tendenz ist nicht irgendein spezifisches Ereignis, auf das man in Raum und Zeit zeigen kann. Diese nicht spezifischen

Eigenschaften entsprechen alles umfassenden *Gestalten* in der Hilbert-Raum-Farbgebung. Abwechselnd rote und grüne Bänder könnten beispielsweise ein Teilchen repräsentieren, welches sich von links nach rechts bewegt, aber keinen spezifischen Standort hat. Gute Stimmung könnte ein goldener Schleier sein, der mit keinem besonderen Anlaß verknüpft ist.

Den Hilbert-Raum können wir uns als ein weiträumiges Katalogisieren aller möglichen Ereignisse vorstellen. Die Ereignisse sind entlang unendlich vieler lotrechter Achsen angeordnet: rechts/links, glücklich/betrübt, nahe/fern, nüchtern/betrunken, Vergangenheit/Zukunft, heiß/kalt, wahr/unwahr, männlich/weiblich, naß/trocken, Sonne/Mond, bitter/süß, Materie/Antimaterie und so weiter. Unser Universum entspricht dann einer bestimmten *Kolorierung* dieses Raums.

Und jeder Teil des Universums trägt das Seinige dazu bei. Du liest, ich schreibe. Zwei strahlend helle Punkte. Verschiedene Farbbänder gehen von euch aus und legen Zeugnis ab von euren Stimmungen und Vorlieben. Auch von mir gehen Bänder aus... und dort, wo unsere Bänder sich kreuzen, entsteht eine Interferenz. Du veränderst mich, und ich verändere dich. Jeder Teil des Universums trägt etwas dazu bei.

Insgesamt betrachtet, machen all die einzelnen Beiträge die Welt aus, wie sie ist: eine bestimmte Kolorierung des Hilbert-Raums: die universale Wellengleichung. Und vergeßt nicht, daß auch Zeit als solche in diesem Muster verschlüsselt ist. Das Muster ist nicht etwas, das sich entwickelt: das Muster *ist*. In der Theologie wird dieser Gedanke so ausgedrückt, daß man sagt, Gott erschafft das gesamte Universum *jetzt*. Er schöpft gestern, heute und morgen gleichzeitig. Muß er auch, da alles von allem anderen abhängt. Das Bild ist das eines untersetzten weißhaarigen Mannes, der einen Eimer miteinander vermischter Farben gegen eine Wand schleudert. PLATSCH! *Fiat lux*, es werde Licht, der Job ist erledigt.

Aus welchem Grund auch immer, wir finden es einfacher, Hilbert-Raummuster im Sinne von Zeit zu »lesen«. Dennoch existieren die Muster außerhalb der Zeit. Zeitlos zu denken, ist keine ungewöhnliche Fertigkeit: Wenn man an das gestrige Abendbrot denkt, erlebt man ein ganzheitliches Replay und nicht eines, das jeden einzelnen Happen in Erinnerung ruft. Um die Handlung eines Romans zu memorieren, geht man nicht in der Wort-für-Wort-Reihenfolge vor, sondern es geht darum, das vierdimensionale Raumzeit-Ganze zu beschreiben.

Als Babs mich im Hilbert-Raum freisetzte, befand ich mich außerhalb von Zeit, außerhalb von Hyperzeit, außerhalb des ganzen Tick-tick-tacks. Ich bin stets dort gewesen, und ich bin, indem ich dies schreibe,

immer noch dort. Auch du bist an diesem Ort, und einen anderen gibt es nicht. Doch wie sieht der aus?
Er sieht aus wie das Zeugs in deinem Kopf. Dein Verstand ist ein direktes Fenster in den Hilbert-Raum. Unendlichdimensional? Sicher. Schau an den Wörtern vorbei auf den kontinuierlichen dunklen Fluß der Gedankenformen. Wenn man kommt, zeigt er besondere Lebendigkeit.
Japanische Landschaft, verwestes Leichengesicht, Bettpfanne, Bibellippen, fliegender Teppich, Sternenbanner, Töpferscheibe, zehn Jahre, Ixtlan, 5 Komma 237890718, Hund mit Menschenbeinen, was Maisie wußte, Feuerwerkskörper, Geruch von Tesafilm, die Supremes, Wildwasserfahrt, Geschütztürme und blaues Wasser.
Das Aufblitzen des Orgasmus taucht dieses Gewirr in helles Licht. Wie ein Blitz über Venedig, wie Leuchtpatronen über dem Amazonas. Es ist jedesmal zuviel auf einmal; es ist jedesmal dasselbe.
Materie, Verstand, Geist: all dies ist ein Teil des Musters des Hilbert-Raums. Ich habe es gesehen und habe mein Bewußtsein aus Alwin Bitter heraus- und wieder hineinfahren lassen. Das Ganze ist/war in Blitzen da, aber jedesmal, wenn ich es berührte, fuhr »ich« als beschränkter Sucher völlig nervös zurück. Babs war bei mir, und ich wußte schließlich, was in ihr vorging.
Babs war einst selbst eine ganze Rasse von Wesen. Sie nahm ihren Anfang als eine Art Gruppenbewußtsein oder Rasse-Erinnerung. Die Wesen, von denen sie abstammt, machen sich nicht länger Mühe zu existieren... sie sind vollständig in sie übergegangen. So sollte es auch sein. Schließlich entspricht jede Form im Hilbert-Raum der höchsten Entwicklungsstufe jeder beliebigen Rasse. Eigentlich der vorletzten, da am Ende die freudige Auflösung in Weißes Licht steht.
Was hat es aber nun mit der körperlichen Existenz auf sich? Bedeutet das nicht, eine Menge aufzugeben? Im Hilbert-Raum ist die physikalische Existenz nur noch eine relative Sache. Relativ zu dir ist die gedruckte Seite physisch existent. Relativ zu *mir*, Alwin Bitter, ist Babs physisch existent. Der Archetypus Donald Duck ist für Daisy Realität. Romeo, darf ich vorstellen: Julia; Julia: Romeo.
Für euch sind die Wesen, von denen Babs abstammt, niemals wirklich »real« gewesen. Sie waren nicht einmal Organismen... sie waren lediglich eine gewisse Klasse mathematischer Theoreme, denke ich mir, oder irgendwas, was mit Raumzeitverwerfungen in einem der alternierenden Universen zu tun hat.
Als Lafcadio jener Babs-Sektion in die Falle ging, war sie im Hilbert-Raum wohl verankert und drauf und dran, sich endgültig mit dem Einen zu vereinen. Ein Teil ihres Verstandesallerleis schob als dieses oder jenes

exotische Teilchen Dienst. Lafcadio erwischte ein Stück, hielt es fest und zog. Babs blickte *kata*, sah unsere Welt und beschloß, ihre Freiheit zu erkämpfen. Und so nahm die Bombe, ihren Anweisungen entsprechend, Form an und sprengte sie los. Aber dann, ja, aber dann... beschloß sie zurückzukehren.

Bei ihrem Kontakt mit der menschlichen Rasse war Babs wie Gottes Zunge, die in einem Loch in einem Zahn ein Essensrestchen findet. Blind und einsam faulten wir alle vor uns hin, bis unser neuer Erlöser uns fand. Babs kam, um uns alle zusammenzubringen. *Swing low, sweet chariot, comin' for to carry me home!*

Irgendwann war ich dann zurück. Endlich wurde mir Babs' Bedeutung klar, und ich begriff die große Aufgabe, die vor mir stand.

Ich setzte mich auf meiner Pritsche auf. Die glänzende Kugel war verschwunden... ich brauchte sie jetzt auch nicht. Ich wollte mich von den Gefängnismauern befreien. Ich schloß die Augen und blickte in den Hilbert-Raum. Ein heller Fleck. Mein Körper. Wahrscheinlich war er im Gefängnis, mit geringerer Wahrscheinlichkeit war er nicht dort. Hocherfreut über Gottes Liebe, ließ ich mein Istsein von hier nach dort fließen und quantendurchtunnelte mich durch die profane Wand.

Ich öffnete die Augen und stand einen Augenblick auf dem Parkplatz, der an das Patrick-Henry-Village-Kittchen grenzt. Es war dunkel. Ich konnte leuchtende Teile von Babs sehen, die hier und dort durch die frische Nachtluft schwebten. Die noble Babs wollte, daß jedermann an meiner Vision teilhatte.

Ich ging los. Barfuß. Der Asphalt fühlte sich angenehm an. Ich ging an mehreren Army-Wohnblocks entlang. Ich fragte mich, wie viele dort drinnen mit Babs vertrauliche Gedanken austauschten. Schon bald würden alle es tun.

In meinem Kopf sprudelte es nur so von Ideen, von Plänen, Babs zu jedermann zu bringen. Ich sah mich als Johannes den Täufer – oder gar als – warum nicht? – Jesus.

Messias. Ich sprach das Wort zu mir selbst, genoß seinen Klang. *Messias.*

Irgendwo hinter mir ging eine gellende Alarmglocke los. Der Wärter mußte meinen Ausbruch bemerkt haben. Narr.

Wohin jetzt? Nach Hause nicht. Noch nicht. Huba! Ich würde meinem Freund Huba Moller einen Besuch abstatten. Und wie dort hingelangen? Warum nicht fliegen!

Was wollen Frauen?

»Warum ist Daddy schon wieder im Fernsehen?« wollte Ida wissen. »Ich will, daß er hier bei uns ist.«
»Er muß ins Kittchen«, sagte Sorrel. »War Daddy böse, Ma? Gibst du mir das Ketchup, bitte?«
»BUMMM!« brüllte Tom. »Weißt du noch, Ida? BUMMM!«
»Wollt ihr wohl still sein?« sagte Sybil kurz angebunden. »Ich versuche, die Nachrichten mitzubekommen.«
Die gutgenährte deutsche Blondine, die die Nachrichten sprach, fuhr fort, aus ihrem gemieteten Fernseher zu reden. Sie war nicht plump... einfach nur stämmig. Strotzend vor Gesundheit. Wieder einmal wunderte Sybil sich, wie die Deutschen so viel essen konnten und trotzdem so gut in Schuß waren.
»Will irgendeines von euch Kindern noch Spaghetti? Ida, du hast dein Essen überhaupt noch nicht angerührt. Bevor du nicht deinen Teller leerißt, gibt es keinen Nachtisch.«
»Das ist gemein!« rief Ida und brach in Tränen aus.
»S.D.I.« stichelte Sorrel. »*Schrumpf Dich Irre*. Mammi, Ida wird sich irreschrumpfen und sterben.«
»Still, Sorrel.«
»Aber das sagt Daddy immer, wenn wir nicht essen wollen.«
»BUMMM!« bellte Tom. Das Bild des zerstörten Museums wurde noch einmal gezeigt. Sybil mußte kurz an Virgilio denken.
»Ich bin sicher, daß Daddy morgen wieder bei uns sein wird«, sagte sie, um die Kinder zu trösten. »An der Bombe hat nicht er schuld gehabt. Er muß der Polizei nur erklären, wie es dazu kam.«
»Was gibt's zum Nachtisch?« erkundigte sich Ida.
»Ananas aus der Dose. Iß wenigstens deine Fleischklopse auf.«
»Okay.« Die Zustimmung kam wie ein fettes Quaken. »Aber kein Spabeppi.«
»Mommy«? fragte Tom und blickte von seinem Teller auf. »Mommy, wenn du träumen würdest, daß du gestorben wärst, würdest du dann wieder aufwachen?«
»Man wacht immer wieder auf.«
»Wenn man aber einen Herzanfall hat?« warf Sorrel ein. »Weil man sich zu Tode fürchtet!«
»Habt ihr Kinder denn böse Träume?«

»Die Nacht vor der letzten hatte ich einen«, sagte Sorrel.
»In Rom?« fragte Tom und blickte sie an.
»Ja. Und es war alles unheimlich durcheinander wie... wie Rührei.«
»Es war *schrecklich*«, zog Ida nach. »Ich hatte auch böse Träume.«
»Ihr Armen. Der Traum hatte sicher mit etwas zu tun, das Daddy gemacht hat. Und ihr habt geholfen, ihn zurückzuholen.«
»Hier ist er jetzt nicht.«
»Ich bin sicher, daß er morgen wieder hier sein wird. Und jetzt laßt uns das Geschirr raustragen, und dann gibt es Ananas.«
Die Mädchen halfen, aber Tom kroch unter den Tisch, um seinen neuen Superball zu suchen. Als Sybil die Ananas hereinbrachte, so wie die Kinder sie mochten: in Schüsselchen mit Zahnstochern, hatte Tom seinen Superball gefunden und ließ ihn zwischen Fußboden und Decke hin- und herspringen.
BAT-a-PAT-a-Bat-a-Pat-a-bat-a-pat-a-babab'b'b'b'bbbbbbbbrrrrrthok. Er stieß gegen ein Tischbein und blieb liegen. Tom holte ihn hoch und schleuderte ihn wieder auf den Fußboden. BAT-a-PAT-a-...
»Tom, würdest du dich bitte wieder setzen und deinen Nachtisch essen?«
...'b'b'bbbbbbrrrrrrrrt. Der Ball war diesmal unter die Couch gerollt. Tom kroch wie ein Wurm auf dem Fußboden herum und versuchte, seinen Arm weit genug unter die Couch zu stecken.
»Das ist ein toller Ball«, sagte Sorrel. »Hast du schon mal reingeguckt, Mommy? Man kann darin Sachen sehen, die sich bewegen. Wie unser Traum.«
»Was meinst du damit?«
»Das ist Magie. Alle unsere drei Ostereier sind magisch. Stimmt's, Ida?«
»Schtimmt. Mein Mausilein flüstert zu mir. Sie lebt. *Würklich!*
»Und dein Lieblingskissen spricht auch, nicht wahr, Ida?« Sybil gab ihrer kleinen Tochter einen Kuß.
»Nein, Ma. Nein«, beharrte Sorrel. »Ich habe die Maus sprechen hören. Und wenn keiner zuguckt, lächeln mich meine Puppenköpfe an.«
»Ich glaube, ihr Kinder träumt immer noch. Es ist jetzt Zeit fürs Bad und fürs Bett. Komm, Tom, du kannst deinen Ball morgen suchen.«
Die Kinder nahmen ein vergnügliches, lautstarkes Bad zusammen. Anschließend las Sybil ihnen noch eine Geschichte aus HERR UND FRAU SCHWEINCHEN GEHEN AUS vor, ihrem derzeitigen Lieblingsbuch. Küßchen, Gebete, Küßchen, Lichter aus, letztes Küßchen. Tom war schon eingeschlafen.
Sybil schloß die Schlafzimmertür und setzte sich auf die Couch, auf der

sie und Alwin normalerweise schliefen. Es war kaum zu fassen, daß sie in einer Zwei-Zimmer-Wohnung hausten. Ein Schlafzimmer, ein Wohn/Eßzimmer und eine Schlafcouch. Vor nur einem Jahr hatten sie ein Haus mit vier Schlafzimmern bewohnt. Aber dann hatte Alwin seinen Job als Lehrer verloren und lediglich ein Forschungsstipendium für Heidelberg bekommen. Und alles, was sie sich leisten konnten, war eine Zwei-Zimmer-Wohnung im Wohnkomplex für ausländische Gäste, dem »Gästehaus«. Irgendwie war es ja ein befreiendes Gefühl, nichts zu besitzen. Aber warum mußte der Fußboden nur ein mit grünem Filz belegter Zementfußboden sein? Aus unerfindlichen Gründen war das Parkett unter die Decke genagelt. Hölzerne Zimmerdecken und grüner Filzfußboden. Und was am schlimmsten war, die Couch besaß keine Armlehnen.

Sybil ging in die Küche und öffnete eine grüne Literflasche Weißwein. Das war eine der Sachen, die in Deutschland preiswert waren. Preiswert und gut. Das erste Glas stürzte sie hinunter, dann füllte sie sich gleich ein zweites ein. Gott sei Dank war die Sexkugel, dieses Babsding, jetzt nicht mehr da. Und Alwin mußte der Polizei nur noch berichten, wie er entführt worden war. Nachdem Vizekonsul Membrane von Cortland Burton und seinen Rechtsanwälten unter Druck gesetzt worden war, hatte er sich bereit erklärt, Alwins Story zu unterstützen.

Als Sybil ins Wohnzimmer zurückkehrte, machte sie das Fehlen von Armlehnen an der Couch so wütend, daß sie ihr Glas absetzte und die Couch quer über den Filzboden schob. Sie schob sie bis ans Büchergestell, damit sie ihren Arm auf das unterste Regal legen konnte. So. Sie zündete sich eine Zigarette an und legte dabei den Kopf ein wenig zurück, um keinen Rauch in die Augen zu bekommen. Auch war das Licht hier besser. So. Und wo war das neue Buch aus dem Amerikahaus?

Etwas Helles schimmerte auf dem Fußboden, dort, wo die Couch gestanden hatte. Toms Superball. Aber er *bewegte* sich, o nein, und *wuchs* genau wie die Kugel im Museum!

»*Babs?*« Sybil hatte Mühe, den Namen über die Lippen zu bringen. »Bist du die Sexkugel?«

Der glänzende Globus schwebte jetzt vor ihr. Bilder schwammen darin herum wie in einem Goldfischglas. Es war, als sähe Sybil das, was sie zu sehen erwartete: Farbstrudel, Giulia, blutige Zähne, eine Atombombe. Wie sie sich wünschte, Alwin oder Virgilio wären hier...

Die Kugel schrumpfte ein bißchen und nahm die Züge von Virgilios Gesicht an. »Hey, meine Zsüsze. Geht ezs dir gut?«

»Oh, nein«, protestierte Sybil. »Nicht.«

»Willzst du jetzt?« schnurrte die Kugel. Virgilios Gesichtszüge bepelz-

ten sich, und seine Nase verwandelte sich in einen malvenfarbigen Steifen. Aufreizend nickend glitt er näher.
»Das ist gerade *nicht*, was ich will«, wütete Sybil und schlug mit ihrer Faust zu. »Nicht!«
Die Kugel glättete ihre Oberfläche und färbte sich dottergelb. Zwei schwarze Punktaugen und ein schwarzer Linienmund mit nach oben gebogenen Mundwinkeln. Ein lebendiger Smiley-Button... oder Mao Tsetung mit ungarischem Akzent.
»Warum bist du überhaupt wieder hier?« fragte Sybil. »Alwin sagte, seine Bombe hätte dir die Freiheit geschenkt.«
»Ich fill der ganzen Menzschheit die Vreiheit zschenken«, sprach das gelbe Gesicht. »Alfin begreift dazs.«
»Kannst du den armen Alwin nicht endlich mal in Ruhe lassen? Er hat genug für dich getan!«
»Alfin izst der Heiland, der Erlözser der menzschlichen Razsse; du firzst zschon zsehen. Aber farum hazst du mich eben abgefiezsen?«
»Du willst wissen, weshalb ich dich nicht wollte?«
Der große gelbe Kopf nickte.
»Nun, warum sollte ich? Das war ja nur ein Organ, ohne eine daran befestigte *Person*. Für *Männer* mag so was noch in Ordnung sein. Aber für Frauen...«
»Wazs follen denn Vrauen nun firklich?«
Dieselbe Frage, die Sigmund Freud in die Enge getrieben hatte. Wenn dieser außerirdische Eindringling so eine blöde Frage stellen mußte, dann gab's für die Menschheit doch noch Hoffnung.
»Wenn du das immer noch nicht weißt«, sagte Sybil und zündete sich eine weitere Zigarette an, »dann leg dich nicht mit uns an.«
»Ich habe keine Zeit, mich mit irgendwazs anzulegen. Vrauen müssen zsich mir anzschliezssen, und fenn nicht vreifillig, dann mit Gefalt. Zsollte es nötig zsein, ferde ich euch alle frezssen!« Der lange Mundschlitz ging auf, und die Kugel kam näher.
Und dann läutete das Telefon. Sybil nahm den Hörer ab.
»Hallo, Sybil? Rat mal, wo ich bin.«
»Alwin! Bist du aus dem Gefängnis raus? Soll ich dich abholen? Die Sexkugel ist wieder da. Sie bedroht mich.«
»Ich weiß. Gute alte Babs. Sie hat mir alles gezeigt. Ich bin wie Gott. Rat mal, wo ich bin.«
»In einer Bar an der Hauptstraße.«
»Rat weiter.«
Die Sexkugel drängte sich ganz dicht an Sybil und den Telefonhörer; sie versuchte mitzuhören. Sybil versetzte ihr einen festen Stoß.

»Alwin, wo du steckst, ist mir wirklich ziemlich egal. Komm heim und steh mir bei!«
»Ich bin am Himmel, Sybil. Ich schwebe hoch über dir in der Luft, vielleicht dreihundert Meter hoch. Und paß auf: Ich benutze kein Telefon!«
»Du bist immer noch im Gefängnis, Alwin, stimmt's? Bist du auf irgendwas *high*?«
»*High* schon, aber nicht auf irgendwelchen Drogen. Und wenn du mir's nicht glaubst, geh einfach mal raus und sieh nach oben. Sind die Schweine da?«
»Meinst du die Kinder?«
»Die Polizei, Sybil. Ist die Polizei schon bei uns aufgekreuzt?«
»Nein...«
»Das werden sie aber. Sag ihnen, sie sollen abdampfen. Sag ihnen, die Wiederkunft Christi stünde bevor und daß ich der neue Christus bin. Sag's auch den Zeitungen.«
»Ich dachte, das wäre nun vorbei, Alwin. Ich dachte, alles würde wieder normal werden.«
»Geh mal vor die Tür, Sybil. Sieh in die Luft!«
Die Sexkugel schoß zur Verandatür und versuchte sich an der Türklinke, wie ein Hund, der wie versessen gassigehen will. Sybil öffnete die Tür und schritt auf die kleine Veranda hinaus, die zu ihrer Wohnung gehörte.
Das Gästehaus für ausländische Wissenschaftler ist hoch über dem Nekkar an einem Berghang gelegen. Als Sybil die Tür öffnete, konnte sie den Diesel eines Flußdampfers hören, der sich flußaufwärts mühte. Im Scheinwerferlicht der auf beiden Seiten des Neckars dahinbrausenden Autos erkannte Sybil die langgezogene gedrungene Form des Schiffskörpers. Und auf der Zufahrtsstraße zum Gästehaus sah sie das Blaulicht eines Streifenwagens. Wenn Alwin wirklich entwichen war, würden die Bullen jeden Augenblick da sein.
Sybil hob den Kopf in den Nacken und schaute an den Brombeeren und den hohen deutschen Tannen vorbei nach oben. Es war eine klare, sternengesprenkelte Nacht. Hoch in der Luft schwebte etwas Dunkles und Zerzaustes. Sybil schüttelte sich vor Angst, einer Angst, wie sie sie niemals zuvor gespürt hatte.
Die Sexkugel schoß wie der Blitz nach oben, um sich zu dieser Zaubergestalt zu gesellen, und im blassen Licht, das sie ausstrahlte, erkannte Sybil sofort: Alwin. Das war Alwin, der mit ausgebreiteten Armen über ihr trieb. Oh, Alwin, bist du für immer von uns gegangen?
Plötzlich vernahm sie ein wildes Klopfen an der Wohnungstür und dann

das Geräusch eines Nachschlüssels im Schloß. Eines der Kinder fing zu weinen an. Sybil lief in die Wohnung, um die Eindringlinge zu empfangen.

Herr Blöd ging voran, sein rotes Gesicht glühend vor Zorn. Er war der Hausmeister und haßte Kinder wie die Pest. Sie nannten ihn die »Killertomate«. Dichtauf folgten zwei ältere amerikanische Militärpolizisten mit Schlagstöcken in der Hand. Denen wiederum folgten drei deutsche Polizisten mit grünen Mützen und automatischen Waffen im Anschlag.

»Wo ist der Herr Professor?« kreischte Herr Blöd. »Er ist ein gesuchter Terrorist! Ab morgen ist Ihre Familie ausgewiesen, Frau Professor!«

Frau Professor! Sybil faßte das als Beleidigung auf. Dieser Titel hatte aber auch gar keinen organischen Bezug zu ihrer Existenz als individuelle Person. *Frau des Professors...*

»Hauen Sie ab«, sagte Sybil, unbewußt Alwins Ratschlag befolgend.

»Was ist los?« jammerte Sorrel mit angstverzerrtem Gesicht von der Schlafzimmertür her. Die Polizisten sahen, daß die Verandatür offenstand, und eilten hinaus. Alwins Stimme drang, schwach und entfernt, vom Himmel herab und brabbelte irgendwas Unverständliches, irgendwas Religiöses.

»Da isser!« bellte einer der Polizisten.

»Aber das ist doch unmöglich... Fliegt der etwa?«

Die Militärpolizisten peilten mit reumütigem Ausdruck auf dem Gesicht ins Schlafzimmer der Kinder, während Herr Blöd das Badezimmer untersuchte.

»Was wird da überhaupt geredet?« fragte einer der Soldaten und machte eine Kopfbewegung zur Veranda hin.

»Daß mein Mann fliegen kann. Es stimmt, das kann er wirklich.«

Die Augen des Mannes traten hervor, und sein Mund ging stumm auf die Suche nach Wörtern. Währenddessen hatte Sybil Zeit, das Namensschildchen auf seiner Uniform zu lesen. RON BLEVINS, SR. Mit der verschwommenen Absicht, eine Beschwerde einzureichen, las sie auch den Namen des anderen Soldaten. BING BONE. Der sah betrunken aus. Dunkelhäutig, drahtig und verschlagen... ein richtiger kleiner Pirat. Der andere, Blevins, war fettleibig und hatte Arme wie Stecken... Arme, die herumfuchtelten wie die Fühler eines aufgeregten Kartoffelkäfers. Ein Pirat und ein Kartoffelkäfer, die besten Männer der Nation.

»Was geht hier vor, Mommy?« fragte Sorrel und klammerte sich ängstlich an ihr Bein. Nebenan fing Ida an zu weinen.

»Sei lieb und kümmer dich um Ida, ja? Die Polizei wird uns nichts tun. Sie haben sich geirrt, das ist alles.«

»Aber, Mommy...«
»*Bitte*, Sorrel!«
»Ich habe Angst.«
»Ich werd dich wieder zudecken.« Sybil funkelte Herrn Blöd so böse an, wie sie nur konnte, und schob Sorrel ins Schlafzimmer. Alle drei Kinder waren wie aufgedreht und voller Fragen. Schließlich konnte sie nicht anders und ging einfach hinaus.
»Sagten Sie, Ihr Ehegatte könnte fliegen?« fragte Bing Bone, der kleine Pirat. Mit der linken Hand machte er eine Fliegerbewegung, und Sybil bekam mit, daß unter seinen Fingernägeln rostrote Spuren waren. Blut?
»Meine Frau hatte diese Nacht ihre Bibelvision«, warf Kartoffelkäfer Blevins ein. »Sie rief mich an. Erst nach ihrem Anruf, erst dann hab ich gemerkt, daß dieser Mann ausgerückt war. Sie meinen, er kann wirklich fliegen?«
»Ich... ich hab meine verstorbene Frau gesehen«, sagte Bone.
»Unsere Tage sind gezählt!« meckerte Blevins.
»Was sagen die Soldaten?« fragte einer der Polizisten. Offensichtlich sollte Sybil für die internationale Jagdgesellschaft den Dolmetscher spielen.
»Quatsch!« sagte sie einfach.
»Wir suchen weiter.« Die drei Polizisten trollten sich von dannen, ihre Waffen hatten sie diagonal vor den Körper gehalten. Herr Blöd blieb und beäugte Sybil und die beiden Soldaten voller Mißtrauen. Sie war sogar froh, daß er noch da war. Halb bekloppte Tölpel wie Bevins machten sie nervös. Und dieser finstere kleine Piratentyp mit Blut an den Händen, der von seiner verstorbenen Frau sprach... Schauderhaft.
»Es tut mir schrecklich leid, daß ich Ihnen nicht weiter zu Diensten stehen kann«, sagte Sybil in gepflegtester Sprache. »Auf Wiedersehen.«
Blevins sah aus, als würde er am liebsten bleiben und das Buch der Offenbarungen mit ihr diskutieren, aber Bone war anständig genug, ihn zum Gehen zu bewegen.
»Auf Wiedersehen, Mrs. Bitter.«
»Wiedersehn«, fiel Blevins ein. »Und, Ma'am, Sie sollten heute nacht Ihre Bibel auf den Schoß nehmen. Meiner Frau hat das unheimlich gutgetan.«
Herr Blöd, das Tomatengesicht, feuerte seinen letzten Schuß ab. »Ab morgen sind Sie ausgewiesen!«
»Nein!« schrie Sybil. »Nein, nein, nein!« Sie schlug die Tür hinter Blöd zu und hängte die Kette ein. Zum Glück hatten sie ja schon einen Anwalt.

Die Kinder waren in hellem Aufruhr, und es dauerte eine halbe Stunde, bis sie wieder beruhigt waren. Endlich war auch das getan, und Sybil konnte sich mit einer Zigarette und einem Glas Wein wieder hinsetzen.

Das Telefon läutete erneut. Irgendwas in Sybil drehte durch. Sie knirschte mit den Zähnen und riß die Telefonschnur aus der Wand. Das Telefon läutete trotzdem weiter. Seufzend nahm sie den Hörer auf.

»Hallo, Alwin.«

»Woher wußtest du, daß ich es bin?«

»Wo bist du?«

»Glaubst du, daß unser Telefon abgehört wird?«

»Nein. Ich hab's grad aus der Wand gezogen.«

»Warum das denn? Hast du schlechte Laune? Du hörst dich gereizt an.«

»Alwin, ich gehe. Ich nehme die Kinder und fliege morgen nach Amerika zurück. Dies Herumsitzen und Frau Professor sein, während du dich in Dimension Z herumtollst... Ich halt das nicht mehr aus.«

»Woher willst du das Geld für die Tickets nehmen?«

Das ließ Sybil erst einmal verstummen. Ihr Konto war praktisch leer. Ihr Vater würde niemals das Geld für die Rückreise in die Staaten geben... er würde Sybil bitten, zu bleiben, um ihrer Mutter in Frankfurt Gesellschaft zu leisten. Die entsetzliche Hilflosigkeit ihrer Situation kam ihr in den Sinn, und sie fing an zu weinen.

»Hey«, hörte sie Alwins Stimme durchs Telefon. »Hey, Sybil, nicht weinen. Ich werd das Geld besorgen. Ich werd es auf unser Konto bei der Bank tun.«

»Wie?«

»Ich kann alles. Wirklich! Ich werde mich einfach in ihren Computer einschalten und...« Seine Stimme brach ab. Sybil saß eine ganze Minute da und hielt die tote Leitung in der Hand.

Da saß sie mit einer toten, einer unterbrochenen Telefonleitung in der Hand. Sie halluzinierte ja wohl. Gott, war das eine Situation! *So* schlimm war es noch niemals gewesen. Sie mußte nach Amerika zurück, zurück zu Freunden. Sie könnte bei den DeLongs Unterschlupf finden, oder bei...

»Sybil?... Sybil?« Alwins Stimme. Die Leitung lebte wieder. »Ich hab's geschafft: zwanzigtausend Deutsche Mark auf unser Konto transferiert. Das sind mehr als zehntausend Dollar. Heb es morgen ab. Heb es in bar ab, bevor sie dahinterkommen. Und dann ab nach Amerika. Nimm erster Klasse! Sobald ich hier alles ins Rollen gebracht habe, werde ich dich suchen. Du fehlst mir, meine Kleine.«

»Wo...« Sybil hatte Mühe, ihre Stimme zu kontrollieren. »Wo soll ich denn hin? Wie soll ich allein mit den Kindern fertig werden, Alwin? Du kannst mich nicht einfach so wegschicken.«
»Ich werde dort sein. Ich verspreche es, ich werde dort sein... Nächste Woche, vielleicht schon früher. Warum gehst du nicht nach Maine. Dort werde ich dich treffen.« Alwins Familie hatte ein Ferienhaus in der Nähe von Boothbay Harbor.
»Ich werde ganz alleine sein.«
»Überred meine Mutter, sie soll kommen. Oder einen von unseren Freunden. Ruf doch einfach Nancy in Boston an.«
»Wo bist du, Alwin?«
»Im Augenblick sitz ich auf einem Baum. In Hubas Garten. Die Nacht werde ich bei ihm verbringen. Er kann mir helfen, die Dinge ins Rollen zu bringen.«
»*Was* ins Rollen zu bringen?«
»Das Ende der Welt. Das tausendjährige Reich Christi. Babs wird der gesamten Menschheit behilflich sein, eine höhere Ebene zu erklimmen. Es wird wunderbar sein. Hast du nicht Lust, das Fliegen zu lernen?«
»Lieber hätte ich einen Ehemann. Und einen Vater für meine Kinder.«
»Sybil. Fang doch nicht von so was an. Dies hier ist viel großartiger.«
»Für dich.«
»Mach's gut, Darling. Also dann, bis Maine. Wenn nicht vorher schon im Himmel.«
»Ach, Alwin. Wiedersehn.«
Wieder erstarb die Telefonleitung. Sybil legte den Hörer auf die Gabel. Es war fast Mitternacht, aber auf Schlaf konnte sie nicht hoffen.
Irgendwas kam aus dem Schlafzimmer gerollt. Idas Mäuschen. Babs mal wieder.
»Raus hier!« schrie Sybil in einem Anflug von Angst. Sie ergriff die Maus, ging ins Schlafzimmer und fand die Puppenköpfe. Sie nahm alles mit hinaus auf die Veranda und warf es in die Luft.
Ich will nicht die nächste Welt, dachte sie. *Ich will diese hier.*

Fischen mit Huba

Ich wollte Huba nicht zu sehr in Erstaunen versetzen, also betrat ich seine Wohnung auf normalem Wege: indem ich läutete und die Treppen hinaufstieg. Seine Frau Ute öffnete mir.

Ute war Deutsche. Von kleiner Statur und dunkel, trotzdem ziemlich attraktiv. Huba war ungarischer Immigrant, der vor ein paar Jahren über Jugoslawien geflüchtet war. Er hatte Ute geheiratet und somit die deutsche Staatsbürgerschaft erlangt. Zur Zeit arbeitete er in einer Firma, die Zahnersatz herstellte, und sie arbeitete in einem Lebensmittelgeschäft. Sie lebten ganz gut und liebten es, Parties zu veranstalten, vor allem Huba.

»Professor Bitter«, rief er aus dem Wohnzimmer, als er meine Stimme hörte. »Phantastisch! Wein, Ute! Musik! Rolling Stones!« Obwohl keiner von uns perfekt Deutsch konnte, war das die einzige Sprache, die wir gemeinsam sprachen.

»Und was bringt dich so spät noch zu uns?« fragte Ute. »Wo ist Sybil?«

»Habt ihr nicht die Nachrichten gesehen?«

»Was für Nachrichten?«

»Sie haben mich festgenommen, als Terrorist. Ich bin gerade ausgerissen.«

Bei diesen Worten steckte Huba den Kopf durch die Wohnzimmertür. Er war ein kräftig gebauter, hochaufgewachsener Mann mit Kraushaar und buschigem Bart. Er hatte für sich selbst eine Prothese mit vier falschen Zähnen angefertigt. Manchmal, wenn wir uns gemeinsam betranken, nahm er die Brücke aus dem Mund und legte sie mit der Unterseite nach oben.

»Waaas?« sagte er und rollte die Augen. »Terrorist? Ich hab's ja schon immer gewußt.«

»Weiß Sybil, daß du ausgerissen bist?« fragte Ute und führte mich ins Wohnzimmer.

»Ja, ich habe eben am... am Telefon mit ihr gesprochen. Die Bullen haben schon zu Hause nach mir gesucht. Kann ich heute bei euch übernachten?«

»Aber natürlich«, sagte Huba. »Du nimmst Ute, und ich nehme die Couch.« Natürlich meinte er das nicht so... Das war lediglich Ausdruck seiner übertriebenen ungarischen Gastfreundschaft.

»Schwein«, tadelte Ute ihn mit einem Lachen. Dann, an mich gewandt:

»Es macht mir wirklich keine Mühe, dir die Couch herzurichten. Ist ja als Gästebett gedacht. Aber weshalb ist die Polizei hinter dir her?«
Ich zögerte. Es war eine solch lange Geschichte. Warum sollte ich mir die Mühe machen, sie in meinem so wenig eleganten Deutsch Wort für Wort zu erzählen? Statt dessen ließ ich mein Bewußtsein fließen und sich mit Utes und Hubas verbinden. Es dauerte nur einen Augenblick, und sie kannten die ganze Kette der Ereignisse. Als die Neuigkeiten sich setzten, herrschte eine Weile Schweigen.
»Was...?« sagte Huba mit bedächtiger Stimme. »Ich hab nicht ganz mitgekriegt, was du jetzt vorhast?«
»Er ist des Teufels«, rief Ute erregt. Sie sah ängstlich aus und bewegte sich von mir weg. »Schick ihn fort, Huba!« Erst viel später sollte mir klarwerden, daß sie Babs' Pläne sehr viel besser durchschaut hatte als jeder andere von uns.
»Aber, nicht doch«, protestierte Huba und sprang auf die Füße. »Alwin ist mein bester Freund. Möchtest du einen Schluck von diesem ausgezeichneten französischen Wein, Alwin? Trink, hör Musik... Ich habe hier eine neue Platte, weißt du. Pink Floyd. Ute, bring den Wein, bring gleich zwei Flaschen. Hier, Alwin, nimm eine Zigarre.« Ich sah wohl, daß Huba das überdachte, was ich ihm soeben »erzählt« hatte, aber für den Augenblick spielte er den Gastgeber wie gewöhnlich.
Ute seufzte einmal tief und ging den Wein holen.
»Diese Sexkugel«, wollte Huba wissen, sobald seine Frau aus dem Zimmer war, »kann ich die mal sehen?«
»Ich glaube, sie ist draußen. Vor ein paar Minuten war sie jedenfalls noch da. Ich bat sie zu warten, bis ich dich informiert hatte.«
»Nun, dann laß uns auf den Balkon rausgehen.«
Das Haus, in dem Huba wohnte, war zwischen die Bundesstraße, die den Neckar entlangführte, und die Eisenbahnstrecke geklemmt. Der Balkon ragte über die Bahngeleise hinaus. Gleich auf der anderen Seite der Gleise erhob sich der steile Hang, der zum Gästehaus hinaufführte. Wenn ich den Kopf hob, konnte ich Babs hoch oben in der Luft schweben sehen wie den Vollmond. Per Gedankenübertragung bat ich sie, zu uns zu kommen.
Im Handumdrehen war sie da, rund und lieblich: die Sexkugel.
»Was für'n Hintern!« rief Huba aus und ließ eine forschende Hand über ihre Pfirsichhaut gleiten. »Erstklassig. Aber, Alwin, das ist doch nicht...«
Aus dem Wohnzimmer waren Utes Schritte zu hören. Blitzschnell brachte ich Babs dazu, wieder auf Taschengröße zu schrumpfen. Huba und ich gingen ins Zimmer zurück, und Ute blieb auf ein Glas Wein bei uns sitzen. Den anfänglichen Schock hatte sie überwunden.

»Du siehst dich also als Erlöser der Menschheit, Alwin, und denkst in Wirklichkeit nur an die Männer. Was aber wird mit den Frauen?«
»Auch als Erlöser der Frauen«, beharrte ich. »Ich will, daß jeder ein Leben im Hilbert-Raum beginnt. Die gegenwärtige Realität können wir vollkommen auflösen.«
»Und das alles nur für einen Hintern?« erkundigte sich Huba. »Das allein macht das Leben auch nicht aus, Alwin. Ich liebe das Körperliche ebenso wie den Nächsten; was aber zählt, ist Konversation. Das Leben des Geistes.«
»Du verstehst einfach nicht«, sagte ich schroff. »Keiner von euch zweien. Aber dieser Wein, der sagt mir zu.« Es war ein ausgezeichneter französischer Weißwein, ein wenig süß, ein wenig sauer. Wie kondensiertes Sonnenlicht. Huba und Ute hatten ihn bei einem Winzer in Straßburg gekauft.
»Hör dir dies mal an«, drängte Huba und reichte mir die Kopfhörer. »Pink Floyd.«
Ich setzte den Kopfhörer auf. Ein durchgehendes akzentuiertes Schlagzeugraster und dann eine schaumige Sahnetorte aus Gitarrenakkorden, die über mir zusammenschlugen. Ich schloß meine Augen. Eine Weile lang vergaß ich, daß ich der Messias war, und genoß den Sound.
Als der Song zu Ende war, nahm ich die Kopfhörer wieder ab. Abrupte Stille. Die beiden hatten über mich gesprochen. In diesem Augenblick wurde mir klar, daß ich keinerlei Möglichkeit besaß, um festzustellen, ob sie die Informationen, die ich ihnen vorhin übermittelte, richtig entschlüsselt hatten. Wenn man etwas laut ausspricht, dann verfügt man ja über eine Kette von Wörtern, auf die man zurückgreifen kann. Wenn man hingegen etwas telepathisch durchgibt, dann liegt objektiv nichts vor, und es gibt keine Möglichkeit, die Sache zurückzuspulen und Irrtümer zu beseitigen. Ich konnte deshalb nicht sagen, welch verworrene Vorstellungen sie von meiner Mission haben mochten.
»Mehr Wein?« fragte Huba ein bißchen zu hastig.
»Klar.« Mit einem Mal fühlte ich mich schrecklich müde. Seit Tagen hatte ich in keinem richtigen Bett mehr geschlafen. Donnerstag nacht auf einem Stapel Lumpen im Kolosseum, Freitag auf einer Plastikcouch im Schatten des Grünen Todes, Samstag... yeah: Samstag hatte ich mit Sybil im Savoy geschlafen. Aber am Sonntag war es dann wieder eine Liegewagenpritsche gewesen, und heute hatte ich mich damit abfinden müssen, eingelocht zu sein. Ich leerte mein Glas in einem Zuge und hielt es Huba hin.
»Kannst du dir morgen freinehmen?« fragte ich ihn. »Es wäre schön, eine Gelegenheit zu haben, die ganze Sache mal mit dir durchzusprechen. Ich

glaube nicht, daß die direkte Gedankenübertragung gut funktioniert hat.«
»Hast du wirklich eine Atombombe zur Zündung gebracht? Ich glaube, ich habe irgend so was gehört. Das warst du?«
»Es kam doch durch die Nachrichten, Huba! Was habt ihr denn das ganze Wochenende über gemacht?«
»Wir waren in Mannheim, hab einen Freund da... was für'n Fest. Kannst du dir nicht vorstellen. Kistenweise Bier und Wein, ein Spanferkel am Rost, ein Käse, so groß wie...«
»Hast du Hunger, Alwin?« fragte Ute höflich.
»Ich bin nur müde. Mein Gott, bin ich müde.«
»Ich werd die Couch zurechtmachen. Steh mal auf.« Ute verließ das Zimmer, um Kissen und Bettbezug zu holen. Eine gutorganisierte deutsche Hausfrau.
»Hör zu«, sagte Huba. »Ich werde morgen anrufen und mir freinehmen. Wir werden angeln gehen... gleich unten am Neckar. Das ist sicher der letzte Ort, an dem die Bullen dich suchen. Und...« Er warf einen Blick über die Schulter. Immer noch keine Ute in Sicht. »Und gib mir die Kugel. Würd sie gern mal ausprobieren, nachdem Ute eingeschlafen ist.«
»Okay.« Ich nahm die weiche kleine Bohne aus meiner Tasche und gab sie ihm. »Du brauchst nur Knutschgeräusche mit den Lippen zu machen, wenn du willst.«

Um sechs Uhr morgens weckte Huba mich auf.
»Komm, Herr Professor. Die Fische beißen.«
Ute war bereits aus dem Haus. Sie und ihr Chef fuhren jeden Morgen um fünf zum Gemüsegroßmarkt. Huba servierte mir Kaffee und ein trockenes Brötchen als Frühstück. In Europa haben sie keine Ahnung, was ein Frühstück ist.
Während ich meinen Kaffee schlürfte, blickte ich aus dem Küchenfenster. Der Neckar überzog sich mit Nebel. Stoßstange an Stoßstange strömten die Autos nach Heidelberg. Alle hatten die Scheinwerfer eingeschaltet, und die ganze Prozession sah wie eine Perlenkette aus.
»Sie ist Ungarin«, sagte Huba mit einem Mal.
»Wer?«
»Deine Sexkugel. Babs.«
»Hast du...?«
Er blickte ein klein wenig peinlich berührt. Noch war er nicht ausreichend verwestlicht, um sich guten Gewissens einer schlüpfrigen Sprache zu bedienen. »Nun... wenn du schon so fragst, muß ich sagen, ja. Aber sie kann auch sprechen und spricht ungarisch.«

»Tja, das kommt daher...« Ich wollte erklären, wie Babs Zsuzsi aufgefressen hatte, besann mich jedoch dann eines Besseren. Was würde geschehen, wenn Babs beschloß, alle Frauen aufzufressen, die nicht mitmachen wollten? Es hatte keinen Sinn, Huba aufzuregen. »Hm, spielt eigentlich auch keine Rolle. Hast du eine Angelrute für mich?«
»Na, klar. Wie wär's mit einem kleinen Slibowitz?« Er griff in den Küchenschrank und nahm eine wie ein Medaillon geformte Flasche Zwetschgenschnaps heraus. Mir drehte sich's im Magen.
»Vielleicht später.«
»Ich nehm' sie einfach mit. Wir gehen eh' nur dort runter.« Er zeigte aus dem Fenster auf das grüne Band auf der anderen Seite der Straße. »Hab ich dir mal meinen Rattenfilm gezeigt?«
»Nein.«
»Das mußt du sehen. Über den Flur hinweg wohnen zwei alte Frauen. Immer wieder beklagen sie sich, es wär' zu laut. Schwestern. Sie haben dort unten, ans Geländer beim Fluß, immer Brot hingelegt. Sie glauben, die Schwäne würden das fressen. So sind sie halt.« Huba sperrte die Augen weit auf und ließ die Lippen schlaff hängen, dann bewegte er seine Hand langsam vorm Gesicht hin und her, um die Teilnahmslosigkeit von Vollidioten zu mimen. »Ratten fressen das ganze Brot, Scharen von riesigen Ratten. Von hier, von diesem Fenster aus, habe ich einen Film davon gemacht. Warte!« Huba flitzte ins Eßzimmer und stellte seinen Filmprojektor auf. »Und jetzt schau, Alwin. Schau dir die Ratten an!«
Wirklich. Er hatte einen Film mit Flußratten so groß wie Katzen, die durchs Gras krochen und dann zur Promenade hinaufkletterten, um an das Brot zu gelangen. Immer mehr Ratten drängten nach, ein Kampf brach aus, der Film war zu Ende, der Projektor ratterte leer.
»Und die wollen einfach nicht auf mich hören«, brummelte Huba.
»Du solltest ihnen diesen Film zeigen.«
»Dumme Kühe. Bevor ich dich heute morgen geweckt habe, waren sie schon am Zanken. Ich bin überrascht, daß du ihr Gezeter nicht gehört hast. Hört sich an, als würden sie bei lebendigem Leibe gefressen. Ach, komm, laß uns angeln gehn, weg von ihnen.«
»Gut. Aber, könntest du mir einen Pullover borgen? Es sieht kühl aus draußen.«
»Klar, natürlich. Kannst meinen nehmen.«
Als wir an den Fluß gelangten, kam die Sonne durch. Der Fluß lag noch immer im Nebel, einem interessanten Nebel. Statt daß sich der Nebel wie Dampf verbreitete, schien er wie in einzelnen Fäden vom Fluß aufzusteigen. Es war, als gäbe es unsichtbare atmosphärische Druckzellen über dem Wasser und als könnte der Nebel lediglich an den Begrenzungen

zwischen den Zellen auftreten. Irgendwo stand ein Picknicktisch, auf den man sich setzen konnte. Ich nahm einen Schluck Slibowitz. Die Ratten rührten sich nicht.
»Speckschwarte«, sagte Huba gerade. »Der beste Köder, den es gibt. Siehst du? Ich nehme ein längliches Stück, das ein wenig wie ein Fisch geformt ist.«
Er präparierte für jeden von uns einen Haken, und wir warfen aus. Er warf den Haken gute zehn Meter weit, aber ich machte irgendwas falsch und landete meinen dicht am Ufer. Winzige Fische, Karpfenfische, die noch kleiner als der Haken waren, knabberten an meiner Schwarte. Ein langer Flußkahn tuckerte vorüber, und der durch ihn verursachte Wellengang trieb die kleinen Fische erst stromaufwärts, dann stromabwärts. Ich versuchte es noch einmal.
»Sieh zu, daß du ihn auf den Grund kriegst«, redete Huba auf mich ein. »Dort unten gibt es Aale. Vorzüglich, aber sehr schwer zu fangen.«
Die Sonne meinte es jetzt wirklich ernst und heizte Nebel und Tau weg. Ich legte mich ins Gras und schloß die Augen. Durch meine geschlossenen Augenlider kam das Sonnenlicht angenehm gelb und orange. Es war toll, allein zu sein. Ich fing an, in Richtung Hilbert-Raum davonzudriften.
»Willst du sie nicht wiederhaben?« fragte Huba in diesem Augenblick.
»Wen?« Ich schirmte meine Augen gegen das Sonnenlicht ab.
»Die Sexkugel.«
»Es gibt jede Menge Kopien von ihr, die alle in einer höheren Dimension miteinander verbunden sind. Wie Finger. Babs plant, die Erde zu sättigen und jeden dazuzubringen, sich in sie zu verlieben. Jeder, der sich dem widersetzt, wird gefressen oder so ähnlich. Und ich soll Ansprachen halten und predigen, daß sie gut ist für euch.« Aber heute besaß ich kaum die Energie, mich auch nur aufzusetzen, geschweige denn, mich auf den Weg zu machen und eine neue Religion zu stiften.
»Ich begreife nicht, wie Babs und du, wie ihr Frauen einberufen könnt«, sagte Huba. »Die sind anders als wir, weißt du.«
»Babs muß nicht nur immer ein Riesenhintern sein«, protestierte ich. »Sie kann ebenso gut eine Kristallkugel sein, die hübsche Dinge zeigt. Oder sie kann ein Männerkopf sein. Glaubst du nicht, daß Frauen einen Männerkopf, der immerzu zuhört und zustimmt, gerne hätten?«
Huba zuckte die Achseln. »Frauen sind kompliziert. Die wollen die Welt immer nur, wie sie ist. Keinerlei Phantasie.«
»Hmm... vielleicht hast du recht. Es ist wohl der Unterschied zwischen dem Allgemeinen und dem Spezifischen. Frauen interessieren sich für das Spezifische, für die Einzelheiten. Männer suchen den Überblick,

interessieren sich für abstrakte Prinzipien. Ich bin bereit, alle Details dieser Welt, so wie sie ist, auszulöschen – nur der herrlichen Regeln des Hilbert-Raums wegen. Das ist ungefähr so, wie wenn einer das Familiensilber verkauft, um Drogen zu beschaffen. Frauen werden da niemals mitmachen. Aber sie werden einfach müssen.«

»Was können die Sexkugeln ihnen denn anhaben?«

In der Ferne hörte ich eine Sirene. Und... und schwache Schreie? Wie viele Kopien von Babs waren in Heidelberg wohl unterwegs? Eine auf jede Frau? Was, wenn...?

»Du hast was am Haken, Alwin.« Huba hatte die beiden Angelruten mit besonderen Haltevorrichtungen festgemacht, und so brauchten wir lediglich die Schwimmer im Auge zu behalten. Meiner zuckte.

Ich setzte mich gar nicht erst auf, sondern reichte mit meinem magischen Energiefeld kurz rüber. Schnurr, schnurr, schnurr, spulte die Spule sich auf. Irgendwas schlitterte ans Ufer... irgendwas äußerst Merkwürdiges.

»Mein Gott!« rief Huba. »Was geht hier vor?«

Auf dem Rasen am Uferrand lag etwas wie ein kleines... Männchen. Doch anstelle von Armen und Beinen hatte er nur ein einzelnes Rad unten dran, ein kleines Rad mit Speichen wie von einem Dreirad. Von dem Rädchen aus führte ein langes röhrenförmiges... Bein – oder war es ein Hals? – nach oben, und am anderen Ende befand sich der Kopf der Kreatur. Seine Haut war gelb und haarlos glatt, sein kahler Schädel länglich und schmal. Seine Nase sprang aus dem Gesicht wie eine Gurke, sein Lächeln kam von einem lippenlosen Mundschlitz.

»Hi, Rubber«, sagte der kleine Mann, spuckte meinen Haken aus und setzte sich hin. »Ich bin Wheelie Willie. Erinnerst du dich?« Er hatte eine hohe, lebhafte Stimme. Indem ich mein Gedächtnis auf Trab brachte, streckte sich Wheelie Willies Körper zu voller Größe und putt-putt-puttete in einem engen Kreis um mich herum und rollte auf seinem Rädchen wie ein Einradfahrer. »Ein dreifaches Hurra für Rubber v. B. Tire!« piepste er.

Erinnerst du dich? Natürlich erinnerte ich mich. Wheelie Willie war eine Figur, die ich während meiner Studienzeit am Rutgers College erfunden hatte. Damals zeichnete ich seine Abenteuer für die College-Zeitung, »Tages-Targum« hieß sie. Gibt's bestimmt immer noch. Die meisten Geschichten gingen um Drogen und Radikalenpolitik, deshalb verwendete ich ein Pseudonym: Rubber v. B. Tire.

»Was hast du denn im Fluß gemacht?« fragte ich ihn.

»Nach Frauen ausgeschaut.« Sein Lächeln wurde breiter. »Ist schwierig, weil's da gar keine gibt. In ganz Heidelberg findet man kaum noch eine.«

»Was ist denn los?« fragte Huba zum zweiten Mal. Natürlich sprachen Wheelie Willie und ich englisch miteinander, das Huba nicht verstand.
»Dies hier ist Wheelie Willie«, erklärte ich. »Er stammt aus einem Comic, den ich früher mal gezeichnet habe.«
»Aber, warum ist er dann Wirklichkeit?«
»Das hat Doktor Bitter sich ausgedacht«, sagte W. W., jetzt auf deutsch. »Er ist so was wie ein Loch im Gewebe der Realität. Überall um ihn herum fangen die Menschen an zu fallen.«
»Ah, Deutsch spricht er«, rief Huba aus. »Aber warum haben Sie keine Arme?«
»Ich kann keine Arme zeichnen«, entschuldigte ich mich. »Niemals kriege ich die Schultern hin. Die Idee dazu kam eigentlich von Charles Manson. Von Kritzeleien, die er während seines Prozesses gemacht hat. In der TIME wurde das Gekritzel mal von einem Psychologen analysiert: ›Manson verleiht seiner Verachtung für die menschliche Rasse Ausdruck, indem er die Arme wegläßt.‹«
»Kennen Sie Babs?« fragte Huba. »Sie gäben ein wunderbares Paar ab.« Er kramte in seinen Hosentaschen herum und zog die kleine weiche Bohne hervor. Bevor ich ihn davon abhalten konnte, hatte er Babs auf Standardgröße geschmiept.
»Kauawumba!« brüllte Wheelie Willie.
»Alfin, ich far zsehr bözse«, flüsterte die Kugel. Unter einer breiten Jumbobrust blinzelte mir ein Schlafzimmerauge zu. Im Handumdrehen hatte Wheelie Willie sich weit nach hinten gebeugt.
»Hot dog!« quietschte der kleine gelbe Clown. »Ich bin auf Hundert!« Er zog seine Riesennase ein wenig zurück und nieste.
»Blörp«, blubberte Babs und sprang in den breiten braunen Bach.
In diesem Augenblick fing Hubas Angelrute an zu zucken.
»Du holst die Beute ein, Alwin«, sagte er. »Ich habe Angst.«
»Nein, danke. Wenn wir noch weiterangeln, wird's hier bald aussehen wie auf einer Brueghel-Radierung. Zischen wir ab, bevor Babs zurückkommt.«
»Könntest du mir die Nase putzen?« bat Wheelie Willie.
Während ich ein Taschentuch suchte, zog Huba ein Messer aus der Tasche und schnitt seine Angelschnur durch. Wir legten die Angelruten zusammen und stolperten das Flußufer hinauf. Wheelie Willie immer hinter uns her.
»Dort drüben steht mein Auto«, rief Huba. »Steig ein, und ich fahr dich runter in die Stadt. Ich, ich werd arbeiten geh'n. Diese Verrücktheiten sind mehr, als ich ertragen kann.«
Ich setzte mich vorn zu Huba, und Wheelie Willie machte es sich zwi-

schen meinen Füßen auf dem Wagenboden bequem. Er war nur etwa einen Meter groß. Und jetzt wollte er wissen, ob ich ein wenig Marijuana bei mir hätte.

»Slibowitz oder gar nichts«, sagte ich zu ihm. »Wir sind hier in Deutschland, und ich hab nichts mehr gekauft, seitdem ich hier bin.«

»Hast du Türken probiert?« piepste der kleine gelbe Kopf. »Hasch von den Türken?«

»Halt, verdammt, das Maul.«

Ich mußte nachdenken, mußte herausfinden, was hier noch real war. Fangen wir mit dem Hilbert-Raum an, der allerletzten Realität. Jede, absolut jede Möglichkeit gab es dort, und keine einzelne Möglichkeit war bevorzugt. Alles gleicht Nichts.

Trotzdem gab's da irgendwas, nennen wir's U, irgendwas, das ich früher die reale Welt genannt hatte. Die Welt, wie wir sie kannten. Die Fakten der Situation. U für Universum.

Dann gab es noch etwas anderes, das vielleicht ebenso groß war: B. B für Babs. Irgendwie war ich jetzt mit Babs verkoppelt. B wollte U absorbieren. B wollte, daß U nur eine Möglichkeit war statt eine Realität.

Schließlich gab es noch eine dritte Sache, das war wohl Ich. Ich war wie ein Fenster von B nach U, ein Hyperraumtunnel, ein Wellengleichungsverstärker, ein Loch in den Dimensionen. Durch mein Ich strömten Dinge in U, Dinge wie Wheelie Willie.

Hoch zu unserer Rechten glitt das Heidelberger Schloß vorüber. Darunter hingen immer noch Nebelschwaden in den Bäumen, und die gigantische Ruine schien, schwerelos und unwirklich, am Hang zu schweben. Dann gelangten wir in die Stadt.

»Wie wär's hier?« schlug Huba vor und fuhr gleich an der malerischen Alten Brücke an den Straßenrand. Tatsächlich war sie kaum mehr als dreißig Jahre alt. Irgendein namenloser Depp hatte das Original noch am letzten Tag des Zweiten Weltkriegs in die Luft gejagt. Aber, hey! schön ist sie immerhin. Blickt man vom Schloß aus darauf hinab, sieht die Brücke wie eine Art Drachen aus, der das Wasser überquert: regelmäßige Bögen als Tausendfüßlerbeine, am Heidelberger Ende zwei Türme wie Hörner und ein gähnender fallgitterbewehrter Rachen. Welch ein lieblicher, von der Sonne beschienener Ort. Aber heute, heute stimmte was nicht.

Man sah überhaupt keine Frauen. Nur Männer und Kinder und Sexkugeln. Das hätte mich aus der Fassung bringen sollen, aber – Gott vergebe mir – das tat es nicht. Ich war glücklich.

Die Kugeln trieben zwischen den Männern entlang und lösten nicht mehr Kommentare aus, als wären sie richtige Frauen gewesen. Sie trugen

Kleider ... Röcke oder enge Jeans unten und T-Shirts oder Blusen oben. In den Halsöffnungen der Hemden konnte man ihre Münder erkennen, und unter jeder Brustwölbung war ein kleines Loch eingenäht, damit die Augen hinausblinzeln konnten.

»Schau dir nur an, was du angerichtet hast!« schrie Huba mich an. »Die Sexkugeln haben alle Frauen verschlungen! Ute! Ich muß zu meiner Ute!«

Ich hätte sofort mit ihm zurückfahren sollen, um zu erfahren, was mit Sybil geschehen war. Aber, Teufel auch, ich konnte ja zurückfliegen, wann immer ich wollte. Hier und jetzt gab's genug Action, die auszukosten war. In der Ferne hörte man Geschützfeuer. Hörte sich wie der Gegenschlag der Army an.

Wheelie Willie und ich sprangen aus dem Wagen, und Huba brauste davon.

»Dort hinten hab ich eben ein paar Supertürken gesehen«, flötete Wheelie Willie. »Bei denen gibt's bestimmt was zu kaufen.«

Ich blickte auf ihn runter, auf die Personifikation meiner Psyche von 1972. Hauchdünn und gelb sah er aus, wie ein in Weizenpapierchen enggerollter Joint. Mit einem Rad am einen Ende. »Dich im wirklichen Leben zu treffen, Wheelie Willie, ist schon großartig. Wie wär's mit einem Bier?«

»Meinst du, die bedienen mich?«

Zwei auffällig gekleidete Sexkugeln drückten sich an uns vorbei. Verkäuferinnen, die einen Ausflug machten. Auf der anderen Straßenseite war ein schlaksiger junger Mann mit seiner Sexkugelfreundin am Flirten. Sie trug ein hübsches lavendelfarbenes Kleid. Ein Stück weiter auf dem Gehsteig spazierten zwei Sexkugelmütter. Die eine hüpfte neben ihren kleinen Kindern her und schwatzte ununterbrochen. Die andere ging über einen Kinderwagen gebeugt und säugte das Kleine. Das selige Baby sukkelte seine Milch.

Ich führte Wheelie Willie um eine Straßenecke und in ein Lokal, das »Schnookeloch« hieß. Dort gab es ausgezeichnetes Münchner Bier: Hakker-Pschorr. Eine Sexkugel mit weißer Schürze und engem schwarzem Oberteil schwebte zu uns herüber. Ich bestellte zwei Halbe Export.

»Was heißt *Export*?« fragte W. W.

»Es gibt zwei Biertypen«, erläuterte ich. »Export und Pils. Pils braucht länger, wenn man's vom Hahn zapft. Es ist bitterer und hat mehr Schaum. Aber mach dir nur keine Gedanken, Export ist immer noch deutsches Bier. Du wirst schon merken, daß du in Heidelberg bist.«

An einem Tisch in unserer Nähe saßen drei Sexkugeln zusammen und tranken. Sahen wie Studentinnen aus. Jeans, knappe T-Shirts. Sie tran-

ken, indem sie sich nach vorne beugten und ihre aufgerollten Zungen ins Bier steckten. *Schhhhhhhhhck.* Eine von ihnen blinzelte von unten her zu mir herüber. Ich winkte.
»Guck dir nur mal an, wie eng ihr die Jeans sitzen. Mein Gott, ist das scharf!« meinte W. W.
Die Bedienung, die uns das Bier brachte, balancierte die Gläser zwischen ihren Armen. Und als ich die Biere entgegennahm, beschnupperte Wheelie Willie sie wie ausgehungert. »Sehr zum Wohl«, sagte sie und schwebte leicht wedelnd davon.
Ich nahm einen tiefen Zug von dem schweren Gebräu und hielt Wheelie Willie das Glas zum Trinken. Ein paar junge Typen, Studenten, kamen herein und setzten sich zu den Sexkugeln, die wir ins Auge gefaßt hatten. Eines der Mädchen – das, welches mir zugeblinzelt hatte – entschuldigte sich und ging nach unten.
Das Bier kam mir bei meinem leeren Bauch sehr gelegen. Ich beschloß, eine weitere Runde zu bestellen. Aber erst mußte ich mal.
»Hey, Willie. Bestell mal noch 'ne Runde, wenn die Kellnerin kommt. Ich bin gleich wieder da.«
»Und nachher kaufen wir Dope, Alwin, was?«
Unten gab es für Männlein und Weiblein nur eine Toilette, nichts Ungewöhnliches für Deutschland. Ich stieß die Tür auf, halb hoffend, ich würde eine Kugel in Aktion überraschen. Und hatte Glück. Die knackige junge Kugel von oben hockte auf dem Porzellan. Splitternackt.
Ich schloß die Tür hinter mir und beugte mich über sie. Ich gab ihr einen Kuß, richtete mich dann auf und zog an meinem Reißverschluß...
Mann, das nannte ich leben!

Der Garten irdischer Lüste

Sybil schaffte es, Heidelberg zu verlassen, bevor die Sexkugeln zum Angriff übergingen. Sie hatte die Nacht mit Packen verbracht, und als die Sonne aufging, befanden sie und die Kinder sich bereits auf der Autobahn nach Frankfurt. Gut gemacht.
Als sie sich dem Frankfurter Flughafen näherten, fing Sybil an, sich zu wundern, wie stark der Verkehr war. Sie schaltete das Autoradio ein, das auf AFN eingestellt war.
... bislang kein Ausbruch von Panik, und das alltägliche Leben spult sich weiterhin normal ab. Einige Vertreter der Behörden haben die ganze Angelegenheit als Falschmeldung bezeichnet, Teleaufnahmen haben es jedoch nun bewiesen: ein Großteil der Heidelberger Bevölkerung ist möglicherweise in eine fremde Lebensform verwandelt worden. Die Evakuierung der umliegenden Gebiete geht zügig voran. Alle Einheiten sind in Alarmbereitschaft versetzt. Ich wiederhole, für alle Einheiten gilt höchste Alarmbereitschaft. Melden Sie sich umgehend bei Ihren Vorgesetzten.
Die Nachrichtensendung endete damit, und was folgte, war billiger Ohrenschmaus.
Sybil wählte einen anderen Sender und hörte einen ausführlicheren Bericht in deutscher Sprache. Irgend etwas hatte fast alle Frauen in Heidelberg in fremde Wesen verwandelt, in kugelförmige Wesen. Trotzdem verharrte die männliche Bevölkerung Heidelbergs tatenlos. Man hatte Hilfstruppen in die Stadt entsandt, aber anstatt zu kämpfen, hatten sie eine Straßenfete gestartet.
Das paßte wie die Faust aufs Auge. Weiter wollen Männer doch sowieso nichts. Sexkugeln! Mit wütend zusammengezogenen Augenbrauen bog Sybil in die Flughafenausfahrt ein. Gott sei Dank war sie dem noch rechtzeitig entronnen.
Sie ließ den Wagen im Parkverbot stehen und stürzte sich mit den Kindern in das Menschengewimmel. Erstmal Geld. Sie sah sich nach Hinweisschildern um und entdeckte eine Filiale der Deutschen Bank. Eine Treppe hinauf. Jedes der Kinder hatte einen schweren Koffer, mit dem es sich abmühte, und die Leute unterließen es nicht, sie fortwährend anzurempeln. Sybil nahm sich kurz die Zeit, sich vorzustellen, wie sie Alwin die Kehle durchschnitt. Nein... das ginge zu schnell, zu schnell und zu einfach für ihn. Man sollte ihm besser die Beine brechen und sie hungri-

gen Ratten zum Fraß überlassen. Oder Stricknadeln in ihn stechen und dabei so lange wie möglich verhindern, lebenswichtige Organe zu treffen... Lange spitze, glühendheiße Nadeln.

»Da ist die Bank, Mommy. Sie hat geschlossen.«

Natürlich... Die Männer hatten sie geschlossen, damit keine Frau ausrücken konnte. Hielten ihr Geld unter Verschluß. Sybil knallte ihren Koffer gegen die dicken Glastüren. Die Türen rührten sich nicht vom Fleck. Aber der Koffer ging auf... Hätte sie doch nur eine Knarre gehabt!

Über die Lautsprecheranlage wurde eine Durchsage gemacht. Erst auf deutsch, dann auf französisch, dann englisch. *...Alle abgehenden Flüge sind ausgebucht. Sofern Sie nicht im Besitz eines Flugtickets sind, werden Sie gebeten, das Flughafengelände zu verlassen. Ich wiederhole, für die nächsten zweiundsiebzig Stunden sind alle abgehenden Flüge ausgebucht.*

Die Menge um sie herum drängte hierhin, drängte dorthin. Es gab wesentlich mehr Frauen als Männer; hartnäckige Frauen. Was war zu tun?

»Wenn wir heute keinen Flug erwischen, dann laßt uns Großmutter besuchen«, schlug Sorrel vor. »Daddy kann uns da doch treffen.«

»Deinem Daddy könnte es gar nicht besser gehen... Und sollte ich ihn jemals wiedersehn, dann gnade ihm Gott!« Ein plötzlicher Gedanke durchzuckte Sybil. Eine Möglichkeit gab es noch. Eine Möglichkeit stand immer noch offen. Sie stopfte ihre Siebensachen in den Koffer zurück und schloß den Deckel. Waffen würde ihr Vater haben.

»Ich denke, du hast recht, Sorrel. Wir werden bei Großmutter und Großvater übernachten.«

Um nach Frankfurt hineinzugelangen, brauchte es fast den ganzen Tag. Schließlich aber schafften sie es. Lotte und Cortland Burton bewohnten ein Grundstück, das von einer Mauer, bestückt mit den allerneuesten Antiterror-Schutzvorrichtungen, umgeben war. In Amerika war Cortland Ingenieur gewesen, ein einfacher, aber guter Ingenieur. In Deutschland war er für die Rüstungsindustrie tätig. Seine Firma produzierte eine Art Teilchenstrahlenkanone, die Deutschlands Verteidigung gegen Raketenangriffe stärken sollte.

Cortland und Lotte waren außer sich vor Freude, ihre Tochter und die Enkel wohlauf zu sehen. Das Dienstmädchen bereitete ihnen Wienerschnitzel, das Leibgericht der Kinder. Cortland und Lotte saßen jeder an einem Ende des langen Eßtisches. Sybil und Sorrel saßen auf Cortlands Seite, Ida und Tom an Lottes. Lotte schnitt Ida gerade das Fleisch.

»Aber woher willst du *wissen*, daß Alwin sich in Sicherheit befindet?«,

fragte sie und warf Sybil einen besorgten Blick zu. »Wird er sich in diesem Gefängnis nicht zu Tode hungern?«
»Alwin befindet sich in Sicherheit, weil er ein *Mann* ist«, gab Cortland zur Antwort. »Diese ganze Invasion ist einzig und allein ein Frauenproblem. Vielleicht nur eine Art sexueller Hysterie.«
»Irgendwelche Außerirdischen verwandeln Frauen in groteske Kugeln, und das soll *unser* Fehler sein?«, gab Sybil kurz angebunden zurück. »Wirklich, Vater, da gehst du zu weit. Alwin befindet sich in Sicherheit, weil *er* es ist, der das alles angezettelt hat. Hier wird ein herzloser männlicher Chauvinismus auf endgültige Weise ausgelebt. Du solltest dich nach Heidelberg begeben. Du hättest deine reine Freude an all den Sexkugeln.«
Cortland verzichtete auf eine Antwort, aber Lotte sprang ihm zur Seite. »Wie kannst du nur so mit deinem Vater reden, Sybil? Und das in Gegenwart der Kinder.«
»Und wenn die Sexkugeln nach Frankfurt kommen?« fragte Tom. »Werden sie Mommy aufessen?«
»Mach dir keine Sorgen«, sagte Cortland. »Die sind nur in Heidelberg. Und die Army hat sie eingekesselt.«
»Ha!« fauchte Sybil. »Was kann die Armee schon gegen die Sexkugeln ausrichten? Die Männer legen die Waffen nieder, und die Frauen werden aufgefuttert. Was für eine Waffe könnte die Kugeln überhaupt aufhalten?« Doch sie hatte das Gefühl, daß, wenn überhaupt einer, Cortland die Antwort wußte.
Cortland hob die Augenbrauen. »Sorrel, mein süßes Enkelchen, würdest du bitte die Küchentür schließen?«
Sorrel tat, wie ihr geheißen, und Cortland fuhr mit gesenkter Stimme fort. »Wie du weißt, Sybil, entwickelt meine Firma neuartige Waffen. Heute erhielt ich einen Anruf von Colonel Noschwet aus Mannheim. Offenbar ist dieser neue Teilchen-Laser, den wir zur Abwehr feindlicher Raketen entwickelt haben, in der Lage, diese... Sexkugeln aufzulösen. Mehrere Feldversuche sind erfolgreich abgeschlossen worden. Ich würde mir also keine allzu große Sorge machen. Die Invasion kann aufgehalten werden.«
»Du sagst nur *aufgehalten*. Warum bringt man die Laserkanonen nicht nach Heidelberg und verjagt die Sexkugeln einfach?«
»Man wird das ja versuchen«, seufzte Cortland. »Aber, und du hast selbst darauf hingewiesen, die Soldaten legen die Waffen nieder, und die Frauen werden aufgefuttert. Auf keinen Fall sieht es so aus, als käme auch nur ein einziger Soldat, männlich oder weiblich, wieder zurück... Und wir verfügen über nur einen einzigen Teilchen-Laser.«

»Eiskrem, bitte!« rief Ida wohlgemut. Ellie, das Dienstmädchen, kam sogleich ins Zimmer gelaufen.
»Einen Augenblick«, sagte Lotte. »Ida, du hast gar nicht die tollen Spaghetti aufgegessen, die Ellie für dich gekocht hat.«
»Ich mag Spabeppi nicht!«
Tom mochte es nicht, wenn seine kleine Schwester sich wie ein verwöhntes Kind aufführte und die Aufmerksamkeit aller auf sich zog. Er rutschte auf seinem Stuhl nach vorn und versetzte ihr unter dem Tisch einen Tritt. Idas Gesichtchen verformte sich zu einer zusammengedrückten Grapefruithälfte. Zur Strafe versetzte Sorrel Tom einen heftigen Rippenstoß. Vor Schmerz und Kampfeseifer fuhr Tom hoch und warf sein Wasserglas um. Das Glas fiel auf Sorrels Meissener Prozellanteller. Der Teller ging entzwei, das Glas rollte vom Tisch und zerbrach am Boden. Ida vermeinte, eine Essensschlacht sei im Gange. Sie schnappte sich ein übriggebliebenes Schnitzel und warf es, weil ihre Schwester sich so aufspielte, auf Sorrel. Das Schnitzel flog an ihr vorbei und traf Cortland an der Schulter seines Lanvin-Anzugs. »Schwein!« kreischte Sorrel, so laut sie konnte. Und Tom, der jetzt sah, daß der teure Teller zerbrochen war, verkroch sich unter den Tisch und stimmte ein Schreckensgebrüll an.
Cortland warf Lotte einen anschuldigenden Blick zu. Lotte sandte den Blick weiter an Sybil. »Sybil. Also wirklich. Benehmen sich alle amerikanischen Kinder so?«
»Das alles ist Alwins Schuld. Er selbst führt sich auf wie ein Kind.«
Ellie war bereits im Begriff, die Scherben und das Schnitzel einzusammeln. Sybil zog Tom unterm Tisch hervor. »Dessert gibt's für euch Kinder heute nicht. Geht nach oben und macht euch fertig fürs Bett.«
»Dürfen wir fernsehen?« greinte Sorrel.
»Natürlich dürft ihr das«, schaltete Cortland sich ein. »Und vergeßt nicht den Gutenachtkuß zu geben, nachdem ihr euch gewaschen habt.«
»Okay, Grandpa!«
Die drei kleinen Schweinchen stürmten nach oben. Sybil und ihre Eltern begaben sich in das riesige Wohnzimmer, und Cortland schenkte eine Runde Cognac ein.
»Was weißt du über diese außerirdischen Kugeln?« fragte er. »Und was hat Alwin damit zu tun?«
»Es hörte sich alles viel zu verrückt an, deshalb habe ich euch noch nichts davon erzählt. Die ursprüngliche Kugel hatte mit dieser Bombe in Rom zu tun. Sie nennt sich *Babs*. Ich glaube, alle diese Kugeln in Heidelberg sind Kopien von Babs.«
»Welch ein gewöhnlicher Name«, warf Lotte ein. »Und wo kommt Babs her? Von der Venus?«

»Nein. Nicht einmal aus unserem Raum. Aus einer anderen Dimension.«
»Wie es im Buch deines lieben Mannes geschrieben steht«, sagte Cortland. »Wie in GEOMETRIE UND REALITÄT.« Er bezog sich auf einen kürzeren Text zum Thema Relativität und höhere Dimensionen, den Alwin geschrieben hatte. Dank dieser einen Publikation war es ihm gelungen, das Stipendium für Heidelberg zu bekommen.
»Ja«, sagte Sybil. »Aber die Hauptsache an Babs ist ihre Sexualität.«
»Hört sich an wie die Beschreibung von Cortlands Sekretärin«, kommentierte Lotte.
»Das ist nichts zum Lachen«, sagte Cortland ernst. »Offensichtlich haben diese Sexkugeln alle Frauen in Heidelberg vernichtet und sind an deren Stelle getreten. Aber weshalb?«
Sybil schauderte es bei dem Gedanken, wie knapp sie dem allen entronnen war. »Alwin hat irgendwas dahergeredet von der Vernichtung der Realität. Die Kugeln haben mit irgendwelchen höheren Gefilden zu tun, von denen Alwin meint, sie seien besser. Er will, daß die Kugeln uns alle dorthin mitnehmen. Für die Männer ist das in Ordnung. Die wollen ja eh nichts anderes als... naja, du weißt. Aber Frauen, den meisten jedenfalls, hat Babs nichts zu bieten. Ich hab sie mit eigenen Augen gesehen, und ich hab sie aus der Wohnung rausgeworfen! Und in diesem Augenblick muß sie entschieden haben: alles oder nichts! Ich glaube, sie bringt jeden um, der nicht mitmachen will... und das sind praktisch schon mal alle Frauen.«
Eine lange, gedankenvolle Pause schloß sich an. Schließlich nahm Cortland das Gespräch wieder auf.
»Dann muß es sich folglich so verhalten – wenn ich all dem überhaupt Glauben schenken soll –, daß Alwin es ist, der es den Sexkugeln irgendwie ermöglicht, in unseren Raum einzudringen. Denn wäre er nicht irgendwie behilflich, dann könnten die Kugeln ja auf der ganzen Erde gleichzeitig auftreten. Und trotzdem finden wir sie nur in seiner Nachbarschaft, in Heidelberg.«
»Ich muß ihn töten«, sagte Sybil tonlos.
»Was redest du denn da?« brach es aus Lotte heraus. »Das Töten überlaß den Soldaten, Darling. Überlaß das mal den Männern!«
Mit langsamen zögernden Bewegungen zündete Cortland sich eine Zigarre an. Blauer Dunst verhüllte seine Züge. Sybils Gedanken rasten um die Wette. Alwin töten, das war die einzige Antwort. Und wer könnte sich ihm schon besser nähern? Was aber, wenn die Sexkugeln sie zuerst erwischten? Ihr Vater hatte da von einer Waffe gesprochen...
»Übrigens habe ich ein tragbares Modell, ein Vorführmodell unseres

Teilchen-Lasers im Haus«, sagte Cortland. »Nur diesen einen. Sieht aus wie eine Bazooka, die an ein Energiepaket gekoppelt ist, das man auf dem Rücken trägt. Jemand, der dort eindringt, würde sowas benötigen. Das und irgendeine konventionelle Waffe. Eine Uzi wäre da gerade das richtige. Darüber hinaus würde ich ein Nachtsichtgerät empfehlen.«

»Oh, Daddy«, rief Sybil hocherfreut. »Wirst du mir helfen?«

»Laß mich ein paar Telefonate machen«, sagte Cortland und erhob sich. »Wärst du in dreißig Minuten einsatzbereit?«

Auf einmal ging alles so schnell! Wozu die Eile? War das Ganze nur ein Spiel? Bluffte ihr Vater? Er schien aber todernst zu sein und sich der Risiken voll bewußt. Könnte er es tatsächlich darauf abgesehen haben, daß sein Schwiegersohn abserviert wurde? Schließlich war Sybil Einzelkind, die einzige Tochter. Haßte Cortland ihren Mann insgeheim, weil er sie ihm weggenommen hatte? Wenn man sich aber überlegte, was Alwin alles anstellte! Wer würde ihn dafür *nicht* hassen?

Sybil ging nach oben, um zu baden und Kampfkleidung anzuziehen. Schwarze Jeans und einen schwarzen Rollkragenpullover. Dazu Bergstiefel. Ihr Haar band sie zu einem Knoten zusammen. Sie nahm Ohrringe und Armbänder ab. Alles Geschenke von Alwin. Ihren Ehering... ihren Ehering warf sie aus dem Fenster. Die Kinder ließen sie in Frieden; sie sahen sich Charlie Chaplin an. *Moderne Zeiten.*

Wieder unten in der Küche brannte Sybil ein Stück Korken an und schwärzte sich damit das Gesicht. Sie trank zwei Tassen schwarzen Kaffee. Von hoch über dem Haus wurde Motorengeknatter hörbar, das sich näherte. Cortland schaltete das Flutlicht für den Garten an, und der Hubschrauber landete.

Der Lärm weckte die Kinder aus ihrer Konzentration. Aufgeregt quietschend polterten sie die Treppe hinab.

»Warum ist Mommy denn so schwarz?«

»Wo bringt Grandpas Hubschrauber sie hin?«

»Fährt Grandpa mit?«

»Wer wird auf uns aufpassen?«

»Eure Mutter und ich gehen zu einem Kostümfest«, erzählte Cortland den Kindern. »Und Großmutter wird auf euch aufpassen.«

»Cortland«, sagte Lotte mit gequälter Stimme. »Bist du sicher, daß es so das Beste ist?«

Seine Antwort wurde von dem synkopierten Beat der Hubschrauberblätter verschluckt. Sybil küßte jedes ihrer Kinder und folgte ihrem Vater durch das ohrenbetäubende Fauchen feuchter Luft. Der Hubschrauber stieg in die Höhe, überflog Frankfurt und folgte dann der Autobahn in Richtung Süden.

»An Heidelberg werden wir vorbeifliegen«, sagte Cortland, »dann hinüber zum Neckar, und dich dort absetzen. Und mit diesem Floß«, er zeigte auf ein Bündel schwarzen Gummis, »kannst du unauffällig in die Stadt gelangen. Du mußt aber vor den Schleusen aussteigen!«
»Ich werd auf der Höhe des Schlosses an Land gehen«, sagte Sybil. »Und jetzt zeig mir noch, wie der Teilchen-Laser und die Uzi funktionieren.«
Eine halbe Stunde später flogen sie an Heidelberg vorbei. Zwischen Heidelberg und der Autobahn befindet sich der Königsstuhl, der ihnen den Blick auf die Stadt versperrte. Direkt über die Stadt zu fliegen, wäre zu riskant gewesen. Der Hubschrauber flog am Königsstuhl vorbei und schwenkte dann nach links, um in der Nähe von Neckargemünd, ungefähr zehn Kilometer flußaufwärts von Heidelberg, am Neckar zu landen.
Der Pilot, ein schweigsamer Deutscher namens Wolf, half ihnen, das Schlauchboot aufzublasen. Sybil gab ein paar Probeschüsse aus dem Teilchen-Laser und der Uzi ab. *Swiieeeef! Brdrdrdrt!* Der Laserstrahl war blaß purpurfarben; die Leuchtspurgeschosse der Uzi streiften wie Feuerwerkskörper durch die Nacht.
»Sybil«, sagte ihr Vater, als sie sich vom Ufer abstieß. »Bist du sicher, daß du es wirklich wagen willst?«
»Wer sonst sollte es tun, Daddy? Ich muß.«
»Ich weiß.«
So rasch wie möglich stieg der Hubschrauber wieder auf. Der Fluß war leicht nebelverhangen, und es war sehr dunkel. Aber zum Glück verfügte Sybil über Cortlands Nachtsichtgerät, eine der neuesten Entwicklungen seiner Firma. Es bestand aus zwei winzigen Fernsehkameras, die an ebenso winzige Bildschirme gekoppelt waren, von denen man je einen vor jedem Auge hatte. Wenn sie da hindurchblickte, sah Sybil die Flußufer als pinkfarbene Vorsprünge, die den gelbgrünen Fluß begrenzten. Ihre Hände waren feuerrot, der Himmel dunkelblau. Das Schlauchboot war strömungsgünstig gebaut und mit einem Wasserstrahlantrieb versehen. Sie kam gut voran.
Es dauerte nicht lange, und Sybil glitt unter der Brücke von Ziegelhausen hindurch. Jetzt gab es nur noch eine Flußschleife, die sie von Heidelberg trennte. Sie hielt sich dicht ans linke Ufer und blickte ängstlich nach oben. Den Teilchen-Laser hielt sie in Schußbereitschaft. Linker Hand, hoch über ihr, glitt das Gästehaus vorüber.
Mit einem Mal tauchten süße Erinnerungen auf, türmten sich wie Sandsäcke um Sybil: Alwin und die Kinder, wie sie einen Igel fingen; Alwin, der ihr an langen Winterabenden aus E. M. Forster vorlas; wie sie an Freitagabenden zu Reggae-Tapes tanzten, der Wein, die Gespräche, der Sex...
Genau in diesem Augenblick zischte eine Kugel vorbei. Vorn rechts, ganz

dicht am Boot. Sybil hob ihren Laserstrahler und drückte den Abzug. *Swiiieeeef!* Weg war's. Hatte dieses Stück Babs Zeit gehabt, die anderen zu benachrichtigen? Und wohin hatte sie sich aufgelöst?

Sybil konzentrierte sich mit aller Macht auf die Nacht. Ein bißchen weiter flußabwärts glitzerten die Lichter von Heidelberg. Sie nahm das Nachtsichtgerät vom Gesicht. Fast war's schon soweit, um an Land zu gehen.

Jetzt sah sie das Schloß, wie es wie ein Gedanke links oben in der Luft schwebte. Es war in Flutlicht getaucht und wie für einen Festtag von Fackeln erleuchtet. Vom achteckigen Glockenturm des Schlosses aus wurde eine Rakete in die Luft gefeuert, dann noch eine und noch eine. Das heisere Geschrei unzähliger Männerstimmen drang von oben herab. Irgendwas lief dort oben ab, irgend etwas Tolles.

Sybil legte an der Schleuse an und fand eine Leiter. Die Uzi hängte sie über ihre linke Schulter, die Laserröhre über die rechte. Sie betete, daß Babs nicht diesen Augenblick wählen möge, um zuzuschlagen, und kletterte auf den betonierten Uferrand. So weit, so gut.

Noch ein paar Stufen, und sie stand auf der Straße. Kein Mensch weit und breit. Sybil versuchte, ihre Augen überall gleichzeitig zu haben, und jagte über eine hellbeleuchtete Kreuzung und tauchte in die Schatten moderner Apartmenthäuser ein.

Vom Schloß her ertönte neuerliches Gebrüll. Der ganze Himmel war rot. Einen Häuserblock weiter eilten zwei Betrunkene vorüber. Amerikanische Soldaten. Eine Flasche zerschellte auf dem Kopfsteinpflaster. Sybil hielt sich im Schatten und überlegte angestrengt.

Nicht weit von hier führte ein wenig benutzter Fußpfad zur L-förmigen Schloßanlage hinauf. Wenn sie diesen Pfad benutzte, würde sie am schmalen Ende des Ls oben ankommen, weit weg von der Menge und mit einem guten Blick auf das, was sich im Schloßhof abspielte.

Die schwerfälligen Schritte und heiseren Stimmen der zwei Betrunkenen verloren sich. Sybil glitt vorwärts, alle Sinne bis zum Äußersten angespannt. *Ich bin bereit zu töten,* wiederholte sie sich immer wieder. *Ich werde Alwin und Babs töten.* Sie umklammerte die Waffe in jeder Hand.

In mehreren Häusern schrieen kleine Kinder. Aber die Straßen waren vollkommen menschenleer. Alle waren oben auf dem Schloß: alle Männer und alle Sexkugeln. Sybil fand den Pfad und eilte bergan.

Über dem Schloßpark wölbte sich ein gespenstisch beleuchteter Himmel. Irgendwer hatte die meisten Bäume in Brand gesetzt. Und als Sybil höher und höher kletterte, konnte sie mehr und mehr Einzelheiten der bizarren Feier erkennen.

Tot und mit leeren Fensterhöhlen ragte im Hintergrund die Schloßruine empor. Und dort, mitten im Schloßpark, befand sich eine mächtige einzelne Sexkugel... ein gigantischer Hintern mit weitgeöffnetem höllischem Rachen. Die knisternden Bäume und die vielen Fackeln tauchten die Szenerie in hüpfendes Geisterlicht. Mehrere Spätankömmlinge unter den Sexkugeln schossen vorüber und verschmolzen mit der Körpermasse der einen großen Babs. Die Luft flimmerte nur so vor Pheromonen.

Männer mit schrecklich verzerrten Gesichtern drängten zur gigantischen Sexkugel hin. Einer nach dem andern bahnten sich die Männer einen wurmgleichen Weg in sie hinein: verdammte Seelen, die durchs Tor der Hölle schreiten, Kinder, die dem Rattenfänger in den Berg hineinfolgen. Alle nackt und abwesenden Blicks, sahen sie rudimentär aus, wie Rettiche mit gespaltenen Wurzeln. In ihrer sexuellen Raserei paarten sich manche. Andere drückten sich zuckend an die Kugel oder rieben die Gesichter gegen sie.

Der fahle Mob breitete sich unter der Kugelspalte aus. Körper um Körper wurde die Menge kleiner, indem ein Mann nach dem anderen die Erfüllung seines Herzenswunsches erlangte und die stark riechende heiße, dunkle Umarmung erreichte. Eine seltsame kleine Gestalt schoß um die Umrisse der Menschenpfütze und trieb sie voran. Die Gestalt war klein und gelb und schien anstelle von Füßen ein Rad zu haben. Ab und zu hielt das Männchen in seiner fieberhaften Aktivität inne und starrte aufmerksam hinauf zum Scheitelpunkt der Kugel. Ein einzelner Mann hockte dort oben, gleich neben dem enormen, wohlig lächelnden Mund der Kugel. Grinsend und in Schweiß gebadet, rief er Anweisungen nach unten. Er war der Kuppler, der Teufel, der Rattenfänger: Sybils Ehemann, Alwin Bitter, ich.

Ein glückliches Ende

Ich fühlte die Kugeln heranschwirren und spürte sie mit meinem Feld auf. Wäre ich nicht mit einem Satz zur Seite gesprungen, hätte mich der erste Feuerstoß am Kopf erwischt.

Ich landete auf einem Fettsack, den Babs eingeklemmt hatte. Sybil ballerte immer noch mit ihrer Uzi. Ich sah, wie die Leuchtspurmunition um mich herum *whischte*.

»Paß doch auf, du Blödmann«, dröhnte Mr. Fettsack. Der hohlwangige Schmalbrüstige vor ihm zog Fettsack vollends in die Kugel.

Es brodelte nur so vor Männern um mich herum. Häßliche Kerle mit Warzen und mit Kröpfen, Hinkebeine und Bucklige, Pockennarbige und andere mit Altersflecken, mit blinden, weißen Augen. Ich war in der Menge völlig verloren, und Sybil feuerte einfach drauflos. Plötzlich brei-brei-brei-brei-breiteten sich Blutblumen auf Babs Fell aus. Männer kreischten. Ich hielt mich geduckt und arbeitete mich langsam voran in den Schutz der anderen Seite der Kugel.

Wheelie Willie rief ich mit meinen Gedanken, *komm und hilf mir!*

Weit nach vorn gebeugt kam der kleine Schelm mit einem Affenzahn um die große Fleischkurve gedüst. Nach dem Genuß in der Kneipe hatten wir ein bißchen Dope gekauft, und er befand sich in Hochstimmung.

»Alles läuft wie geschmiert, Alwin! In ein paar Minuten wird Babs die ganze Bande in den Hilbert-Raum abgeschleppt haben. Ist es da wirklich lässig? Gehen wir auch?«

»Noch nicht. Hab noch 'ne ganze Menge zu tun. Wenn ich in den Hilbert-Raum einziehen werde, dann in Glanz und Herrlichkeit. Der Grund, weshalb ich dich gerufen habe ...«

Mit einem Mal platzte die glatte Wandung der Kugel über uns auf. Ein dichtgebündelter Strahl blaß-purpurnen Lichts brannte hindurch. Ein Teilchen-Laser! Sybil schoß mit einem Teilchen-Laser auf Babs!

Der Laser hatte ein Loch durch die Kugel gefressen, mittendurch, aber keine wichtigen Zentren waren verletzt worden. Babs hob sich gewichtig vom Boden und sah sich nach allen Seiten nach dem Angreifer um. Bis auf wenige Dutzend Männer waren alle in ihrem Leib gelagert, und sie bewegte sich recht schwerfällig. Sybil stand dreißig Meter weiter, eine winzige, couragierte Person, eine Waffe in jeder Hand.

»Das ist meine Frau«, erzählte ich Wheelie Willie. »Wir müssen sie retten.«

Der riesige Kugelmund öffnete sich und zeigte grausame Zähne. »Zso, zso«, dröhnte sie. »Die kleine Zsybil Burton Bitter.« Eine feiste zappelnde Gestalt rutschte aus Babs und pflatschte wie ein Engerling auf die Erde.

Schwarz angemalt und angespannt stand Sybil ihren Mann. Ein weiterer Strahl purpurnen Lichts blitzte auf. Babs wich ihm aus und zoomte kerzengerade fünfzig Meter hoch in die Luft. Ihre massige Form schien den halben Himmel zu verdecken. Eine Sekunde lang verharrte das vom Feuer beschienene wütende Monster in der Luft, und dann tauchte die Kugel ab.

Mit vereinten Gedanken hatten Wheelie Willie und ich einen Plan bereitgelegt: eine verzweifelte, selbstmörderische Rettungsaktion. Während Babs fiel, schossen er und ich vorwärts. Ich flog wie Supermann mit ausgebreiteten Armen. Er folgte mir dichtauf, sein kleines Rad eine kreischende Scheibe. Und direkt über uns der Rachen der Sexkugel, der sich rasend schnell näherte.

Ich packte Sybil und raste davon. Babs' Schweinchenaugen waren zu weit weg auf ihrer Körperrundung, als daß sie uns hätte sehen können. Und der edle W. W. stellte sich mitten auf dem Bodennullpunkt in Position. Durch sein jetziges einmaliges Sich-Opfern brachte er ein vollständiges, vollkommenes und ausreichendes Opfer für alle meine Sünden dar. Indem er Babs' groteskes Maul an der Nase herumführte, gab er sich als Ersatzmann hin.

Im Nu hatte ich Sybil im Schutz des Gesprengten Turms abgesetzt. Babs dachte, sie hätte Sybil aufgefressen, aber nach mir hielt sie weiterhin Ausschau, sowohl mit den Augen als auch mit ihren Hypersinnen. Ich setzte meine mentalen Kräfte ein, um unsere Gefühle und Emotionen zu verbergen: auf ihrem geistigen Bildschirm würden wir als ein Busch und ein Kaninchen erscheinen. Einen Augenblick lang suchte Babs noch vergeblich, dann öffnete sie sich weiter, um die restlichen Männer aufzunehmen. Vielleicht dachte sie, ich hätte mich davon gemacht, um zu trauern.

»Laß mich los«, keifte Sybil und fuchtelte mit ihrer Uzi herum.

»Leg dich hin.«

Der Gesprengte Turm war von den Truppen Ludwig XIV. zerstört worden. Das war jetzt gut und gerne dreihundert Jahre her. Der halbe Turm stand noch, und die andere Hälfte lag in einem mächtigen Stück am Boden. Ursprünglich war er als mehrstöckiger Fluchtturm mit vielen Schießscharten benutzt worden. Was vom obersten Stock noch übrig war, war solide und gut. Sybil und ich befanden uns dort oben und peilten durch eine der Schießscharten auf Babs hinab.

»Ich habe mir geschworen, dich umzubringen, Alwin.«
»Sei vernünftig, Sybil. Ich habe dir nichts zuleide getan.«
»Du hast alle Frauen in Heidelberg auf dem Gewissen.«
»Das hat Babs getan.«
»Und du hast sie nicht aufgehalten.«
»Ich weiß, gut aussehen tut das nicht. Aber Babs versucht, Frieden und Unsterblichkeit für jedermann zu bringen. Du solltest das im Hilbert-Raum einmal erleben, Sybil.«
»Hilf mir, sie zu töten, oder du bist dran.«
Sybil stocherte mit dem Lauf ihrer Uzi an mir herum. Also mir reichte es jetzt. Ich konzentrierte mich kurz und schmolz den Lauf ihrer Maschinenpistole. Mit einem Aufschrei ließ Sybil die glühendheiße Waffe fallen.
»Ich kenne nur eine Möglichkeit, Babs Einhalt zu gebieten«, sagte ich. »Und das ist nicht der Teilchen-Laser. Du mußt dir im klaren darüber sein, daß sie unendlichdimensional ist. Alles, aber auch absolut alles, was wir ihr in diesem Raum antun können, ist für sie höchstens ein Nadelstich. Aber vielleicht gibt es doch etwas.«
»Errette uns, Alwin. Es ist deine Pflicht.«
»Weshalb sollte ich wohl irgendwas für dich tun? Es ist noch keine fünf Minuten her, da hast du mich umzulegen versucht.«
»Denk an die Kinder, Alwin, die armen Kinder. Für dich mag es ja ganz in Ordnung zu sein, wenn die Welt um dich herum verschwindet. Dich langweilt sie eben. Aber die Kinder, die fangen erst an. Sollten sie nicht auch ihre Chance haben?«
»Nun...«
»Alle Kinder in Heidelberg sind allein. Sind eingeschlossen und weinen. Ist das fair?«
»Dir ist überhaupt nicht klar, welches Opfer du von mir verlangst«, jammerte ich. »Wheelie Willie hat bereits sein Leben für dich gegeben, reicht das denn noch nicht?«
»Wovon redest du, Alwin?«
»Von Wheelie Willie, dem Männchen, das ich in Rutgers gezeichnet habe. Er war lebendig. Ich fand ihn im Neckar. Und eben hat er sich von Babs verzehren lassen, damit sie dachte, du wärst erledigt.«
»Das ist unmöglich, Alwin. Mir scheint, du drehst endgültig durch.«
Ich schwieg einen Augenblick, um mir exakt zu vergegenwärtigen, wann Wheelie Willie auf der Bildfläche erschienen war. Ich war mit Huba am Schwatzen gewesen. Und davor war ich gerade drauf und dran gewesen einzuschlummern. Nein, ich war in Gedanken im Hilbert-Raum gewesen. Hatte mich darin *herum bewegt*. Und dabei mußte ich die Natur der

Realität verschoben haben. Die Verschiebung, die Wheelie Willie real erscheinen ließ, war dieselbe Verschiebung gewesen, die alle Heidelberger Frauen verwandelt hatte.
Erfreulich. Es war ein erfreulicher Nachmittag gewesen, sich den Nachmittag mit Wheelie Willie in der Altstadt zu vergnügen. Huba war wieder aufgetaucht und wegen seiner Frau gar nicht so sauer gewesen. Also hatten wir eine Kneipentour unternommen. Der lustigste Augenblick war noch gewesen, als wir ein paar wirklich lauten, wie Plastikmenschen aussehenden Amerikanern begegnet waren. »Deine Landsmänner«, hatte Huba ganz komisch aufgejuchzt und mir einen leichten Rippenstoß versetzt. Bei Sonnenuntergang waren dann alle Kugeln zur Schloßruine hinaufgeflogen, als wollten sie sich die Nacht über auf die Stange setzen. Wir Männer alle hinterher, nur um zu sehen, daß sie sich alle miteinander verschmolzen hatten. Ein einziger Riesenhintern, und alles drängte zu ihm. Verrückt? Sicher. Aber ich hatte die ganze Chose solange nicht in Zweifel gezogen, bis Sybil sich einen Weg hierhergewütet hatte.
Pflicht. Du solltest. Fair. Ehefrauenbegriffe. Aber vielleicht hatte sie recht. Es gab nun wirklich keine Eile, die Realität zu zerstören. Im Sinne des Zen-Buddhismus gibt es eh' nichts zu zerstören.
Ein durch eine Schießscharte hereinströmender Lichtstrahl erhellte Sybils Gesicht. Ein weiter Mund, unergründliche Augen. Ein starkes Gesicht, ein gutes Gesicht. Sie lächelte. Ich küßte sie.
»Einverstanden. Ich werd's tun.«
Es gibt viele mögliche Realitäten, unendlich viele. Trotzdem sind die meisten davon nicht... am Leben. Die meisten Realitäten sind wie mögliche Bücher, die niemand tatsächlich geschrieben hat. Ein Gruppengeist, wie der der Menschheit, schenkt einer gegebenen Welt Licht. Was diese Welt anders macht, sie von irgendeinem gespenstischen Alternativuniversum unterscheidet, ist, daß *wir hier tatsächlich leben.*
Während meines Trips in den Hilbert-Raum hatte ich gelernt, die menschliche Realität zu packen und herumzuschubsen. Das erste, was ich getan hatte, war, mir Superkräfte zuzulegen. Und dann hatte ich angefangen, alles ordentlich durchzuschütteln, hatte versucht, den Gruppengeist freizusetzen. Und Babs freizusetzen. Aber jetzt mußte ich all das, was ich angezettelt hatte, wieder entwirren. Mehr noch: ich mußte unseren Gruppengeist über Dimensionen hinweg in ein Universum verfrachten, in dem Babs uns nicht finden würde. Und ihr zu entwischen, würde nicht gerade einfach sein.
»Wie wirst du's machen?« Sybil lehnte sich an mich. Wie vertraut das war, wie intensiv...
»Babs wird jeden Augenblick verschwinden. All die Perversen wird sie

mit in den Hilbert-Raum nehmen. Und während sie unterwegs sein wird, werden wir uns aus dem Staube machen.«
»Nach Frankfurt?«
Ich lachte kurz auf. »Wir werden uns auf eine andere Realitätsebene begeben. Ich werde den Gruppengeist der menschlichen Rasse an einen anderen Ort versetzen und hoffen, daß Babs uns nicht finden wird.«
Wir spähten durch unsere Schießscharte nach unten. Der allerletzte Mann war jetzt in Babs verschwunden. Ihre Seiten blähten sich auf wie Hamsterbacken. Dann schrumpfte sie... und glitt ruhig davon in den Hyperraum.
»Das war's«, sagte ich zu Sybil. »Jetzt kannst du nur noch beten.«
Ich ließ mein Bewußtsein sich ausbreiten. Zuerst zu Sybil. Zu ihrem kompliziert aufgebauten Selbst: teils böses Mädchen, teils alte Jungfer. An ihr vorbei und hinab zu den Kindern in Heidelberg. Dann den Neckar hinauf und hinab. Flüchtige Bilder. Kurze Ausblicke auf Deutschland. Jetzt Europa; ruhig atmen, Asien, Afrika, Australien, Nord-, Süd- und Mittelamerika. Der mystische Leib Christi, Brahmas, Buddhas, dein Leib, meiner ebenfalls.
Plötzlich kommt mir ein Kinderbuch in den Sinn, BAHN FREI, DIE ENTCHEN KOMMEN, wie der Entenvater einen Platz zum Landen sucht. Mein Gott, ist das ein schöner Sonnenuntergang. Schnell weg, die Kugel kommt. Dort unten ist ein sicherer Fleck, ein Stäubchen in goldenem Licht. Schnell. Langsam niederkreisen...

Inzwischen leben wir in Virginia. Ich sitze an der Schreibmaschine. Ein Magnolienbaum steht vor meinem Fenster. Die Kinder sind in der Schule, und Sybil ist im Zimmer nebenan und arbeitet an einem Gemälde. Ich denke, ich werd mal rübergehen und sie fragen, ob sie sich erinnert, wie wir hierhergelangt sind. Eine Sache noch: Sollten Sie jemals die Sexkugel sehen, ich will nichts davon hören.

Bitte umblättern:

FISCHER LOGO

FISCHER-LOGO-Leser sind: ■ ohne Berührungsängste vor dem Neuen ■ fasziniert, daß der Quantensprung so große Sprünge macht ■ Spieler und Denkspieler ■ Computerfans, naturwissenschaftlich orientiert, technologisch aufgeschlossen ■ interessiert an spannender wissenschaftlicher Belletristik und Phantastik.

Kompetente Wissenschaftler und Newcomer, die Fantasie und Wissen spielerisch verknüpfen, haben die Bücher geschrieben, die Sie lesen wollen:

Unterhaltungslogik: Mit Denkpirouetten, Paradoxien, Rätseleien und logischen Traumreisen werden Kopffüßlern die schönsten Fallgruben gebaut.

Computer-Denkspiele: Ein aktives und lehrreiches Vergnügen für alle, die sich mit ihrem Computer auf Entdeckungsreise ins Reich des Denkens und der Ästhetik begeben wollen.

Das spannende Sachbuch: In verblüffender, immer spannender ›Verkleidung‹ sind hier die facts ohne fiction der Naturwissenschaften präsentiert – für den Einsteiger offen, für den Profi fesselnder Lesestoff oder informativer Überblick.

Naturwissenschaftliche Belletristik: Romane und Erzählungen aus dem Reich der Naturwissenschaften – der Krimi, dessen Lösung in einer Mathematikaufgabe verschlüsselt ist, der Thriller über Kapitalverbrechen bei einem Physikerkongreß, der Roman vom Spion, der aus der Hypersphäre kam…

FISCHER TASCHENBUCH VERLAG

fi 1100/1a